Godland.
Dein ewiges Leben hat einen Preis.

BIBLIOTHEK
NACHHALTIGE
ENTWICKLUNG

MARTIN
SCHÄUBLE

GODLAND

DEIN EWIGES LEBEN HAT EINEN PREIS

Alles Digitale zu diesem Buch kann auf der Lernplattform **allango** von Ernst Klett Sprachen abgerufen werden. So geht's:

QR-Code scannen oder **www.allango.net** aufrufen | Buchtitel oder ISBN in der Suche eingeben und auf das Buchcover klicken | Zum Inhalt navigieren, direkt abrufen oder speichern

Dieses Symbol bedeutet, dass zu einem Buch-Abschnitt ein digitaler Inhalt verfügbar ist.

Ernst Klett Sprachen
Stuttgart

1. Auflage 1 5 4 3 2 1 | 2026 25 24

Folgendes Werk liegt dieser Schulausgabe zugrunde: Martin Schäuble: Godland. Dein ewiges Leben hat einen Preis. © 2023 Fischer Kinder- und Jugendbuch Verlag GmbH, Frankfurt am Main.

Finden Sie unser komplettes Programm und viele weitere Infos zum Unterricht unter:
www.klett-sprachen.de/deutschmalanders

Einführung sowie Auswahl der Impulstexte: Claudia Schulte
Annotationen im Roman: Laura Vos
Erarbeitung der Denkimpulse: Laura Vos
Erarbeitung der Handlungsvorschläge: Claudia Schulte
Redaktion: Katrin Wilhelm
Layoutkonzeption: Sabine Kaufmann
Gestaltung und Satz: Joachim Schrimm, ETYPO, Friolzheim
Umschlaggestaltung: Sabine Kaufmann
Titelbild: © Getty Images, Vitalina Gorbaniova
Druck und Bindung: Salzland Druck, Staßfurt

Printed in Germany

ISBN 978-3-12-666054-9

INHALT

Liebe Leserin, lieber Leser!

Einladung Wie war dein Tag bisher? Und die letzte Woche so? Wahrscheinlich bist du morgens aufgestanden, hast geduscht und gefrühstückt und dich dann auf den Weg in die Schule gemacht, wo du deine Freunde und Freundinnen getroffen und verschiedene Unterrichtsstunden besucht hast. Vielleicht nicht alle gleich spannend und interessant für dich, aber auch nicht gefährlich. Es ist anzunehmen, dass du dich die ganze Zeit über sicher gefühlt hast und die Aussicht auf anschließende Freizeit für Hobbys dich durch den Vormittag getragen hat. Das erleben die Figuren in diesem Jugendroman nicht. Denn im Setting von Godland befinden wir uns auf einer Serverinsel mitten im Meer. Die Protagonistin Yolanda ist gemeinsam mit ihrem Vater zehn Jahre zuvor dorthin gebracht worden.

Inhalt Die Lebensbedingungen auf dieser Serverinsel sind alles andere als komfortabel und von Hunger und harter Arbeit geprägt – sogar für Kinder und Jugendliche wie die Ich-Erzählerin Yolanda, aus deren Perspektive du die Geschichte erlebst.
Dabei klingt Godland doch nach etwas anderem, oder? Eher wie eine Verheißung, ein Versprechen.

Die Menschen, „Analoge“ genannt, die dort Tag für Tag schuften, glauben alle an diese Verheißung: den Upload nach Godland, einem paradiesischen Ort, wenn man den Beschreibungen von Godmother Glauben schenken will.[1] Moment: Godmother?
Godmother ist eine KI, die alles, was auf der Serverinsel passiert, unter Kontrolle hat: Überall sind Kameras installiert, Ganzkörperscans erfassen den Gesundheitszustand einer jeden Person und entscheiden über den Einlass in bestimmte Räumlichkeiten. Übertragen auf die Welt von heute erinnert Godland sehr an eine Diktatur, an einen richtigen Überwachungsstaat.
Doch einige der Bewohnerinnen und Bewohner haben erkannt, dass kleine Fluchten und unbeobachtete Momente möglich sind, darunter auch Yolanda, ihre Freundin Silver und ihr Freund Tian, die sich regelmäßig auf dem Freideck treffen. Und da sind auch noch einige Erwachsene, die sich der Herrschaft von Godmother nicht völlig unkritisch beugen, wenngleich darauf schwere Bestrafungen stehen.

---

[1] Wenn du diese Idee ganz anschaulich in bewegten Bildern sehen willst, kannst du dir über allango den Buchtrailer ansehen.

Von der Welt außerhalb dieser Blase erfahren die Leser zunächst wenig. Als eine rätselhafte Nachricht in die Isolation einbricht, sät diese Zweifel am Narrativ von einem guten ewigen Leben nach der Dienstzeit auf der Insel. Doch was ist die Wahrheit, was Lüge oder Fake? Wer sind meine wahren Freundinnen und Freunde? Wem kann ich vertrauen? Woran kann ich das erkennen?

Du merkst: Das sind Fragen, die wir uns in unserem digitalen Zeitalter heute auch des Öfteren stellen und mit denen wir umgehen lernen müssen.

Yolanda, die in Godmother lange einen tatsächlichen Muttersatz gesehen hat, wird zunehmend misstrauisch und erkennt die Manipulation, der sie und ihre Mitbewohner und Mitbewohnerinnen ausgesetzt sind. Dennoch spielt sie weiter mit. Manchmal genießt Yolanda Privilegien und Einblicke, die die anderen nicht erleben dürfen, so auch einen Ausflug nach Godland mit aufwühlenden Begegnungen.

Warum und wie lange noch beugt sich Yolanda der Macht von Godmother? Worauf gründet diese Macht überhaupt? Solche Unklarheiten bilden den besonderen Reiz dieses Romans, der dich mit Sicherheit auch sehr bald erfassen wird und beim Lesen bis zuletzt ständig neue Fragen aufwirft. In der Literaturwissenschaft spricht man hier von sogenannten Leerstellen. Sowas macht wirklich gute Literatur aus.

Inhaltlich geht es also um die ganz großen Themen unserer digitalen Zeit: um Vertrauen und Verführung, Macht und Manipulation, Leben im Hier

und Jetzt im Gegensatz zur Virtual Reality und schließlich um die Entscheidung für Widerstand und Freiheit.
Godland erzählt davon, was geschehen kann, wenn wir der Technologie die Macht überlassen, schildert aber auch, dass sich diese überwinden lässt – das ist die positive Utopie, die dieser Roman letztlich entwirft.
Die Macht der KI stößt im Laufe der Geschichte auch immer wieder an ihre Grenzen, was manchmal fast schon komisch anmutet, bei Yolanda selbst auch Belustigung hervorruft und von ihr ironisch – allerdings meist nur in Gestalt eines Inneren Monologes – kommentiert wird. Denn die Angst und die fortwährende Bedrohung begleiten sie und ihre Gefährtinnen und Gefährten zunächst weiter. Bis irgendwann plötzlich – wie aus dem Nichts – ein fremder Mann auftaucht und Yolanda einen metallenen Gegenstand überreicht, der Rettung verspricht. Jetzt steht Yolanda vor einer schwerwiegenden Entscheidung. Sie muss – so oder so – handeln.

Reihe

BIBLIOTHEK NACHHALTIGE ENTWICKLUNG

Der Roman „Godland" ist Teil einer ganzen Reihe von Büchern, die dich berühren, weil sie wichtige Fragen und Konflikte unserer heutigen Welt behandeln. Die Reihe soll dir Lust am Lesen vermitteln und ganz viel Anlass zu Diskussion und Debatte in deinem Deutschunterricht bieten.
Ebenso ist die Lektürereihe eine Einladung an dich, deine Mitschülerinnen und Mitschüler und auch an deine Lehrkräfte, sich ein globales Bildungskonzept näher anzusehen, welches unter

der Abkürzung BNE immer mehr Menschen bekannt wird und diese begeistert. Die Abkürzung BNE steht für „Bildung für eine nachhaltige Entwicklung“.

Agenda 2030

ZIELE FÜR NACHHALTIGE ENTWICKLUNG

BNE will dich als Schüler oder Schülerin „empowern“, das heißt: be-stärken, deine Zukunft und die Gesellschaft, in der du lebst, aktiv mitzugestalten. Du hast eine eigene Stimme! Damit kannst du deine Interessen formulieren.
Durch BNE lernst du Wege und Mittel kennen, um diese umzusetzen. Diese Interessen sind an den planetaren Grenzen ausgerichtet, das heißt, sie respektieren Umwelt und soziale Gerechtigkeit weltweit. Wichtig ist es, auch die Strukturen in deinem Umfeld so zu verändern, dass aus deinem individuellen Alltagshandeln politisches Engagement für eine gerechtere Gesellschaft werden kann. In solch einer Gesellschaft können auch kommende Generationen noch gut leben, weil genug für alle da ist. Das heißt dann Nachhaltigkeit.
Die Organisation Germanwatch nennt so ein Engagement den „Handabdruck“.

Das Konzept BNE finden alle Staaten der Weltgemeinschaft so wichtig, dass sie es in einen Katalog von wichtigen globalen Zielen aufgenommen haben: den SDGs (Sustainable Development Goals oder auf Deutsch: globale nachhaltige Entwicklungsziele).
Im September 2015 haben die Vereinten Nationen nämlich die AGENDA 2030 beschlossen und sich schließlich auf 17 Ziele geeinigt. Um die Erde für

alle weltweit zu einem besseren, lebenswerten Ort zu machen, müssen diese bis zum Jahr 2030 erreicht sein.
Die 17 Ziele lassen sich auf fünf zentrale Punkte beziehen, die eng miteinander verbunden sind – die 5 Ps. Dafür muss man ein bisschen Englisch verstehen, aber so kann man sich das, was hinter den 17 SDGs steckt, vielleicht besser merken: Die fünf Ps sind: People, Prosperity, Planet, Peace und Partnership.
Etwas genauer: Menschen stehen im Mittelpunkt (PEOPLE). Der Wohlstand aller soll gefördert werden (PROSPERITY). Wir müssen die Erde schützen (PLANET), überall auf der Welt den Frieden fördern (PEACE) und globale, nationale, regionale und lokale Partnerschaften aufbauen (PARTNERSHIP).

SDG 9

Jeder Band der Lektürereihe nimmt eines der SDGs besonders unter die Lupe. In „Godland" ist es das in erster Linie das SDG 9 „Industrie, Innovation und Infrastruktur". Es geht hier unter anderem darum, bis zum Jahr 2030 die Infrastruktur zu modernisieren, die Industrien nachzurüsten und durch effizienteren Ressourceneinsatz nachhaltig zu machen. Das muss unter vermehrter Nutzung sauberer und umweltverträglicher innovativer Technologien und Industrieprozesse passieren.

Vieles lässt sich aber nicht rein technologisch lösen, sondern braucht ein neues Verständnis, ein Nachdenken über unser Handeln:
„Technologie bleibt ein wichtiger Baustein, aber es geht um die Einbettung und die Gefahr ist, dass

wir, wenn wir uns nur auf Technologie konzentrieren, die Probleme in Ihrer Ganzheitlichkeit nicht erfassen"[2], so Prof. Dr. Uwe Schneidewind, Wirtschaftswissenschaftler, ehemaliger Präsident des Wuppertal Institutes für Umwelt, Klima und Energie und Mitglied des Club of Rome[3] Deutschland.

Weitere Nachhaltigkeitsziele im Roman

Zu den komplexen Problemen und Herausforderungen zählen auch die Arbeitsbedingungen. Die Menschen auf der Serverinsel in Godland leben fast wie Sklaven. Ihre Menschenrechte werden nicht geachtet, Kinderarbeit gehört zum Alltag. Dieser Sachverhalt ruft neben SDG 9 auch SDG 8 auf den Plan: „Menschenwürdige Arbeit für alle", fordert dieses Ziel.
Weitere SDGs, die in Godland eine Rolle spielen, sind das SDG 1, „Keine Armut", und damit zusammenhängend das SDG 2, „Kein Hunger", sowie das SDG 14, „Leben unter Wasser".

So werden in dem Roman ganz verschiedene Dimensionen von Nachhaltigkeit thematisiert: Während SDG 8 und 9 zur ökonomischen Dimension von Nachhaltigkeit gezählt werden, gehören SDG 1 und SDG 2 zur sozialen Dimension und erscheinen in Gestalt des prekären und von Ressourcenmangel geprägten Lebens an Bord der Serverinsel.

---

[2] Podcast: https://clubofrome.de/zukunftsimpulse-8-prof-dr-uwe-schneidewind/, gesendet am 6.12.2020, zuletzt abgerufen am 6.5.24

[3] Zusammenschluss von Expertinnen und Experten verschiedener Disziplinen aus mehr als 30 Ländern.

„Wir essen Algen, Fisch und an guten Tagen das Laborzeug“, so heißt es im Roman auf S. 22 Z.9 – das klingt nicht nach einer ausreichenden oder gar ausgewogenen Ernährung.
Übrigens: Auch heute schon, in unserer Realität und nicht nur in den Ländern des globalen Südens, haben besonders die weniger wohlhabenden Bevölkerungsschichten besonders unter den Folgen der Klimakrise zu leiden, was sich oft in Armut und Hunger äußert.

Ein gutes Leben für alle basiert schließlich auf dem Vorhandensein einer gesunden Biosphäre – der ökologischen Dimension von Nachhaltigkeit. Dass das Leben unter Wasser (SDG 14) in der Welt von Godland bedroht ist, wird zum Beispiel an dem Plastikmüll deutlich, der immer wieder irgendwelche Filteranlagen der Insel verstopft und die Funktionsweise der sensiblen Technik beeinträchtigt. Kleine Kinderhände müssen diese Schäden dann unter großem Risiko beheben, wie du später bei der Lektüre des Romans noch genauer erfahren wirst.

Aufbau des Buches

Alle Bände unserer Reihe „Bibliothek der Nachhaltigkeit“ folgen diesem roten Faden:

ERKENNEN

Der Roman „Godland“ bildet unter dem Titel „ERKENNEN“ den ersten Abschnitt der Lektüre. Hier steht der Spaß am Lesen z.B. durch eine spannende Handlung und die fachliche Auseinandersetzung mit Literatur und Sprache im Mittelpunkt, all dies mit Bezug auf ein Thema, das dich wirklich angeht.

BEWERTEN

Im zweiten Abschnitt findest du einige begleitende Impulstexte.

Dafür wurden ganz unterschiedliche Textsorten ausgewählt:

- eine grafische Darstellung von Mensch und Maschine, welche die Kompetenzen und Einschränkungen von KI beleuchtet.
- die Zusammenfassung eines Radiobeitrags zum Thema Ausbeutung von Clickworkerinnen und Clickworkern in Kenia.
- einen Auszug aus dem Roman „Klara und die Sonne“ des Literaturnobelpreisträgers Kazuo Ishiguro.
- eine Infografik der Naturschutzorganisation NABU zum Plastikmüll im Meer.
- eine Reportage aus der Süddeutschen Zeitung, einer großen Tageszeitung, zu dem gigantischen Bauprojekt namens „Dogen City“.

Du kannst die beigefügten Aufgabenstellungen nutzen, um diese Begleittexte zu „knacken“. Die Impulstexte können deinen Blick auf das zentrale Thema des Romans aus dem ersten Abschnitt ergänzen und erweitern und dir zusätzliche Inspiration liefern. Sie fordern dich dazu auf, Stellung zu beziehen und stehen daher unter der Überschrift „BEWERTEN“.

HANDELN

Der dritte Abschnitt trägt den Titel „HANDELN“. Denn: Die SDGs sind to dos – oder besser „Tu Du’s“! Um dieses Wortspiel zu entschlüsseln, kannst du dir folgendes Video entweder über den QR-Code oder über Allango anschauen.

Daher ist der letzte Abschnitt dieses Bandes dem tatsächlichen Handeln gewidmet.
Hier findest du Ideen und Anregungen, wie du mit dem, was du bei der Lektüre von „Godland“ erfahren und gelernt hast, aus dem Klassenzimmer hinaus nach draußen und bis in die Öffentlichkeit treten kannst, um als „Change Agent“ selbst Teil der Lösung zu werden.

Sei also dabei!

Zunächst aber ganz viel Lesevergnügen bei „Godland. Dein ewiges Leben hat einen Preis.“!

I ERKENNEN

Lektüretext

»DIE ERDE IST DIE HÖLLE!
KOMM INS PARADIES.
KOMM NACH GODLAND.«

»LADE DICH HOCH INS SORGENFREIE GODLAND.
LEBE GLÜCKLICH UND EWIG.«

»GODLAND.
NIE WIEDER KRANKHEITEN, KRIEGE,
KATASTROPHEN.«

»GEH MIT KÖRPER UND GEIST ONLINE –
GEH GODLINE!«

»ONLINE IST GESCHICHTE,
GODLINE IST ZUKUNFT.«

Werbe-Slogans des Upload-Konzerns Godland

1

Ich will euch nicht langweilen, daher die Kurzfassung: Die Erde ist am Arsch: zu wenig sauberes Wasser, zu viel Müll, Dürre, Starkregen, kaum noch gesundes Essen, dreckige Luft, keine Natur. Kennt ihr ja alles. Ich bin auch gleich fertig.

Temperatur und Meeresspiegel sind enorm und schneller gestiegen, als jede Forscherin berechnet hatte. Mörderische Kriege folgten. Die Menschen kämpften nicht mehr um Erdöl wie in früheren Schlachten, sondern um den letzten Tropfen Trinkwasser. Flüchten konnte keiner mehr. Wohin denn auch?

Und hier hört die Kurzfassung schon auf.

Zumindest für die Hochgeladenen.

Also für alle, die per Upload nach Godland geflohen sind, oder besser gesagt: für all die, die sich verpisst haben. Wer genug Geld hatte, verließ das irdische Chaos, verabschiedete sich von seinem Körper und lebte digital weiter.

Geräte scannten ihre Gehirne, die Rechner speicherten das Bewusstsein. Nun simulieren Prozessoren* ihr digitales Leben. In Godland lebt jeder ohne Trinkwasser, und das ewig.

Seither feiern die Hochgeladenen mit ihrem Avatar die Unsterblichkeit.

Sie sind godline.

Leute wie ich sind die Angepissten.

Ich heiße Yolanda, bin fünfzehn Jahre alt.

Und ich gehöre zu den Zurückgeblieben – im echten Leben.

Wir sind die Analogen.

Wir arbeiten auf Serverinseln mitten im Pazifik, kümmern uns um die Supercomputer tief unter uns, im eiskalten Wasser.

---

* „Gehirn" eines Computers, das durch Berechnungen Befehle verarbeitet und steuert, die in einem Computer ausgeführt werden (*Hier:* das wirklichkeitsgetreue Nachahmen des Lebens der Hochgeladenen).

Hier bespielen die Superrechner für alle Hochgeladenen die virtuellen Welten.

Dort ist Party und alles, wovon man träumt.

Einen Upload für uns Analoge gibt es erst nach zwanzig Jahren Dienst auf der Serverinsel. Und dieser Dienst ist die Hölle, weil …

Wiiiiieeeeep. Wiiiiieeeeep. Wiiiiieeeeep.

Na perfekt. So klingt unser Alarm.

Wiiiiieeeeep. Wiiiiieeeeep. Wiiiiieeeeep.

Wenn ich nicht in zwei Minuten an der Meldestelle bin, gibt es Ärger. Und Strafen. Die schlimmste von allen: noch mehr Dienstjahre, noch mehr echtes Leben.

Ich drücke die rostige Tür meiner Schlafkoje* auf. Vor mir steht mein Vater. Seine Koje liegt gegenüber von meiner.

Dad reibt sich den Schlaf aus den Augen. Sein Schutzanzug ist zu eng, und der Reißverschluss findet keinen Weg vom Bauchnabel zum Hals. Ich kann ihm nicht helfen, muss erst mal meine Stiefel finden. Da spüre ich eine Hand auf meiner Schulter. Ich mag es nicht, wenn mich jemand ohne zu fragen anfasst.

Mit einem gezielten Tritt nach hinten wäre das Problem gelöst. Doch bei der Hand auf meiner Schulter fehlt ein Finger. Die Hand gehört zu Tian, und ihm verzeihe ich alles. Fast alles. Er ist mein großer Bruder. Nicht echt jetzt, aber gefühlt schon.

Tian und ich sind mit dem gleichen Evakuierungsschiff** vor zehn Jahren hier angekommen. Wir waren zusammen in der Schule in den unteren Decks der Serverinsel, wo Godmother uns unterrichtet hat.

»Lass mich mal durch«, nuschelt Tian verschlafen und schiebt mich zur Seite. Deswegen die Hand auf meiner Schulter.

Tian sieht so verpennt aus wie mein Vater. Offenbar war ich die Einzige hier, die hellwach in der Koje lag und nicht schlafen konnte.

Tian steht vor meinem Dad und spricht auf ihn ein: »Bauch einziehen und mal gerade hinstellen!«

---

* Meist schmale, enge Schlafstelle auf Schiffen oder Booten.

** Schiff, mit dem Menschen geplant aus einem gefährdeten Gebiet herausgebracht werden.

Es ist nicht leicht, mit der Stimme gegen das *Wiiiiieeeeep Wiiii-ieeeeep Wiiiiieeeeep* anzukommen.

Dad gehorcht. Auch er will später keinen Stress. Wer bei der Meldestelle den Schutzanzug nicht korrekt trägt, bekommt Ärger und Strafen.

So wie die zu spät Gekommenen.

Tian zieht den Reißverschluss meines Vaters nach oben. So sehr der Bauch spannt, das Material hält, und das grenzt schon fast an ein Wunder.

Ich mache meinem Vater keinen Vorwurf. Er ist krank. Sein Stoffwechsel funktioniert nicht so richtig. Obwohl wir zu wenig essen, nimmt er zu.

»Danke, Tian«, sagt Dad. »Und wenn du …«

Doch Tian ist schon weg.

»Alles klar?«, frage ich meinen Vater und schnalle seine Schutzstiefel fest. »Komm!«

Dad stolpert über eines der Rohre, die hier überall sind, fliegt aber nicht hin. In vielen davon sind Leitungen verlegt. Die ganze Technik der Serverinsel ist mit den Superrechnern tief unten im Meer verbunden. Und die wiederum sind vernetzt mit anderen Serverinseln auf dem Ozeangrund.

Ich ziehe Dad hinter mir her, vorbei an den Schlafkojen der anderen. Es wird höchste Zeit. Am Ende des Ganges stehen noch fünf Leute von meinem Deck an der Schleuse.

Sie drängeln und drücken, als wüssten sie es nicht besser. Durch jede Schleuse kommen wir nur einzeln durch!

Und es gibt für jeden verdammten Raum und jeden verdammten Gang eine verdammte Schleuse.

Tian ist schon auf der anderen Seite. Endlich bin ich dran.

Ein ernster Blick in die Kamera.

Piep.

Einen Finger auf den Sensor drücken.

Piep.

Ruhig stehen bleiben für die elektromagnetische Abtastung* des Körperscanners.

Piep.

Die Schleuse aus Panzerglas lässt mich durch.

Kaum hat es Dad auch geschafft, laufen wir an den Waschräumen vorbei, an der Ausrüstungskammer und an der Kantine.

Erst in fünf Stunden ist Frühstück, und mein Magen knurrt schon jetzt. Ich bin immer hungrig, so richtig satt werde ich nie. Wir essen Algen, Fisch und an guten Tagen das Laborzeug.

»Der Hunger treibt's rein«, sagt mein Vater immer.

Ich hasse diesen Spruch. Aber es stimmt leider. Der Hunger befördert das schleimige Zeug durch die Speiseröhre in den Magen. Nur essen kann ich das nicht nennen, vielleicht verschlingen oder runterwürgen oder eben: reintreiben.

Vor ein paar Jahren hatten wir eine volle Vorratskammer hinter der Kantine. Ich erinnere mich an echte Gurken, an Äpfel, an Dosen mit roten Bohnen und Mais. Immer wieder kam ein Schiff und brachte etwas. Irgendwann kam keines mehr, und niemand konnte mir sagen, wieso.

Wiiiiieeeeep. Wiiiiieeeeep. Wiiiiieeeeep.

Ich stehe mit Dad endlich im Treppenhaus, hier tropft das Meerwasser an manchen Stellen schon durch die Ritzen. Die rote Farbe blättert vom Metall ab.

In unseren Kojen und den anderen Räumen bessern wir so etwas aus. Im Treppenhaus stört es uns nicht so sehr. Untergehen wird diese schwimmende Insel deswegen nicht. Zumindest behauptet das mein Vater immer. Unseren regelmäßig stattfindenden *Wir-saufen-nicht-ab-Dialog* kenne ich auswendig.

Dad, platzen die Wände hier nicht auf?

Nein.

Reißt das Metall irgendwann?

Nein.

---

* Mithilfe elektromagnetischer Strahlung werden der Körper einer Person und Gegenstände unter der Kleidung sichtbar gemacht. Das Verfahren kommt z.B. bei der Sicherheitskontrolle an Flughäfen zum Einsatz.

Aber es tropft immer mehr Wasser rein, oder?

Kann sein.

Machst du dir keine Sorgen?

Ich schwöre dir, da passiert nichts.

Das beruhigt mich natürlich wahnsinnig.

Vom Treppenhaus geht es drei Etagen nach unten – ein weiteres Deck mit Analogen wie wir, das Deck mit dem früheren Kindergarten und der alten Schule und das Wartungsdeck voller Maschinen und Generatoren.

Egal, was bei der Meldestelle von uns verlangt wird, Hauptsache, es ist nichts im Wartungsdeck passiert. In dem Dreckloch hat Tian bei einem Einsatz einen Finger verloren.

Gern schrubbe ich stattdessen mitten in der Nacht das Freideck oder putze die Solarzellen blank für den nächsten Sonnentag.

»Yolanda?« Die Stimme meines Vaters reißt mich aus den Gedanken.

Dad hat mich überholt und steht im Treppenhaus auf den Stufen nach oben. Er winkt mich zu sich. »Wir müssen uns beeilen!«

Sehr lustig – er hat doch die ganze Zeit getrödelt, nicht ich!

Wiiiiieeeeep. Wiiiiieeeeep. Wiiiiieeeeep.

Über uns sind noch weitere Decks, alle über dem Wasser. Nur manchmal, bei starkem Wellengang, wird die ganze Insel vom Pazifikwasser zugeschüttet. Bei heftigen Unwettern ist das so.

Auf das Freideck dürfen wir dann nicht, das wäre zu gefährlich. Und keiner will schließlich vor dem Ende der Dienstzeit vom Deck gespült werden und ertrinken.

Wer vor seinem Upload stirbt, kann nicht hochgeladen werden. Ist logisch.

In den Decks über uns sind die Trainingshalle, das Kontrollzentrum und das Wichtigste überhaupt: die Himmelspforte.

Wir nennen diesen Ort so, weil dort die Uploads stattfinden. Zugang hat nur, wer seine Dienstzeit geschafft hat. Wer durch die Schleuse der Himmelspforte* tritt, der geht godline.

---

* Wörtlich: Tür zum Himmel, der in der Vorstellung vieler Religionen nach dem Tod eines Menschen Ort des ewigen Lebens bei Gott ist.

Jedes Mal, wenn ich zum Freideck will, stapfe ich die Treppen an der Schleuse zur Himmelspforte vorbei. Tian meinte mal, das ist extra so. So werden wir ständig daran erinnert, wieso es sich lohnt, alle Regeln zu befolgen.

Die Himmelspforte ist der Grund, weshalb ich jeden Morgen aufstehe und an die Arbeit gehe. Nur sie führt nach Godland.

Dad will davon nichts wissen. Er hat die Himmelspforte einmal »das Tor zur Hölle« genannt. Na ja, er hat seine Gründe, aber dazu später mehr. Natürlich erhielt er sofort eine Bestrafung für die Höllen-Bemerkung.

Jetzt schnauft Dad vor mir die Stufen hoch, schleppt seinen viel zu schweren Körper voran. Endlich tritt er durch die Schleuse der Trainingshalle, ich folge ihm.

Diese Halle ist auch die Meldestelle bei jedem Alarm. Im Fall der Fälle passen alle von der Serverinsel in diesen Raum. Ich sehe aber nur die Leute von unserem Deck, also Deck A. Die zehn Leute von Deck B tauchen nicht auf.

Tian versucht, mich mit einem Lächeln aufzumuntern. Er steht neben Mauro, Aidan und Silver. Aidan und Silver sind fünfzehn, wie ich. Tian und Mauro sind zwei Jahre älter. Ich stelle mich zu ihnen, nicht weil es sein muss, das hat sich so ergeben.

Mein Vater drückt sich zwischen Conrad und Mary. Die beiden gehören zu den Ältesten auf dieser Serverinsel.

Mary streicht meinem Vater den zerknitterten Schutzanzug glatt. Conrad lächelt ihm zu. »Morgen, Jesper!«

»Eher gute Nacht«, sagt mein Vater laut genug, dass es alle hören, und wischt sich mit dem Handrücken den Schweiß von der Stirn.

Wiiiiieeeeep. Wiiiiieeeeep, Wiii…

Endlich ist der nervende Alarm abgestellt. Stattdessen hören wir Godmother. »304 Sekunden! Gut gemacht.«

Ich bekomme Gänsehaut. Ihre Stimme klingt in der Trainingshalle noch tiefer und wärmer.

»Eure Dienstzeit verkürzt sich hiermit um zehn Tage.«

Mauro und Aidan klatschen sich ab. Ich suche Tians und Silvers Blicke. Sie lächeln mir zu. Wir sind seit meinem ersten Jahr auf der Insel beste Freunde.

Zehn Tage weniger Arbeiten bis zum Upload!

Mein Vater und die anderen Alten zeigen keine Reaktion. Kann ich verstehen. Godmother belohnt nicht nur, sie bestraft auch. Diese geschenkten Arbeitstage können schnell wieder durch zusätzliche Dienste ausgeglichen werden.

»Danke«, sagt Godmother, »dass ihr euch so beeilt habt.«

Ihre Stimme klingt so stolz und glücklich, als wären wir ihre Kinder.

Schon klar, sie ist nicht echt. Godmother ist kein Mensch. Sie ist die Stimme von Godland. Die Worte kommen von den Superrechnern Tausende Meter unter uns.

Die Megacomputer am Ozeanboden entscheiden, was Godmother zu uns sagt. Und doch klingt sie echter als alles andere. Wenn Godland so aussieht wie Godmothers Stimme klingt, dann muss dieser Ort wirklich paradiesisch sein.

Godmother räuspert sich. »Manche von euch sind etwas aus der Puste.«

Ich schaue zu meinem Vater, und er merkt es. Na ja, er weiß auch ohne meinen Blick, dass er gemeint ist. Inzwischen gaffen ihn auch Mauro, Aidan und Silver an. Das tut mir leid für Dad.

»Was können wir da tun, Jesper?«, fragt Godmother.

Mein Vater tritt einen Schritt vor, schaut in eine der Kameras über uns. »Mehr Sport. Ich werde mehr Sport machen, Godmother.«

Das war eine gute Antwort. Dad hätte sich auch über fehlende Medikamente beschweren können oder das schlechte Essen. Aber Godmother mag keine Kritik, denn sie kann ja nichts an der Situation ändern.

Die Speisekammer ist nahezu leer. Im Labor fehlt es an allem. Es können nur noch wenige Medikamente hergestellt werden. Ein Schiff mit Containern voll Nachschub ist schon lange nicht mehr gekommen.

»Mehr Sport. Gute Idee«, sagt Godmother. »Fang jetzt damit an, Jesper.«

»Ja, Godmother«, verspricht Dad und zögert. Ich verstehe seine Bedenken. Es ist mitten in der Nacht. Und ist der Alarm nicht wichtiger? Soll er wirklich jetzt Sport machen?

Godmother hilft meinem Vater bei der Entscheidung. Eines der Rudergeräte am Ende der Halle blinkt grün.

Dad läuft dorthin und beginnt zu rudern, sein Schutzanzug spannt dabei noch mehr, und ich hoffe, der Stoff hält. Godmother lässt ihm nicht einmal Zeit, seine Sportsachen aus der Schlafkoje zu holen.

»Nun zum Alarm«, sagt Godmother. »Wir haben eine Fehlermeldung bei der Entsalzungsanlage.«

Ich lasse den Kopf hängen.

Nein.

Bitte nicht dort!

Die Anlage zum Entsalzen des Ozeanwassers ist im Wartungsdeck, dem Dreckloch!

Ich blicke zu Tian, der den Boden anstarrt. Oder schaut er zu seiner Hand mit dem fehlenden Finger?

Godmother holt tief Luft, als würde ihr das, was gleich folgt, nicht leichtfallen. »Ohne diese Anlage haben wir kein Trinkwasser. Ohne Trinkwasser könnt ihr nicht überleben.«

Doch das ist nur die halbe Wahrheit. Ohne diese Anlage gibt es auch bald kein Godland mehr.

Wenn wir verdursten, kann sich keiner mehr um die Serverinsel kümmern, um die Stromproduktion, um die Reparaturen, um das Kontrollzentrum, um alles, was Godland am Laufen hält.

Der Strom kommt von den Solarzellen auf dem Freideck, von dem riesigen Windrad und von dem gigantischen Wellenkraftwerk an der Außenwand der Insel.

Immer wieder gibt es eine Panne, eine verstopfte Turbine*, eine Fehlermeldung irgendwo im System. Für all das sind wir Analogen zuständig.

Ohne uns geht den Hochgeladenen der Saft aus.

Ihre Seelen wären offline.

Für immer.

Godmothers Stimme wird sehr ernst. »Wir müssen das jetzt reparieren.«

Alle schweigen, keiner will runter zur letzten Ebene der Serverinsel, ins Wartungsdeck.

»Wir brauchen drei Analoge für diese Arbeit. Wer meldet sich freiwillig?«, fragt Godmother.

Keiner rührt sich.

»Keine Freiwilligen?«

Inzwischen starren wir alle auf den Boden, in die Kameras will keiner sehen. Mein Vater bekommt von all dem nichts mit, er rudert Zug um Zug, schwitzt und schnauft.

»Tian, du wirst runtergehen«, sagt Godmother so leise, dass ich es fast nicht verstanden hätte. »Du kennst dich dort sehr gut aus. Und du passt jetzt besser auf als damals.«

Tian schwankt, macht aber einen Schritt nach vorn. »Ja, Godmother.«

Godmother spricht lauter. »Gut. Tian, du wirst begleitet von Silver.«

Ausgerechnet meine zwei Freunde!

»Silver, du bist sehr beweglich und wirst in die Filtersysteme klettern.«

Silver flucht etwas, was ich nicht verstehe und was Godmother netterweise überhört.

Silver tritt vor. »Ja, Godmother.«

Godmother macht eine Pause, holt noch einmal tief Luft. Sie muss nicht wirklich atmen, sie braucht keinen Sauerstoff. Das ist

---

* Sich schnell drehende Maschine, die von Wasser, Gas oder Dampf angetrieben wird und verbunden mit einem Generator Strom erzeugen kann.

ein schöner Trick, und ich falle oft genug darauf rein. Sie klingt mit diesem Atemding sehr menschlich.

Einen Analogen braucht Godmother noch – sie wollte drei von uns. Aber ich kann mich nicht freiwillig melden. Nicht für das Wartungsdeck! Ich bin Silver und Tian überhaupt keine Hilfe da unten.

Falsch, das ist nicht der wahre Grund.

Ich hab einfach nur Angst, das ist es.

Und deswegen lasse ich meine besten Freunde im Stich? Ich schäme mich für meine Feigheit.

Schließlich beendet Godmother ihre gekünstelte Pause. »Tian und Silver werden von Yolanda begleitet.«

Kurz wird mir schwindlig. Ich konzentriere mich, hole tief Luft, so wie Godmother. Aber ich brauche den Sauerstoff in echt.

Verdammt!

Ich schlucke meinen Zorn und meine Angst runter. »Ja, Godmother.«

Silver reicht mir die Hand. Sie schaut mich mit großen Augen an. Wieso? Was hat sie denn?

Aidan und Mauro drücken mich in den Rücken. Was wollen die alle von mir?

»Yolanda?«, fragt Godmother sehr besorgt.

Da kapiere ich es.

Natürlich!

Ich muss einen Schritt nach vorn treten, so haben wir es gelernt.

Ich ergreife Silvers warme Hand, mache einen Schritt und sage noch einmal: »Ja, Godmother.«

»Danke«, flüstere ich Silver zu.

»Hab keine Angst«, sagt Silver leise. »Du kannst das!«

Silver wirkt entspannt, ich zittere am ganzen Körper.

Ich kann das?

Von wegen!

2

Silver geht voran, Tian und ich folgen. Wir laufen die Treppen runter an den anderen Decks vorbei. Stufe für Stufe werden die Wände rostiger.

Das liegt am Druck. Je tiefer die Decks, desto kräftiger drückt das Wasser von draußen auf die Metallschicht. Und umso mehr geht kaputt.

Musste ich alles bei Godmother in der Schule lernen. Doch damit ist seit einigen Monaten Schluss. Mit fünfzehn Jahren hört der Unterricht auf, und die Dienstzeit beginnt.

Nur noch ein paar Stufen bis wir ganz unten angekommen sind. Ich hole Tian ein. »Warte mal, geht's dir gut?«

»Gut?«, fragt Tian.

Er bleibt stehen und lächelt in eine der Deckenkameras. »Mir geht es wirklich phantastisch heute.«

Ich kapiere, wie doof meine Frage war.

Was soll Tian sonst sagen? Er will keinen Ärger mit Godmother. Wenn ich wissen will, wie es ihm wirklich geht, muss ich ihn später fragen. Wenn wir auf dem Freideck sind. Nur dort versagt Godmothers Überwachung.

Die Kameras sind draußen immer nassgespritzt oder beschlagen. Und die Mikrophone sind mit dem Lärm überfordert. Wenn die Wellen an der Serverinsel brechen, verstehen wir uns selbst schreiend auf dem Freideck kaum.

»Auf jeden Fall brauchen wir später frische Luft«, sage ich laut in die Kamera.

Ich will meine dumme Frage – *Geht's dir gut?* – wieder wettmachen. Und Tian versteht meine Andeutung. Wir lächeln uns zu. Das darf Godmother ruhig sehen, wir sind doch Freunde.

Silver wartet auf der untersten Etage vor der Schleuse. Hinter dem Panzerglas beginnt das Wartungsdeck.

»Endlich fertig geflirtet?«, fragt Silver.

Ich verdrehe die Augen. Tian ist für mich wie ein Familienmitglied, und das weiß sie. Mehr ist da nicht. Und selbst wenn, wäre das ein Problem für Silver?

Wir drei bleiben Freunde, egal, was kommt.

Silver klopft auf das Panzerglas der Schleuse. »Wie machen wir das gleich da drinnen?«

Tian streckt uns die Hand entgegen, bei der ein Finger fehlt. »Wenn ich ein paar Tipps für das Wartungsdeck geben darf?«

Silver und ich schweigen.

»Wir müssen immer mit Godmother reden. Verstanden? Immer! Sie steuert hier drinnen alles und hört alles. Aber bei dem Dampf und der Hitze funktionieren die Kameras nicht immer.«

»Das ist wirklich ein ernstes Problem«, ergänzt Godmother.

»Ist ja wie auf dem Freideck«, sagt Silver eine Spur zu fröhlich.

Ich würde ihr am liebsten den Mund zuhalten. Godmother soll sich nicht fragen, warum wir so gern Zeit dort oben verbringen.

Tian zeigt uns noch einmal die Hand mit dem fehlenden Finger. »Godmother hilft uns, in die Anlage reinzukommen und heil wieder rauszukommen.«

Er fixiert erst mich, dann Silver. »Keiner lässt den anderen dabei aus den Augen, und jeder sagt sofort, wenn etwas nicht stimmt.«

Silver und ich schauen uns kurz an. Klingt fast so, als würde er Godmothers Worten im Wartungsdeck nicht trauen. Dabei konnte sie nichts für das, was damals geschehen war. Tian hatte mit Emre eine der mächtigen Pumpen repariert.

»Geschafft«, verkündete Emre.

Da löste sich eine Schraube, und Tian fischte sie mit den Fingern heraus.

Godmother konnte nicht sehen, dass Tians Hand schon wieder in der Pumpe steckte. Emre hatte »geschafft!« gerufen, also schaltete sie die Pumpe wieder ein.

Tians Finger wurde zerquetscht und musste auf unserer winzigen Krankenstation amputiert werden. Er lag in einem der zwei Betten, umgeben von veralteten, medizinischen Geräten.

Mary führte die Amputation durch, sie ist in unserer Gruppe so eine Art Ärztin. Silver half ihr dabei. Sie wurde schon damals von Mary ausgebildet, obwohl sie noch mit mir die Schule besuchte.

»Bitte fangt an!«, sagt Godmother und holt mich aus meinen Gedanken.

Sie hat recht, es wird Zeit, dass Silver, Tian und ich es hinter uns bringen.

Tian verschwindet in der Schleuse zum Wartungsdeck.

»Warte«, sagt Silver.

Sie zieht Tian aus der Schleuse und nimmt seinen Platz ein. »Ich gehe zuerst rein.«

Tian protestiert nicht und geht als Zweiter.

Dann gehe ich.

Ein Blick in die Kamera.

Piep.

Ein Finger auf den Sensor.

Piep.

Die elektromagnetische Abtastung.

Piep.

Die Schleusen verschließen alles luftdicht, damit im Brandfall das Feuer erstickt und sich nicht auf allen Decks ausbreiten kann.

Wir stehen im dunklen Wartungsdeck, nur durch das Panzerglas hinter uns dringt ein wenig Licht vom Treppenhaus.

Ich rieche die öligen Maschinen und höre ihren Lärm. Godmother macht uns ein wenig Licht. Mit den Deckenstrahlern könnte sie alles grell beleuchten, will sie aber nicht, sie will immer ein Vorbild sein. Sie spart Strom.

Eine Leuchtspur am Boden blinkt grün.

»Folgt bitte diesem Weg«, sagt Godmother. »Er führt euch zur Entsalzungsanlage.«

Ich lasse Silver und Tian vorausgehen, versuche, in den dunklen Ecken und Gängen mehr zu erkennen. Ich war während meiner Schulzeit ein paarmal hier.

Wir mussten die Namen der über einhundert verschiedenen Geräte auswendig lernen. Wir erfuhren, wo die Ersatzteile lagern und wie wir manche im Notfall selbst in der Werkstatt herstellen können.

Später übten wir alle möglichen Reparaturen, aber nicht hier unten, sondern im Unterrichtsraum – eine Etage über dem Wartungsdeck. Dazu trugen wir ziemlich abgenutzte VR-Brillen* und sahen die Pumpen, Generatoren oder Tanks vor uns. Es sah realistisch aus, auch wenn wir nur in der Luft herumschraubten.

»Moment bitte«, sagt Godmother, und ich stoße gegen Tian, der schneller anhält als ich. Er ist übervorsichtig.

Ein Schrank links von uns blinkt grün. »Yolanda, nimm dir eine der Trageleuchten mit.«

Ich suche mir die größte aus und ziehe sie aus der Halterung.

»Silver, du musst das lange Messer einpacken.«

Silver vergleicht die Längen und nimmt sich das größte.

»Tian, du bist ab jetzt mein Auge. Ich sehe im nächsten Abschnitt vieles nur verschwommen.«

»Ja, ich passe auf, Godmother«, sagt Tian.

Das mit der Pumpe damals darf sich nicht wiederholen. Godland braucht unsere Finger.

Wir folgen weiter den grünen Lichtpunkten auf dem Boden. Vor uns schieben sich Tore auf und verschließen sich hinter uns sofort wieder.

Wir gehen von Raum zu Raum, vorbei an riesigen Generatoren. Ich halte mir mit der freien Hand ein Ohr zu, so laut brummen diese Maschinen.

Silver bleibt stehen, der Weg endet vor einer riesigen Luke** am Boden. Ich schalte die Trageleuchte ein und lese die Aufschrift *ESA-1.* Die Abkürzung kenne ich noch aus der Schule, *ESA* steht für *Entsalzungsanlage.*

---

* Brillen, mit deren Hilfe man eine computergenerierte Wirklichkeit („Virtual Reality" (VR), deutsch: virtuelle Realität) erleben kann.

** Mit einer Klappe verschließbare Öffnung im Boden oder in der Wand, häufig auf Schiffen zu finden.

Ich strahle mit der Leuchte nach links und sehe die drei Luken von *ESA-2, ESA-3* und *ESA-4.*

Silver fragt das, was ich denke. »Godmother, funktioniert keine der Anlagen mehr?«

»So ist es, Silver – leider. Es gibt nur eine gemeinsame Filteranlage in *ESA-1.* Und sie ist defekt.«

»Da hat früher aber jemand an der falschen Stelle gespart«, flüstert Tian. »Ein Filter für die ganze Insel ist ein Witz.«

»Wie bitte, Tian?«, fragt Godmother. »Ich verstehe dich kaum hier unten bei den vielen Geräuschen.«

Tian spricht lauter. »Da haben wir jetzt ein Problem.«

»Richtig. Doch ihr löst das Problem.« Godmother klingt prächtig gelaunt. Sie hat ja auch keine Finger, die sie dabei verlieren kann. Vermutlich soll es motivierend klingen.

»Bereit?«, fragt Tian.

»Ja«, antworten Silver und ich gleichzeitig.

»Godmother, bitte öffne die Luke«, sagt Tian.

»Geht vorher auf die Seite«, sagt Godmother. »Seid ihr in Sicherheit?«

»Sind wir, Godmother«, schreit Tian. So laut muss er auch wieder nicht sein.

Die Luke quietscht fürchterlich, und ein schwarzes Loch tut sich vor uns auf. Ich strahle mit der Leuchte hinein, und unter uns funkelt Wasser.

Verdammt.

»Wenn wir zum Filter wollen, müssen wir schwimmen«, sage ich.

»Und tauchen«, ergänzt Tian.

Silver fasst unsere Beobachtungen treffend zusammen. »So eine Scheiße.«

Godmother räuspert sich. »Tian, könntest du das Problem bitte etwas differenzierter darstellen?«

Tian kniet sich hin und versucht, im Wasser mehr zu erkennen. »Nicht nur der Filter ist im Eimer.«

Godmother wird ernster. »Bitte mach genauere Angaben.«

»Wir sehen Wasser, es ist etwa so tief wie …« Tian sucht im Raum nach einem Vergleich, irgendetwas, womit er die Tiefe beschreiben könnte. Dabei verstummt er plötzlich. Er reißt den Mund auf und starrt auf eine Stelle direkt über mir.

Ich blicke hoch und sehe die kaputte Kamera. Sie hängt von der Decke.

Ich stupse Silver an, zeige hoch, und wir drei sehen uns an. Die Kamera ist aus der Fassung gerissen, das passiert nicht einfach so. Das hat jemand gemacht.

»Tian, was ist los?«, fragt Godmother. »Wieso redest du nicht weiter?«

Tian konzentriert sich wieder. »Das Wasser ist vielleicht drei Meter tief.«

»Dann ist der Abfluss verstopft«, sagt Godmother. »Wenn der Filter defekt ist, kommt zu viel Dreck und Abfall in die Anlage. Das Problem könnt ihr lösen.«

Ein paar Meter neben uns blinkt eine Kiste grün. Silver holt einen Taucheranzug in ihrer Größe heraus.

»Wieso du?«, frage ich.

Sie schaut mich gereizt an. »Gibt es etwa Freiwillige?«

Silver will ihren Schutzanzug ausziehen und öffnet den Reißverschluss. »Umdrehen!«, sagt sie zu Tian, und der schaut wieder ins Wasser der Entsalzungsanlage.

Kaum hat Silver den Taucheranzug an, helfen wir ihr mit den Flossen, der Brille und der kleinen Sauerstoffflasche. Tian prüft die Ventile und reicht ihr das Mundstück.

Silver klettert in die Anlage, ich leuchte ihr den Weg zum Wasser runter und folge ihr. Ich will so nah wie möglich bei ihr sein, falls sie Hilfe benötigt.

Die Metallleiter ist schmal und glitschig.

Tian schaut von oben zu und sagt Godmother, was wir machen.

Plötzlich rutsche ich aus, die Leuchte fällt mir aus der Hand und platscht ins Wasser, ich suche Halt mit den Füßen, doch sie gleiten von der glibberigen Stange weg.

Ich greife nach den Leitersprossen, verfehle sie um ein paar Zentimeter.

Schreiend stürze ich an Silver vorbei ins Wasser, direkt neben die Leuchte, die langsam nach unten sinkt. Sie ist wasserdicht, mein Schutzanzug nicht. Ich fühle das kalte Wasser überall.

»Yolanda!«, ruft Silver.

Sie springt ins Wasser und schwimmt mit den Flossen zu mir. »Hast du dich verletzt?«

»Ich bin okay.«

»Was ist passiert?«, fragt Godmother mit besorgter Stimme.

Tian blickt zu mir runter, ich klettere ein paar Sprossen der Leiter hoch und zeige ihm den ausgestreckten Daumen.

»Alles ist okay«, sagt Tian und verzichtet auf Details.

Ich bin froh darüber. Die Sache war peinlich genug, und es ist gut, wenn sie unter uns bleibt.

Silver taucht, das große Messer hält sie in einer Hand. Meine Trageleuchte ist am Boden der Anlage angekommen. Sie strahlt durch das Wasser hoch zu uns.

Silver bleibt an einer Stelle tief unten, vermutlich reinigt sie den Abfluss mit dem Messer. Minuten vergehen, und Tian und ich können nichts machen außer warten.

»Taucht Silver noch?«, fragt Godmother.

Tian betrachtet den Müll, der auf der Wasseroberfläche treibt. Es wird immer mehr, das meiste ist aus Plastik. »Ja, sie holt da einiges aus dem Abfluss raus.«

Weitere zwei Minuten vergehen. Wieso dauert das so lange? Ich mache mir Sorgen um Silver, Godmother sich offenbar auch. »Welche Sauerstoffflasche trägt sie?«

»Eine rote«, sage ich. Oder war sie braun? Im dreckigen Wasser ist nichts mehr zu erkennen.

»Dann reicht ihr Sauerstoff nur noch für 50 Sekunden«, sagt Godmother.

»Erkennst du was?«, ruft Tian zu mir runter.

Doch ich sehe nur Müll.

»Noch dreißig Sekunden«, sagt Godmother.

»Tian!«, rufe ich.

»Was?«

»Ich tauche zu ihr!«

Seine Antwort verstehe ich schon nicht mehr. Ich hole tief Luft und springe von der Leiter ins Wasser. Nass bin ich ja sowieso schon.

Das Wasser ist dreckig, und ich kann nichts erkennen. Ich tauche noch einmal auf, um Luft zu holen, stoße mich von der Wand ab und tauche wieder zu Silver runter.

Sie entdeckt mich und hämmert mit der Hand auf ihren Fuß. Die Schwimmflosse ist fort, das Bein steckt im Dreck fest. Das Messer liegt am Boden.

Ich habe kaum noch Luft, darf aber nicht noch einmal auftauchen. Silver erstickt hier unten!

Mit beiden Händen versuche ich, ihren Fuß aus dem Dreck zu ziehen. Ihr Bein bewegt sich keinen Zentimeter. Auf einmal bekomme ich ein Netz zu greifen. Ihr Fuß hat sich in einem Netz verfangen!

Mir wird schwarz vor Augen, ich muss hoch, kurz Luft holen. Aber ich darf jetzt nicht.

Da sehe ich zwei Hände am Netz. Sie bewegen sich! Sie reißen und rütteln an Silvers Fuß.

Wie kommen diese Hände hierher? Wer ist das?

Bei einer Hand fehlt ein Finger.

Tian!

Er ist zu uns getaucht.

Gemeinsam ziehen Tian und ich an Silvers Fuß. Beim ersten Ruck tut sich nichts, beim zweiten bewegt sich etwas. Beim dritten platzt das Netz auf. Silver ist frei, und wir schießen zu dritt hoch an die Wasseroberfläche.

Ich hole so tief Luft wie noch nie in meinem Leben. Silver hustet und keucht. Wir halten uns alle an der Leiter fest.

Ich verstehe nicht, was Godmother uns zuruft, die Lautsprecher sind zu weit weg. Tian spuckt den Dreck aus, den er unter Wasser geschluckt hat.

»Silver hat sich verfangen«, rufe ich hoch zu den Mikrophonen von Godmother. »Wir konnten sie retten.«

Während wir drei nach Luft schnappen und uns erholen, rutschen unsere Hände die Leiter runter. Ein gutes Zeichen: Das Wasser sinkt, der Abfluss ist frei!

Nach ein paar Sekunden berühren meine Füße den Boden der Anlage.

»Danke Leute. Das war knapp«, sagt Silver.

Ihre Stimme ist brüchig, doch ich bin froh, sie zu hören. Silver umarmt mich und Tian gleichzeitig. Sie drückt uns an sich, bis ihr die Taucherbrille vom Gesicht rutscht.

Wir warten, bis das ganze Wasser durch den Abfluss geronnen ist, bis nur noch Pfützen übrig bleiben.

Tian klettert die Leiter hoch, nimmt die Sauerstoffflasche und die Flossen mit, von der linken fehlt die Hälfte. Was er oben Godmother erzählt, kann ich nicht verstehen. Fragen hat sie sicherlich eine Menge.

Mit Godmothers Hilfe besorgt Tian eine Blechwanne. Er lässt das schwere Ding an einer Seilwinde zu uns runter. »Da müssen wir den Müll reinmachen!«

Ich hebe die Trageleuchte auf. Sie hat keinen Schaden genommen, und ich richte sie auf den verschlammten Boden. Silver und ich sammeln alles ein. Sogar ein kaputter Reifen hat sich im Netz verfangen.

Wir hieven* das Ding in die Wanne, und etwas scheppert. Mich interessiert das nicht, Müll ist Müll, und sowieso will ich endlich fertig werden und etwas essen. Der Alarm war mitten in der Nacht. Wir hatten noch kein Frühstück!

Inzwischen knurrt mein Magen so laut, dass es selbst Godmother oben bei Tian hören muss. Okay, ich übertreibe. Aber nur ein bisschen.

Silver beugt sich über die Blechwanne und zieht etwas aus dem Netz. Es ist eine kleine Kiste aus Metall.

---

* *Seemannssprache:* Eine Last heraufziehen; *umgangssprachlich:* Etwas Schweres heben.

Sie grinst über das ganze Gesicht. »Klare Sache. Ein Piratenschatz.«

Dafür, dass sie vor ein paar Minuten fast erstickt wäre, hat sie ziemlich gute Laune.

Ich bin dagegen überhaupt nicht gut drauf und trete auf den schlammigen Boden. »Nur Müll! Müll wie alles hier!«

Tian wirft mir zwei Schaufeln runter. »Kann ich euch helfen?«

Ich winke ab, wir brauchen nicht mehr lange.

Ich hebe Silvers Messer auf, aber sie zieht es mir aus der Hand. Sie fuchtelt mit der Spitze aufgeregt an der kleinen Kiste herum.

Soll sie doch! Das stört mich nicht, den Rest schaffe ich allein. Hauptsache, wir haben das Messer wiedergefunden. Godmother ist sehr wütend, wenn wir etwas kaputt machen oder verlieren. Hoffentlich können wir später die abgebrochene Flosse wieder ankleben.

Der Deckel der Metallkiste springt auf, und ich blicke zu Silver. Neugierig bin ich natürlich schon.

Sie packt ein Marmeladenglas aus.

Ich klopfe ihr auf die Schulter. »Marmelade! Besser als jeder Piratenschatz!«

Das meine ich ernst. Die letzte Marmelade habe ich mir vor vielleicht fünf Jahren auf ein Brot geschmiert. Das ist ein halbes Jahrzehnt! Inzwischen stehen die Gläser leer im Regal der Kantine. Eine kleine Erinnerung an bessere Zeiten.

Silver öffnet vorsichtig den Deckel. In dem Glas ist keine Marmelade, sondern ein Stück Papier.

Verdammt.

Ich schüttele enttäuscht den Kopf, doch Silver ist ganz aufgeregt.

»Komm«, sage ich, »lass uns fertig werden!«

Silver beachtet mit nicht und zieht den Zettel raus.

Für mich ist das Kinderkram. Da hat sich jemand vor langer Zeit einen Scherz erlaubt. Schön, die hatten früher ihren Spaß. Von wegen geheimnisvolle Schatzsuche und so. Es sei ihnen gegönnt. Aber was hab ich davon?

Der Filter muss auch noch gereinigt werden! Abfluss und Filter – so lautet der Auftrag von Godmother. Wir sind erst mit dem Abfluss fertig.

Silver strahlt den zusammengeknüllten Zettel an, als wäre sie auf echte Marmelade gestoßen – Erdbeere oder Aprikose vielleicht. Das waren unsere Lieblingssorten.

Sie entfaltet das Papier und liest, was darauf steht.

Plötzlich verschwindet ihr Grinsen.

3

Ich stolpere über eine der Schaufeln zu Silver und betrachte den Zettel. Wir starren uns an. Keine von uns traut sich, darüber zu sprechen. Vielleicht hört Godmother doch besser, als sie behauptet.

Ich winke Tian zu uns in die Anlage. Er will sich auf den Weg machen, da meldet sich Godmother. »Tian, nun müsst ihr den neuen Filter einsetzen.«

»Machen wir gleich«, sagt er und klettert auf die Leiter.

»Wieso nicht sofort?«, fragt Godmother.

Tian ist schon fast bei uns unten und spricht lauter. »Ich muss kurz Silver und Yolanda helfen.«

»Du klingst etwas aufgeregt, Tian.«

»Da … also da liegt zu viel Müll herum und …«

»Stopp!«, ruft Godmother.

Tian bleibt auf einer der glitschigen Sprossen stehen.

»Sie schaffen das zu zweit! Hol jetzt den neuen Filter, ich zeige dir den Weg.«

Das ist ein Befehl, und Tian hat keine Wahl.

Nur ein paar Meter trennen uns.

Tian überlegt, zu uns zu springen, das sehe ich. Er kann immer noch behaupten, er sei abgerutscht und gefallen. Aber ob Godmother ihm glauben wird?

Silver und ich schütteln den Kopf, sie muss das Gleiche wie ich denken. Godmother würde nur Verdacht schöpfen.

Tian versteht, nickt und klettert wieder hoch.

Silver hält das Stück Papier aus dem Marmeladenglas noch in der Hand.

Sie reicht es mir. »Was machen wir damit?«

Silver und ich kennen den Text auswendig. So viel war es ja nicht.

Godmother darf diese Zeilen nie sehen. Also gibt es nicht allzu viele Möglichkeiten.

Ich knülle den Zettel zu einer winzigen Kugel und stecke sie mir in den Mund. Kurz warte ich, bis das Papier weich genug ist, dann schlucke ich es runter.

Silver sieht mich fassungslos an.

»Achtung!«, ruft Tian.

Er schaltet die Seilwinde an, die mit Schlamm und Müll gefüllte Blechwanne schwebt von uns unten zu ihm hoch. »Bin gleich wieder da«, ruft Tian und kippt das Ding vermutlich in den Müllverbrenner.

Silver und ich bleiben unten in der Entsalzungsanlage.

»Jetzt zum Filter«, sagt sie und klettert in den Schacht.

Silver ist stärker als ich und geht auf allen vieren voraus. Ich knie im Schlamm, bleibe am Eingang und warte.

»Und?«, rufe ich hier zu.

»Das Ding ist total hinüber«, antwortet Silver.

Sie reicht mir den Filter aus der Öffnung. Er hat meterlange Risse, und ich frage mich, wie sie entstanden sind. Durch scharfe Müllreste aus Metall vielleicht? Ist das alte Material einfach nur brüchig geworden? Oder hat jemand nachgeholfen? Aber wer sollte so etwas tun? Und wieso?

Zwei Minuten später schickt uns Tian mit der Seilwinde einen neuen Filter runter. *Neu* trifft es nicht ganz. Es ist ein alter, der ausgebessert worden ist.

Ohne Schiffe gibt es auch keine neuen Filter.

»Beim Einbauen musst du mir helfen«, sagt Silver, und ich nicke, obwohl ich nicht in den engen Schacht klettern will. Von dort fließt das dreckige Pazifikwasser in die Anlage. Noch sind die Schotten dicht. Aber wenn Godmother einen Fehler macht und nur eine von ihnen öffnet, werden Silver und ich weggespült.

Doch Godmother macht keine Fehler. Das kann sie gar nicht. Schlimme Dinge passieren nur, wenn wir Analogen versagen. So wie bei Tians Unfall mit dem Finger.

Silver klettert voraus, ich schiebe den Filter zu ihr, und sie drückt ihn in die leere Fassung. Doch das Ding klemmt.

»Komm jetzt!«, ruft sie mir zu, und ich gebe mir einen Ruck.

Wir stemmen uns mit unserem ganzen Gewicht gegen das Metall, bis es mit einem lauten Klicken einrastet.

»Das hält«, sagt Silver.

»Wir sind fertig!«, rufe ich hoch.

»Sie haben es geschafft«, erklärt Tian Godmother.

»Gut gemacht!«, ruft Godmother. »Kommt jetzt raus.«

Silver bleibt im Schacht, und ich beuge mich wieder zu ihr rein. »Hast du noch einen Schatz gefunden?«

»Musstest du den Zettel gleich schlucken?«, flüstert sie.

»Bessere Idee gehabt?«

Silver sucht nach einer Antwort. »Ohne Beweise wird uns keiner glauben, was draufstand.«

»Ich glaube es auch nicht, obwohl ich es gelesen habe.«

Der Filter vibriert, der ganze Schacht brummt.

Ich packe Silver am Arm. »Raus hier! Schnell!«

Es ist, als würde uns Godmother keine Zeit zum Ausruhen gönnen – oder keine Zeit für vertrauliche Gespräche?

Tian empfängt uns oben, und wir klatschen uns ab. Er legt seine Hand auf meine Schulter. »Alles okay bei euch?«

Ich sehe Silvers überraschten Blick. Ihre Gedanken zu lesen ist nicht schwer, so wie sie auf Tians Hand starrt. Sie überlegt, ob zwischen mir und ihm mehr ist als Freundschaft. Ist sie etwa eifersüchtig?

Dafür gibt es keinen Grund. Zwischen Tian und mir ist nichts. Ich drehe mich zur Luke, und seine Hand rutscht ab.

Tian ist wie ein Bruder für mich, nur das fühlt sich gut an. Ich steh nicht auf ihn und auf keinen anderen dieser Insel. Na ja, so groß ist die Auswahl auch nicht.

Irgendwann kommen wieder Schiffe. Da wird sich etwas ergeben. Zumindest rede ich mir das jeden Tag ein.

Die Luke schließt, und ich höre das Wasser, das durch den Filter in die Entsalzungsanlage rauscht.

Fünf Minuten später stehen wir vor der Kantine.

Durch das Panzerglas der Schleuse sehe ich meinen Vater. Er deckt mit Conrad den Tisch, stellt eine Kanne mit Kaffee ab. Ich freue mich schon auf den Duft und den warmen Becher in meiner Hand.

Noch haben wir ein paar Kilo Instantkaffee in der Vorratskammer. Die Analogen auf dem Deck unter uns waren nicht so sparsam. Bei ihnen ist das braune, körnige Pulver schon vor einem Jahr ausgegangen.

Conrad hat bei uns den Kaffee früh rationiert*. Als die Schiffe immer später kamen, war er skeptisch geworden. Godmother sollte für ihn ausrechnen, wie wir mit den Vorräten fünf Jahre auskommen würden.

Das Ergebnis war frustrierend: nur einen halben kleinen Löffel Kaffee pro Tasse.

Eine Tasse pro Tag für jeden von uns.

Mehr nicht.

Die Schleuse zur Kantine bleibt noch verschlossen, aber mein Vater entdeckt mich durch das Panzerglas und strahlt. Er hat sich Sorgen gemacht. Natürlich!

Jetzt sieht er ja, mir geht es gut, alle Finger sind noch dran. Er kommt näher an die Scheibe der Schleuse, und sein Blick verfinstert sich. Ich glaube, ich weiß, wieso: Tian, Silver und ich sind von Kopf bis Fuß nass und verschlammt. Ich lächele ihm zu und ziehe die Schultern hoch. Ist doch alles kein Problem, soll das bedeuten. Dad versteht meine Geste und wendet sich wieder Conrad zu.

Der trägt eine Platte mit Trockenfisch und stellt sie zwischen den Kaffeebechern ab. Makrele, Thunfisch, Blaufisch, egal was, es schmeckt alles gleich.

Hauptsache Essen.

Dass diese Nahrung nicht gesund ist, weiß ich. Die Fische mussten den Müll fressen, der im verschmutzten Wasser treibt. Was anderes blieb ihnen nicht übrig. Und auch wir haben keine Wahl: Wir essen diese Tiere, egal wie vergiftet sie sind.

---

* Etwas ist nur beschränkt verfügbar.

Ich bin wie alle hier eine Trockenfisch-Expertin geworden. Magere Fische eignen sich besser zum Trocknen als fettreiche. Die brauchen ewig, bis sie ausgetrocknet sind, und können auch mal verderben. Das stinkt dann immer furchtbar, und wir beeilen uns, sie zurück in den Ozean zu werfen.

Trockenfisch gibt es zu jedem Frühstück. Denn so lang ist die Liste der Möglichkeiten nicht.

Mehl und Hefe zum Backen haben wir nicht mehr.

Milch, um Butter oder Käse herzustellen, ist längst aus.

Obst und Gemüse ebenso.

Das Einzige, wovon wir wirklich genug haben, ist das, was im Wasser lebt. Und Salz!

Das salzige Ozeanwasser ist der beste Lieferant. Doch alles andere zum Würzen fehlt uns natürlich.

Conrad entdeckt Tian, Silver und mich durch die Scheibe und tippt auf die Stelle am Handgelenk, an der früher noch seine Uhr tickte. Die ist natürlich längst zerkratzt und das Glas gesprungen.

Tian schaut auf die Anzeige über der Kantinenschleuse. »Noch eine halbe Stunde!«

»Egal«, sage ich. »Ich warte hier.«

»Ich auch«, sagt Silver und setzt sich auf den Boden.

»Beachtet die Hygienevorschriften«, mischt sich Godmother ein. »Ihr müsst euch waschen und frische Kleidung anziehen.«

Sie sieht natürlich, wie verdreckt und nass wir sind. Und selbst ohne die Kameras müsste sie nur eins und eins zusammenzählen. Godmother weiß, was wir alles im Wartungsdeck geleistet haben.

»Hygienevorschriften … Natürlich …«, presse ich so gut gelaunt wie möglich heraus und reiche Silver die Hand. »Komm!«

Silver zieht sich hoch.

Tian ist schon im Waschraum verschwunden.

Als wir dort ankommen, singt er in einer Duschkabine. Er kann das gut, finde ich.

Na ja, erstens bin ich nicht sehr anspruchsvoll und zweitens eine miserable Sängerin.

Auf der Serverinsel gibt es so gut wie keine Musik. Godmother spielt uns nur zu besonderen Anlässen etwas vor. Mary und die anderen Alten treffen sich manchmal zum Singen. Uns jungen Analogen ist das zu peinlich.

Silver blickt zu Tians Kabine und schüttelt den Kopf, dort läuft längst kein Wasser mehr. Er singt trotzdem weiter.

»Läuft zwischen euch was?«, fragt mich Silver leise.

Sie flüstert vor Godmothers Kameras! Sie weiß doch, wie wenig Godmother das mag.

Aber Silver wird nicht von Godmother ermahnt. Offenbar konnte sie alles von Silvers Lippen lesen. Darauf kommt es an. Godmother will einfach nichts verpassen.

»Zwischen Tian und mir? Spinnst du?«, frage ich.

»Ich dachte nur, weil …«

Tian hört auf zu singen, und Silver verstummt. Er kommt mit frischer Kleidung aus der Kabine. »Ist was?«

»Nein«, sagen Silver und ich gleichzeitig, was unsere Antwort nicht sehr glaubwürdig macht.

Egal, Tian geht einfach an uns vorbei.

Bevor ich mit Silver weiterreden kann, ist sie schon in der Duschkabine verschwunden. Ist nicht der richtige Zeitpunkt für sie, schon kapiert.

Ich hole mir aus dem Schrank neben den Waschmaschinen saubere Sachen. Meinen verdreckten Schutzanzug werfe ich in die Box mit der Aufschrift *Stark verschmutzt.*

Auf dem Monitor über der Wäschebox steht der Name der Person, die heute Wäschedienst hat: *Aidan.*

Das passt. Der ist kräftig, dem macht diese Arbeit nicht so viel aus. Die Alten hätten sich bei den dreckigen Sachen von uns die Hände wund gescheuert. Der Schlamm von der vermüllten Entsalzungsanlage klebt noch überall.

Seit unsere Waschmaschinen kaputt sind, müssen wir von Hand waschen. Die vom unteren Deck haben uns schon Hilfe angeboten, eine Maschine dreht sich bei denen noch. Doch sie wollten als Gegenleistung Kaffee.

Das können sie vergessen.

Kaffee ist unser Gold. Wobei der Vergleich schlecht ist. Mit Gold kann auf der Serverinsel keiner was anfangen, denn man kann das Metall weder essen noch trinken.

Mein Vater hat mir erzählt, dass Gold in den Klimakriegen das Wertvollste überhaupt war. Die Leute bezahlten damit ihre Flucht, ihr Essen oder sogar sauberes Wasser. Bis irgendwann klar war, dass nach diesen Kriegen alles vorbei sein würde. Dass das gebunkerte* Gold überhaupt nichts bringt.

Deswegen war auch ein Upload zu dem Zeitpunkt mit Gold nicht mehr zu kaufen. Bezahlt werden konnte nur noch mit Lebenszeit, also Dienstjahren.

Egal, meine Eltern hatten sowieso nie Gold.

Für einen Bündel Geldscheine bekamen mein Vater und meine Mutter nur ein Kilo Äpfel, einige Kartoffeln und zwei Packungen Mehl. Das reichte für ein paar Tage, mehr nicht. Und als es in der Stadt nichts mehr zu essen und trinken gab, mussten wir fort.

Wir flohen an die Küste.

Meine Eltern hörten von der Evakuierung. Sie hatten die richtigen Berufe und mich – das war wichtig. Die Serverinseln brauchten auch Nachwuchs. Das behaupteten zumindest die Leute auf dem Schiff.

Nur Flüchtlinge mit Kind durften an Bord.

Wie gefährlich so eine Flucht über den Ozean ist, sagte uns keiner.

Meine Mutter bezahlte sie mit ihrem Leben.

Ich spüre einen Kloß im Hals.

»Yolanda?«

Ich schrecke auf. Wie lange starre ich schon auf die kaputten Waschmaschinen?

»Ja, Godmother.«

»Ich wollte dich nicht stören bei deinen Gedanken. Aber du machst mir Sorgen.«

---

* Etwas über einen längeren Zeitraum ansammeln und (an einem geheimen Ort) aufbewahren.

»Bin nur müde.«

Silver kommt aus der Duschkabine. Sie trägt geflickte Jeans und einen blauen Kapuzenpulli. Verblichen, aber noch lesbar, steht darauf: *Geh mit Körper und Geist online – geh godline!*

Sie umarmt mich, obwohl ich noch den dreckigen Schutzanzug anhabe. »Godmother hat recht. Du siehst nicht gut aus.«

Na toll, jetzt machen die beide auch noch einen auf besorgte Mama. Zumindest stelle ich mir so eine Mutter vor.

Ich bin traurig, ja. Aber ich will nicht darüber sprechen, schon gar nicht, wenn Godmother zuhört.

Die Gedanken an meine Mutter kommen manchmal einfach so. Und sie gehen wieder.

»Keine Sorge«, sage ich zu Silver. »Es hat nichts mit Tian zu tun, der ist für mich ...«

»... wie ein großer Bruder«, beendet Godmother meinen Satz.

Ich nicke, lächele und versuche dabei, wieder glücklich auszusehen.

»Tian empfindet vielleicht mehr für mich«, sage ich Silver, »doch ich nicht für ihn.«

Sie nickt, und ich entdecke einen neuen Ausdruck in ihrem Gesicht. Sieht sie erleichtert aus?

In der Duschkabine drücke ich meinen Zeigefinger auf den Sensor. Eine Ration Flüssigseife spritzt auf meine Hand. Heißes Wasser dampft aus den Düsen.

Ich zähle die Zeit rückwärts, um die Seife abzuduschen, bevor kein Wasser mehr kommt.

Fünfzehn, vierzehn, dreizehn, zwölf, elf, zehn, neun, acht, sieben, sechs, fünf, vier, drei, zwei, eins ...

Schließlich tropft es nur noch aus dem Duschkopf. Vor einem Jahr waren es noch zwanzig Sekunden. Doch wir müssen immer mehr Energie sparen.

Die Alternative ist kaltes Salzwasser, direkt aus dem Pazifik. Darauf kann ich verzichten. Es ist ungefiltert und voller Keime und Bakterien.

Ich trockne mich ab und schließe die Kabine auf.

Silver ist fort.

Tian steht vor dem großen Wandspiegel, schabt sich mit einem Rasierer den Seifenschaum aus dem Gesicht.

»Schon wieder da?«, sage ich.

Tian zeigt auf eine der Kameras und dann auf den Schaum in seinem Gesicht. »Godmother findet, es ist wieder an der Zeit.«

»Beachte die Hygienevorschriften«, sagt Godmother.

Doch ich ahne, was hier wirklich vorgeht.

Sie wollte, dass Tian und ich in Ruhe sprechen können. Sie weiß, wie es um seine Gefühle steht. Und sie hat gehört, was ich davon halte.

Godmother will natürlich, dass wir auf der Serverinsel gut miteinander auskommen. Deswegen brauchen Tian und ich eine Aussprache.

Godmother ist es egal, wie hungrig ich bin, wie kaputt und müde und wie traurig wegen Mum.

Tian flucht, der weiße Schaum an seinem Kinn färbt sich rot. Auch die Rasierklingen sind nicht mehr die besten.

»Tut's weh?«, frage ich.

Tian schüttelt den Kopf. Er schaut mich an und wartet auf mehr. Hat ihn Godmother etwa auf das Gespräch vorbereitet?

»Möchtest du Tian etwas sagen?«, fragt mich Godmother.

Sie kann so peinlich sein, diese Computerfrau.

Tian schaut in eine der Kameras, dann zu mir. Ich habe keine Ahnung, wie ich es ihm schonend beibringen kann. Ich will ihn nicht verletzen, doch er muss wissen, woran er ist. Als beste Freundin werde ich immer für ihn da sein, aber eben nie als *die* Freundin. Nur kann ich das einfach so sagen?

»Tian … ich … also … wollte …« Ich stottere herum, und das macht die Sache nicht besser. »Ich denke … wir beide …«

»Yolanda ist nicht in dich verliebt«, platzt es aus Godmother heraus.

So hätte ich es garantiert nicht gemacht! Tian schaut zu mir, ich starre auf den Boden.

»Kannst du damit umgehen?«, fragt Godmother. »Oder möchtest du mit Yolanda darüber sprechen?«

Tian kratzt sich mit der stumpfen Rasierklinge Schaum vom Gesicht.

»Tian?«

Er holt Luft, seine Stimme klingt brüchig, doch er bekommt immerhin etwas raus. »Nein danke, Godmother. Ich brauche dazu kein Gespräch.«

Ich will Tian umarmen, aber er weicht einen Schritt zurück.

»Tian braucht ein wenig Zeit«, sagt Godmother. »Und ein wenig Abstand. Geh bitte in die Kantine, Yolanda.«

Hoffentlich kommt Tian wirklich damit klar. Ich suche seinen Blick. Doch er konzentriert sich auf seine Rasur, als würde er über den Bauplan einer neuen Serverinsel nachdenken.

Er will seine Ruhe, und das muss ich akzeptieren, so schwer es mir fällt.

Die Aussprache lief zwar nicht optimal, aber irgendwie bin ich froh, dass Godmother das für mich erledigt hat.

Bevor sich die Schleuse hinter mir schließt, macht Godmother schon weiter mit Tian. Bis eben dachte ich, peinlicher könnte es nicht werden. Doch dann höre ich Godmothers Satz. »Tian, weißt du, dass Silver dich sehr, sehr mag?«

Was soll das jetzt? Hat Silver das etwa Godmother anvertraut? Wieso spricht sie mit diesem Computer über ihre Gefühle statt mit mir? Ich bin Silvers beste Freundin, nicht Godmother!

Die Schleuse zischt zu, und ich werde nicht erfahren, was Godmother ihm noch erzählt.

Kurz darauf stehe ich allein vor dem Schleusentor der Kantine, betrachte die Kaffeekannen und den Trockenfisch auf dem langen Tisch.

Endlich leuchtet die Schleuse grün.

Ein Blick in die Kamera.

Den Finger auf den Sensor.

Der Ganzkörperscan.

Geschafft.

Conrad schenkt mir Kaffee ein, mein Vater legt mir ein Stück Fisch auf den Teller. Mit vollem Mund berichte ich von unserer Reparatur im Wartungsdeck. Dabei muss ich aufpassen, nur das zu erzählen, was Godmother schon weiß. Das Marmeladenglas kommt natürlich nicht vor in meiner Geschichte.

»Wie war es für Tian da unten?«, fragt Dad.

»Hat alles geklappt. Ihm geht's sehr gut«, sage ich und weiß, dass es nicht stimmt. Tians Herz ist gebrochen, und ich bin daran schuld. Doch das geht meinen Vater nichts an.

Längst sitzen alle auf ihren Plätzen. Silver hat ihren Fisch schon aufgegessen und nimmt sich noch einen.

»Was gibt's zum Mittagessen?«, fragt Mauro.

»Gebratenen Fisch«, sagt Dad.

»Ach was?«, sagt Mauro trocken.

Er hat recht, was soll es sonst geben.

»Makrelen«, erklärt Conrad. »Makrelen gibt es heute.«

Mauro verzieht das Gesicht. »Ich hasse Makrelen.«

Aidan schüttelt den Kopf. »Makrelen schmecken ja gut. Die Gräten sind das Problem.«

Tian nagt am Trockenfisch und beteiligt sich nicht an dem Gespräch. Er schaut auf den Monitor an der Wand. Ich folge seinem Blick und lese, wer heute welche Aufgabe hat.

Hinter jedem Namen listet Godmother auf, was diese Person zu tun hat. Überraschungen sehe ich da keine.

Mauro hilft seinem Bruder Aidan mit der Wäsche. Dad und Conrad haben weiterhin Kantinendienst. Im Kontrollzentrum arbeiten Emre und Josie, die Eltern von Mauro und Aidan.

Mary hat Dienst im Labor wie jeden Tag, wenn die Krankenstation leer ist. Silver ist fast immer bei ihr. Aber ihr Name steht heute nicht auf dem Monitor.

Und als ich weiterlese, kapiere ich, wieso. Silver, Tian und ich haben den Vormittag frei. Das haben wir nach dem Einsatz im Wartungsdeck auch verdient! Offenbar sehen das die anderen ebenfalls so, zumindest beschwert sich niemand.

Ich muss unbedingt ein paar Stunden Schlaf nachholen. Doch zuerst will ich auf das Freideck mit Silver und Tian.

Ich kann es kaum abwarten, Tian endlich von dem Zettel zu erzählen, von der geheimen Botschaft aus dem Marmeladenglas. So können wir endlich über etwas anderes reden als über uns beide. Schließlich ist zwischen uns jetzt alles geklärt, dank Godmothers klaren Waschraum-Worten.

Ich schlucke den letzten Bissen vom Trockenfisch herunter und trinke den dünnen Kaffee aus. Tian schaut endlich zu mir, und ich nicke hoch zur Decke, also Richtung Freideck.

Silver steht schon neben ihm und klopft auf seine Schulter. Sie kann nicht wissen, was Godmother gerade im Waschraum zu Tian gesagt hat.

Tian, weißt du, dass Silver dich sehr, sehr mag?

Wir erreichen zu dritt die Schleuse, da ruft uns Josie hinterher: »Wartet! Ich muss noch was vermelden.«

Die anderen verstummen und schauen zu ihr. Kein Wunder, es gibt nicht viele Neuigkeiten auf der Serverinsel. So ein Nachtalarm ist die Ausnahme. Schiffe kommen keine mehr. Und die Besuche von der Serverinsel Godland zweiundvierzig sind seit Ewigkeiten gestrichen.

Josie steht auf, und es sieht etwas zu formell aus. »Emre und ich, wir bereiten im Kontrollzentrum die nächste Zeremonie vor.«

Eine Zeremonie?

Alle quatschen gleichzeitig los. Und meine Gedanken überschlagen sich. Wer ist es? Für wen wird die Zeremonie gemacht?

Etwa für Mary oder Conrad? Nein, das hätten sie uns doch selbst gesagt. Wer hat dann seine zwanzig Jahre Dienstzeit geschafft?

Selbst Tian erwacht wieder zum Leben und überlegt laut. Dad sagt etwas von einem älteren Mann in Deck B. Mauro widerspricht ihm.

Godmother mischt sich laut ein. »Stopp! Nicht alle auf einmal reden!«

Alle schweigen.

So ein Durcheinander hasst sie – noch mehr als Flüstern. Sie bekommt dann wieder Probleme mit der Stimmerkennung und weiß nicht, was gesagt wird.

Nach fünf Sekunden Stille spricht Godmother in normaler Lautstärke weiter. »Danke für die Ruhe.« Sie klingt wieder freundlich. Immerhin ist sie nicht nachtragend. »Josie, bitte erzähle den anderen von der Zeremonie.«

Josie nickt in die Kamera direkt über unserem Esstisch. »Die Zeremonie ist für Zoe von Deck B. Sie hat morgen ihren letzten Arbeitstag. Sie geht danach godline.«

»Siehst du!«, flüstert Dad Mauro zu. »Deck B!«

Mauro antwortet prompt. »Du hast älterer Mann von Deck B gesagt, nicht ältere Frau.«

Er flüstert leider nicht so wie Dad.

»Mauro!«, sagt Godmother im Befehlston. »Verlasse sofort die Kantine. Einen Monat Dienstzeitverlängerung.«

Dad mischt sich ein. »Aber ich bin schuld, ich …«

»*Zwei* Monate Dienstzeitverlängerung für Mauro!«

Dad schweigt.

Mauro springt auf, sein Kaffeebecher kippt um. Conrad greift danach und verhindert Schlimmeres. Besteck, Becher, Gläser und Teller sind zwar nicht so kostbar wie Kaffee, doch wir haben auch davon viel zu wenig.

Ein auf dem Boden zersprungener Becher hätte Mauro noch eine größere Strafe eingebracht. Wobei zwei ganze Monate schon hart genug sind.

»Josie«, sagt Godmother, als wäre nichts gewesen, »bitte erzähle den anderen von der Zeremonie.«

Bei solchen Sätzen erinnert uns Godmother daran, dass sie kein Mensch ist, sondern ein Computer. Sie hat den Satz von vorher einfach wiederholt. Kein Wort ist vertauscht, selbst die Betonung ist identisch.

Anfangs dachte ich, sie ist einfach nur schlecht programmiert. Inzwischen sehe ich das anders. Godmother macht das sehr bewusst so. Natürlich könnte sie andere Wörter finden, und es wäre kein Problem, die Stimmlage zu ändern.

Aber sie klingt manchmal extra wie eine Maschine. Sie zeigt uns: Ich bin ein Computer. Ich kann einen Satz tausendmal wiederholen, tausend Jahre lang. Mich stört das nicht. Aber ihr seid Menschen, ihr habt nicht ewig Zeit. Also tut gefälligst das, was ich sage! Denn ändern werde ich meine Meinung nie.

Josie erzählt aufgeregt weiter. Es fällt ihr nicht leicht, sie starrt in ihren leeren Becher, um sich zu konzentrieren. Kein Wunder, so eine Zeremonie ist das Größte, was auf der Serverinsel passiert. »Die Zeremonie findet morgen nach dem Abendessen statt.«

Wir wechseln Blicke, doch keiner sagt etwas, keiner will wie Mauro bestraft werden.

Ich versuche, mir die alte Zoe vorzustellen, und es fällt mir schwer.

Godmother achtet darauf, dass die Decks voneinander getrennt sind. Dafür hat sie viele Gründe. Einer lautet: Bricht bei einem Deck eine Krankheit aus, bleibt das andere Deck gesund.

Jedes Deck hat eigene Aufgabenbereiche, eigene Arbeitszeiten. Wir verbringen nie Zeit miteinander. Es gibt keine gemischten Teams.

Nur eine Ausnahme kenne ich: Mary von unserem Deck und Zoe von Deck B. Sie machen die gleiche, wichtige Arbeit in ihren Labors, tauschen sich aus. Nur bei ihnen erlaubt Godmother öfter ein Treffen. Die beiden sind auch dick befreundet.

Ich versuche, in Marys Gesicht zu lesen, aber sie blickt teilnahmslos auf ihren Teller. Sie zeigt keinerlei Freude über die anstehende Zeremonie. Ich kann das verstehen. Einerseits hat es Zoe geschafft, sie darf godline gehen. Andererseits verliert Mary somit eine gute Freundin. Doch vielleicht ist Zoes Nachfolgerin auch nett?

Josie ist nicht so richtig bei der Sache. Eigentlich müsste sie sagen, wer eine Rede hält und was unsere Aufgaben bei der Zeremonie sein werden.

Emre räuspert sich, legt eine Hand auf Josies Schulter. »Soll ich weitermachen, Schatz?«

Doch er muss seiner Frau nicht helfen.

Godmother projiziert* für Josie einen Text auf den Esstisch. Dazu gibt es ein Hologramm** mit dem Porträt von Zoe. Ihr dreidimensionales Bild lächelt uns an und dreht sich im Kreis.

Hologramme zeigt uns Godmother extrem selten. Diese Darstellungen kosten viel Energie, und die muss schließlich gespart werden. Ich finde es total schön, dass sie uns trotzdem Zoe auf diese Weise zeigt. Es sieht so aus, als wäre sie für einen Augenblick unser Gast in der Kantine.

Josie liest die projizierten Zeilen aufgeregt vor, obwohl wir sie ja selbst alle lesen können. »Wir treffen uns morgen nach dem Abendessen mit Deck B in der Meldestelle. Mary wird die Feierrede für ihre Freundin Zoe halten.«

Mary zeigt immer noch keine Regung, sie schaut sich nicht einmal das Hologramm ihrer Freundin an. Wo ist sie nur mit ihren Gedanken?

»Danach begleiten wir Zoe zusammen zur Himmelspforte«, liest Josie weiter vor. »Im Anschluss wird in der Kantine gefeiert. Godmother wird später jedem sagen, was er zu tun hat bei diesem wunderschönen Ereignis.«

Das Porträt von Zoe verschwindet, und der Text löst sich auf. Josie hat es geschafft und holt erst mal Luft.

Silver, Tian und ich verlassen die Kantine.

Endlich können wir auf das Freideck. Ich versuche nicht zu schnell zu gehen, mir nichts anmerken zu lassen.

Kaum stehen wir vor der Schleuse zum Treppenhaus, ruft uns Godmother nach: »Moment, ihr drei!«

Ruckartig bleiben wir stehen.

---

* Bilder oder Texte mithilfe eines Projektors auf einer Fläche vergrößert abbilden.

** Dreidimensionale, digitale Abbildung eines Gegenstandes oder einer Person, die frei im Raum schwebt und dadurch sehr real wirkt.

4

»Ihr müsst euch wärmer anziehen«, fordert Godmother, »es ist kalt draußen.«

Auch wenn die Kameras und Mikrophone dort kaum etwas taugen, die Messgeräte funktionieren natürlich. Godmother weiß, wie stark der Wind weht, aus welcher Richtung er kommt. Sie kennt die Temperatur, den Luftdruck und die Luftfeuchtigkeit.

Wir holen dicke Schutzjacken und Mützen aus unseren Kojen. Godmother braucht uns gesund.

Zwei Minuten später gehen wir durch die Schleuse auf das Freideck. Endlich!

Draußen zieht ein eisiger Wind über das Deck. Er treibt mir Tränen in die Augen.

Die Sonne steht dicht über dem Horizont und schimmert auf den Wellen. Es ist noch nicht lange hell.

Ich blicke hoch zum riesigen Windrad weit über uns. Die Rotorblätter drehen sich verrückt schnell mit einem tiefen Brummen.

Wumm. Wumm. Wumm.

Eine riesige Welle klatscht auf einen der leeren Container, die am Rand befestigt sind. Eine Wasserfontäne spritzt uns nass.

»Verdammt!«, brüllt Tian.

»Zwischen den Solarzellen ist es besser«, sagt Silver und läuft los.

Wir folgen ihr und setzen uns in eine Mulde zwischen den fünf Meter hohen Aufbauten. Hier ist es windstill und trocken. Wir rücken eng zusammen, sonst versteht keiner etwas. Der Lärm von den Wellen und dem Windrad ist überall.

»Kennt eine von euch Zoe gut?«, fragt Tian.

Ich wundere mich über seine Frage. Will er nicht wissen, was es mit der Botschaft auf sich hat?

»Hab Zoe kaum gesehen«, sage ich.

»Ich schon«, sagt Silver. »Sie besucht uns oft im Labor. Und du?«

Tian wischt sich das Wellenwasser aus dem Gesicht und lehnt sich gegen eine der Stützen der Solarzelle. Er hält seine Hand mit den vier Fingern hoch. »Sie hat mir damals die Fäden gezogen.«

»Stimmt«, sagt Silver. »Mary war krank.«

Tian nickt. »Wie alt ist Zoe?«

»So um die siebzig«, sagt Silver. »Neunzehn Jahre Dienstzeit.«

»Wieso hat sie ein Jahr Verkürzung bekommen?« Ich höre selbst den Neid in meiner Stimme. Das ist mir natürlich peinlich. Zoe ist eine alte Frau. Sie hat es verdient, endlich godline zu gehen.

»Zoe arbeitet so hart wie Mary«, sagt Silver. Sie hat meinen Neid bemerkt und ärgert sich über mich. »Diese alte Frau hat jede Verkürzung verdient!«

»Klar«, sage ich. Aber selbst dieses kleine Wort bekomme ich nicht überzeugend heraus.

»Das ist erst unsere zweite Zeremonie«, sagt Tian.

»Wie hieß der Typ von der ersten noch mal?«, fragt Silver.

Keinem von uns fällt der Name ein. Es war die Zeit, in der noch Schiffe kamen. Da gab es mehr Abwechslung, die Zeremonie war zwar ein Ereignis, aber eben eines von vielen.

Tian beugt sich zu uns vor. Silver und ich rücken näher.

»Auf dem Wartungsdeck. Was war da los? Was habt ihr entdeckt?«

Ich dachte schon, er interessiert sich überhaupt nicht mehr dafür!

»Da war eine kleine Kiste«, fängt Silver an, »und darin lag ein Zettel …«

»… im Marmeladenglas …«, ergänze ich, als ob das eine Rolle spielen würde.

Tian streckt die Hand aus. »Zeigt mal den Zettel!«

Silver schüttelt den Kopf.

»Was?«, fragt Tian und zieht die Hand zurück.

Silver zeigt auf mich. »Den hat sie leider gegessen.«

Tian schaut mich sprachlos an.

Ich ziehe die Schultern hoch. »Fand ich sicherer. Godmother sieht doch unten alles. Den Zettel hätte sie vielleicht entdeckt.«

»Schon gut«, sagt Tian und schaut zu Silver. »Und was stand drauf?«

»Godland ist ein Fake. Seid bereit«, sagt sie.

Tian schaut uns ernst an und schweigt. Hat der keine Meinung dazu? Ist er verunsichert? Weiß er nicht, wie er darauf reagieren soll? Oder ahnt er mehr als wir? Ist die Botschaft etwa keine Überraschung für ihn?

Endlich verändert sich etwas in Tians Gesicht. Er zieht die Augenbrauen zusammen und sagt mit trotzigem Ton: »Wie jetzt? Das war's?«

Jetzt sind es Silver und ich, die schweigen.

Tian lacht auf, aber es klingt irgendwie gespielt. »Deswegen das ganze Theater hier?«

Er spricht wie einer der Alten. *Das ganze Theater* … Nur Conrad und Mary waren überhaupt schon einmal in einem Theater. Wir Jungen verwenden diese Redewendungen einfach so, wir plappern ihnen nach.

»Was für ein Theater?«, fragt Silver.

»Das geheime Gespräch auf dem Freideck.« Tian steht auf, will gehen. »Mit dem Zettel können wir doch überhaupt nichts anfangen!«

Ich halte ihn am Hosenbein fest. »Warte! Wir müssen zumindest mal darüber reden!«

Tian schüttelt meine Hand vom Stoff. »Über was denn? Da stand nur *Godland ist ein Fake.*«

»Genau.«

»Das ist kein Geheimnis«, sagt Tian. »Godland ist eine Computersimulation. Natürlich ist Godland nicht echt. Das wissen wir doch alle, und trotzdem wollen wir dorthin. Weil es hier einfach nur Scheiße ist und …«

»Warte!«, unterbricht ihn Silver. »Das kann auch anders gemeint sein.«

»Aha, wie denn?«, fragt Tian gereizt.

»*Godland ist ein Fake* kann auch bedeuten: Es gibt diese Simulation gar nicht!«

Tian blickt Silver fassungslos an und setzt sich endlich wieder zu uns. »Du meinst, wir müssen zwanzig Jahre für nichts arbeiten? Godmother lässt uns schuften, und am Ende ist da *nichts*?«

»Nein. Nicht *ich* meine das! Aber vielleicht die Person, die diesen Zettel geschrieben hat.«

Tian beruhigt sich wieder. Er kapiert offenbar, was Silver ihm sagen will. Sie will diesen Zettel nur richtig deuten. Sie will die Worte verstehen. Und natürlich glaubt sie nicht an das, was da behauptet wird.

Tian zieht seine Mütze ab und stopft sie in eine der mindestens zehn Taschen seiner Schutzjacke. Offenbar ist ihm bei der Diskussion warm geworden. »Und was soll das mit diesem *Seid bereit*?«

Ich schüttele den Kopf. Keine Ahnung.

Silver versucht es. »Wir sollen glauben, Godland existiert nicht. Okay. Und dann kommen die …«

»… wer immer *die* sind …«, wirft Tian ein.

»… und holen uns vielleicht ab«, macht Silver weiter.

»Wohin auch immer«, sage ich. »Vielleicht auf eine andere Serverinsel.«

»Sind ja tolle Aussichten«, sagt Tian. »Halten die sich für unsere Retter oder was?«

»Vielleicht eine Sekte«, sage ich. »In den Jahren vor der Evakuierung wimmelte es nur so von solchen Gruppen.«

»Sagt wer?«

»Hat mir mein Vater erzählt. Diese Leute sprachen vom Jüngsten Tag*, behaupteten, die Klimakriege seien ein Zeichen Gottes. Für meinen Vater waren das nur Ausreden.«

»Was für Ausreden?«, fragt Tian, vermutlich nur, um zu diskutieren. Weil so schwer zu verstehen ist es ja nicht wirklich.

»Weil das Chaos nichts mit Gott zu tun hat …«

---

* Auch „Tag des Jüngsten Gerichts", dies ist eine religiöse Vorstellung von einem göttlichen Gericht, das am letzten Tag der Welt stattfindet, um ein Urteil über die guten und schlechten Taten aller Menschen zu sprechen.

»... also angenommen, es gibt einen ...«, unterbricht mich Silver.

»Ist ja jetzt egal. Also, es war menschliches Versagen über Jahrzehnte hinweg.«

Silver nickt etwas zu eifrig. »Zu viel Konsum, zu viel Verschmutzung, zu viel *Ich* – zu wenig *Wir.*«

Tian und ich starren Silver an.

»Das ist nicht von mir, das ist von Mary.«

»Schon gut.« Tian steht schon wieder auf.

Wieso kann er nicht einfach mal zwei Minuten sitzen bleiben?

»Egal, ob Sekte oder nicht«, sagt er, »die Sache geht uns nichts an.«

Ich versuche ihn wieder am Bein zu fassen, doch er macht einen Schritt zurück. Also stehe ich auf. »Was? Uns geht das nichts an? Wen denn sonst bitte?«

Tian zieht die Schultern hoch. »Godmother vielleicht?«

»Gut. Dann rede ich eben mit ihr darüber!«

Silver zieht mich wieder zu sich runter. »Bist du verrückt? Das mit dem Zettel hätten wir ihr gleich sagen müssen! Auf dem Wartungsdeck, in der Anlage. Oder beim Frühstück. Aber nicht erst jetzt. Sonst weiß sie doch, was wir hier oben machen. Was *frische Luft* für uns bedeutet.«

»Das ahnt sie sowieso schon«, sagt Tian.

Sie haben natürlich recht, wir müssen vorsichtig sein.

Tian schaut durch einen Spalt zwischen den Solarzellen in den Himmel. »Wir müssen das mit dem Zettel für uns behalten. Sonst gibt es Ärger.«

»Sehe ich auch so«, sagt Silver und schaut mich an. »Yolanda?«

Mein Blick wandert zwischen den beiden hin und her. Godmother nichts von dem Zettel berichten? Zumindest bekommen wir so keine Probleme und keine Verlängerung der Dienstzeit.

Und noch etwas finde ich daran gut: Silver, Tian und ich treffen gemeinsam eine Entscheidung. Es fühlt sich wieder an wie früher. Als Tian noch nicht in mich verknallt war und Silver deswegen auch nicht eifersüchtig.

»Okay«, sage ich. »Wir werden Godmother nichts sagen. Die Botschaft ist vielleicht schon zehn Jahre alt, sie kann ewig im Ozean herumgetrieben sein.«

Die beiden anderen überlegen. Silver nickt langsam. Tian löst endlich den Blick vom Himmel und schaut mich an. »Aber was denken wir wirklich darüber?«

Ich verstehe ihn nicht richtig, und er merkt das. »Godland soll ein Fake sein. Und wenn sie doch recht haben und es wirklich so ist?«, erklärt er.

»Quatsch«, sage ich. »Wir sehen ja, dass es Godland gibt.«

»Tun wir das wirklich?«, fragt Tian. »Wie denn?«

Gute Frage.

Wir sehen Godland natürlich nicht. Aber Godmother steuert alles. Wieso sollte sie uns anlügen? Was hätte sie davon?

»Wieso bist du auf einmal so kritisch?«, fragt Silver.

Tian winkt ab, gähnt übertrieben laut und zeigt zur Schleuse. »Ich muss ein paar Stunden Schlaf nachholen.«

»Danke für die Antwort«, spottet Silver.

Aber ich verstehe Tian auch. Wir sind alle erschöpft von unserem Einsatz heute Nacht.

»Wir sehen uns zum Mittagessen«, sagt Tian und verschwindet in der Schleuse.

Silver will ihm folgen, und ich stelle mich ihr in den Weg. »Da ist noch was.«

»Etwas, was Tian nicht wissen darf?«

»Na ja, es geht um euch beide.«

Silver schaut mich mit großen Augen an.

»Godmother hat Tian gesagt, was du für ihn empfindest.«

Silver sieht nicht sehr überrascht aus. Keiner kann seine Gefühle vor Godmother verstecken. Sie beobachtet uns ja rund um die Uhr.

»Diese Drecksmaschine«, sagt Silver.

»Sie wollte Tian nur aufmuntern, weil ich ihn …«

Hinter Silvers Schultern bewegt sich etwas, und ich verstumme. Silver folgt meinem Blick und dreht sich um.

Weit entfernt, am Rand des Freidecks, steht jemand. Eine Welle bricht an der Metallkante und zieht die Person fast mit sich in den Ozean. Sie ist viel zu nah am Rand!

An der Stelle dürfen wir uns nur mit einer Sicherung aufhalten. Und dieser Mensch trägt keine der dicken Halterungen mit Seil. Zumindest kann ich von hier nichts erkennen.

»Das ist Mary«, sagt Silver.

Mary nähert sich noch einen Schritt dem Rand, und ich renne los.

Silver folgt mir.

»Stopp!«, schreie ich.

Mary hört nicht auf uns. Wenn sie noch einen Schritt macht, stürzt sie in den Ozean.

»Mary!«, ruft Silver. »Nein!«

Silver erreicht sie zuerst, packt sie an der Jacke und zieht Mary zu sich. Beide landen auf dem nassen Boden. Der Abgrund zum Pazifik ist keinen Meter entfernt.

»Loslassen«, schreit Mary. »Geh fort!«

Sie will sich von Silvers Griff befreien und tritt um sich. Ich packe ihre Beine und presse sie auf den Boden. Selbst wenn ihr das wehtut, besser als im Pazifik zu ertrinken ist es.

Bestimmt eine Minute geschieht nichts.

Mary hört endlich auf, sich zu wehren.

Sie weint, und Silver umarmt sie. Sie spricht leise mit der alten Frau. Alles bekomme ich nicht mit, doch die paar Worte reichen mir.

»Willst du mich im Stich lassen?«, fragt Silver und weint inzwischen genauso wie Mary.

Ich weiß, wie sie das meint.

Mary bedeutet Silver sehr viel. Sie kam wie Tian ohne Mutter und Vater auf der Serverinsel an. Tians Eltern waren bereits in den Klimakriegen gestorben. Silvers Eltern haben es nicht rechtzeitig bis zur Küste geschafft. Sie kamen zu spät zur Evakuierung. Silver verbrachte die Nächte bei einer Tante, die sie zu den letzten Schiffen brachte.

Schon zu Schulzeiten besuchte Silver die alte Mary jeden Tag im Labor. Mary war keine Mutter für sie, aber so etwas wie eine Ersatz-Oma. Deswegen durfte sie später bei Mary in die Lehre gehen. Godmother ließ die beiden sehr viel Zeit miteinander verbringen.

Godmother weiß, was gut für uns ist.

Kaum denke ich über diesen Satz nach, bekomme ich ein schlechtes Gewissen. Vielleicht sollte ich Godmother doch von dem Zettel erzählen? Wieso muss ich sie anlügen?

Andererseits sehe ich auch keine richtige Gefahr. Selbst wenn es so etwas wie eine Sekte gäbe, was soll passieren? Ein paar Verrückte haben eine Botschaft geschrieben, mehr nicht.

Mary hört in Silvers Armen auf zu weinen. Auch Silver wischt sich die letzten Tränen aus dem Gesicht.

»Wieso wolltest du springen?«, frage ich, und Silver straft mich mit bösen Blicken.

Sie will Mary in Ruhe lassen.

Das verstehe ich. Aber wir müssen wissen, was mit ihr los ist. Sonst steht sie morgen wieder hier am Rand. Den Sprung in die Tiefe würde sie überleben. Doch bei dem Seegang wäre selbst eine gute Schwimmerin nach wenigen Minuten tot.

»Silver«, sage ich, »wir müssen erst mal weg von hier.«

Sie nickt mir zu, wir ziehen Mary hoch, nehmen sie in unsere Mitte und gehen zur Anlage mit den Solarzellen zurück.

Wir setzen uns wieder in die windstille Mulde.

Ich bilde mir ein, dass der Platz noch warm ist von vorher, als wir mit Tian hier saßen. Doch das ist Quatsch. So lange keine Sonne auf diesen Stahlboden scheint, bleibt er eiskalt.

Silver streicht Mary über das Gesicht. »Ist es wegen Zoe? Wegen der Zeremonie morgen? Ihrem Upload? Fällt dir der Abschied so schwer?«

Mary starrt auf den Boden und zittert. Ich ziehe meine Schutzjacke aus und lege sie ihr über die Schultern. Silver streift ihre Jacke ab, und wir finden zu zweit etwas Wärme darunter.

So sitzen wir zu dritt minutenlang und schweigen. Der Ozean rauscht, und das Windrad donnert über uns hinweg.

Wumm. Wumm. Wumm.

Silver rutscht etwas näher zu Mary und ich rutsche mit, sonst klappt das mit der geteilten Schutzjacke nicht mehr. Und krank werden will ich nicht.

»Mary, wie viele Dienstjahre hast du noch?«, fragt Silver. »Nur noch zwei, oder?«

Mary hält sich die Hände vor das Gesicht. Will sie neue Tränen vor uns verstecken? Das muss sie nicht. Sie darf bei uns weinen, wenn sie möchte.

»Du bist doch bald selbst in Godland«, sagt Silver. »Du hast es bald geschafft!«

Ich versuche auch noch ein paar Sätze. Aber Mary reagiert nicht, egal was wir sagen.

Silver schaut mich ratlos an. Sie ist am Ende mit ihren Ideen. Ich habe noch eine.

Und so erzähle ich Mary von meiner Mutter, wie sie auf der Flucht hierher gestorben ist. Ich spreche nicht oft davon.

Ein gewaltiger Sturm riss meine Familie auseinander. Genau das ist der Grund, wieso sich mein Vater nicht auf Godland freuen kann.

Dad weiß, er wird seine große Liebe nie wiedersehen. Meine Mutter kam nie auf der Serverinsel an. Sie kann Godland nicht zwanzig Jahre lang dienen, um hochgeladen zu werden. Wenn mein Vater irgendwann zur Himmelspforte darf, kann er nur seine Erinnerungen nach Godland mitnehmen, aber nicht meine Mutter.

Ich streichle Marys Hände, die noch immer auf ihrem Gesicht ruhen. »Deswegen nennt mein Vater die Himmelspforte das Tor zur Hölle. Er kann sich nicht auf Godland freuen. Nicht ohne meine Mutter.«

Silver findet meine Idee offenbar gut, sie kapiert, worauf ich hinauswill, und macht weiter. »Mary, du gehst zusammen mit Conrad! Du wirst ewig mit deinem Mann godline sein.«

Vielleicht begreift Mary so langsam, was ihr Sprung bedeutet hätte. Sie wäre wie mein Vater für immer von ihrer Liebe getrennt worden.

Noch immer schweigt Mary.

Will sie diese Trennung etwa? Will sie gar nicht mehr mit Conrad zusammen sein? Doch sie kann ja ohne ihn godline gehen. Mary könnte sich dort ihren Traumpartner selbst erschaffen.

Inzwischen zittert sie am ganzen Körper.

»Lass uns ins Warme«, sagt Silver.

Mary blickt an uns vorbei zum Rand der Serverinsel. Sie schaut zu der Stelle, von wo wir sie gerettet haben.

Sie spricht leise und mit brüchiger Stimme.

»Zoe …«, fängt sie an und sucht nach Worten. Der Satz dauert ewig.

Ich bin so froh, dass sie endlich mit uns spricht. Bis ich begreife, was Mary eben gesagt hat.

»Zoe ist vor mir gesprungen.«

5

Silver bleibt bei Mary. Ich renne zum Rand.

»Die Sicherung!«, ruft Silver mir zu.

Stimmt, natürlich!

Ich hole mir aus dem Notfallkasten neben der Schleuse eine Weste, knipse eines der Seile daran fest. Endlich laufe ich zu der Stelle, an der Mary stand.

Doch der Wind ist zu stark!

Ich lege mich einen Meter vor dem Abgrund hin. Sicher ist sicher. Auf dem Bauch rutsche ich nach vorn, bis mein Kopf über das Freideck reicht. Ich schaue in die Tiefe und suche nach Zoe. Die Wellen da unten sind riesig. Das Wasser klatscht gegen die Inselwand aus Stahl.

Ich schreie ihren Namen gegen das Ozeanrauschen.

»Zoe!«

Nichts.

Ich sehe nur Wasser.

Kurz blitzt es rot unter mir auf, etwas treibt zwischen den Wellen.

»Zoe!«

Ich richte mich auf, laufe zum Notfallkasten neben der Schleuse zurück und ziehe einen der Rettungsringe heraus. Hätte ich vorher schon machen sollen, ich weiß. So haben wir es in den Simulationen auch gelernt. Doch erstens ist das ewig her, zweitens bin ich nur ein Mensch. Ich bin nicht Godmother. Ich mache Fehler.

Silver ruft mir zu: »Hast du sie gefunden?«

Sie hält Mary fest umklammert.

»Ja!«, schreie ich zurück. »Hab sie!«

Vielleicht muss Silver mir doch gleich helfen. Hochziehen kann ich Zoe nicht allein.

Aber so weit bin ich noch nicht. Ich lege mich wieder an den Rand, rutsche auf dem Bauch bis zur Kante.

Den Rettungsring halte ich fest umklammert. Ich muss gleich gut zielen, sonst treibt er ab, und Zoe bekommt ihn nicht zu fassen.

Aber wo ist sie jetzt?

»Zoe!«

Inzwischen strahlt die Morgensonne kräftig auf den Ozean. Ich schirme mit einer Hand die Augen ab, das grelle Licht tut trotzdem weh. Ich finde Zoe nicht mehr und schreie ihren Namen, bis mir der Hals wehtut.

»Zoe! Zoe! Zoe!«

Da funkelt es wieder rot zwischen den Wellen, bestimmt zehn Meter entfernt. Die Strömung hat sie fortgetrieben. Ob ich so weit werfen kann? Bestimmt nicht im Liegen!

Ich stehe vorsichtig auf, um mehr Schwung zu holen. Der Rettungsring fliegt zu Zoe und klatscht neben ihr ins Wasser. Mein Wurf war gut.

Sie muss sich nur daran festhalten, dann werde ich Silver rufen und mit ihr Zoe hochziehen.

Irgendwie bekommen wir das hin. Wenn nicht, holen wir Hilfe. Hätten wir gleich am Anfang machen müssen. Wie in der Simulation: erst Hilfe anfordern, dann selbst helfen. Noch einen Fehler gemacht.

Zoe greift nicht nach dem Ring.

Sie will nicht gerettet werden, sie macht ernst. Am Tag vor der Zeremonie! Was ist nur los mit ihr?

Da schiebt sich eine gewaltige Wolke vor die Sonne, und ich muss meine Augen nicht mehr mit der Hand abschirmen. Ich wische mir das Gesicht trocken.

Endlich kann ich wieder klar sehen.

Schreien muss ich nicht mehr. Das hat sich erledigt.

Was da unten zwischen den Wellen rot funkelt, das ist nicht Zoe. Es ist eine riesige rote Plastiktüte.

Sie treibt wie eine Qualle im Wasser. Ich drehe mich zu Silver, die Mary noch immer umarmt.

Mein verzweifelter Blick erklärt alles. Silver presst die Lippen zusammen und nickt langsam.

Auf dem Weg zur Schleuse spricht keiner von uns. Wir werden Godmother die Wahrheit sagen. Mary will das so. Eine Verlängerung der Dienstzeit ist ihr total egal, das habe ich begriffen. Sie freut sich nicht auf Godland. Ihr bedeutet das offenbar nichts.

So wenig wie Zoe.

Und meinem Vater.

Ich gehe zuerst durch die Schleuse.

Finger, Augen, Körperscan, und ich bin im Treppenhaus. Hier ist es im Vergleich zum Freideck angenehm warm. Ich ziehe mir die Mütze vom Kopf, meine Schutzjacke trägt noch Mary.

Sie steht in der Schleuse. Silver wartet auf dem Freideck, bis der Eingang für sie frei ist.

Was dauert da so lange? Erzählt Mary etwa jetzt schon alles Godmother? Aber wieso in der Schleuse? Sie ist doch noch total fertig.

Endlich öffnet sich die Schleuse, und Mary steht vor mir. Silver folgt umgehend.

»Mary!«, sagt Silver. »Wir wollten doch zusammen mit Godmother …«

Sie wird von Godmother unterbrochen. »Ich habe Mary in der Schleuse gefragt, wieso sie so traurig aussieht. Sie hat mir alles erzählt.«

Mary schluchzt, und Silver und ich nehmen sie in unsere Mitte.

»Es ist meine Schuld. Ich habe nicht geahnt, was geschehen würde«, sagt Godmother. »Eigentlich wollte Zoe mit Mary über die Zeremonie sprechen, über die Abschlussrede.«

Mary bekommt wieder kein Wort raus. Ich will nur noch in meine Koje und ein paar Stunden allein sein. Silver will bestimmt bei Mary bleiben.

»Ich bin sehr traurig«, sagt Godmother. »Das war ein tragischer Unfall. Zoe stand so kurz vor dem großen Neuanfang in Godland.«

Ich schaue irritiert zu Mary.

Was hat sie Godmother in der Schleuse erzählt?

Auch Silver kann ihre Verwunderung nicht verbergen und wiederholt das entscheidende Wort. »Unfall?«

»Ja, ein Unfall«, sagt Godmother. »Die Wahrheit würde die anderen Analogen verstören.«

»Verstören?«, frage ich.

»So etwas wie mit Zoe kann zu Nachahmern führen.« Godmother macht eine Pause, damit wir darüber nachdenken können.

Godmother sieht meine Zweifel. Wir sind nicht mehr auf dem Freideck. Ihren Kameraaugen entgeht hier drinnen nichts.

»Yolanda, viele werden sehr traurig sein. Und das kann zu falschen Reaktionen führen.«

Mary schaut betroffen auf den Boden, Silver hält ihre Hand fest umschlossen.

Ich muss schlucken.

»Willst du solche schlimmen Dinge nicht in Zukunft verhindern?«, fragt Godmother.

»Natürlich, aber wenn wir mit allen darüber reden und …«

Godmother unterbricht mich. »Das war ein tragischer Unfall. Zoe stand so kurz vor dem großen Neuanfang in Godland.«

Ich hasse es, wenn Godmother dummer Computer spielt. Doch ich begreife natürlich, was diese Wiederholung bedeutet: Kein Argument von uns wird sie umstimmen.

Das war ein tragischer Unfall. Zoe stand so kurz vor dem großen Neuanfang in Godland.

»Wir müssen uns ausruhen«, sagt Silver und zieht Mary mit sich.

Wir gehen langsam die Stufen zu unserem Deck nach unten. Keiner macht den Mund auf, jeder ist in Gedanken versunken. Und denken kann man auf der Serverinsel, was man will.

Wir Analogen sind nicht mit Godland verbunden. Erst nach dem Upload sind unsere Gedanken digitalisiert. Dann weiß Godmother natürlich, was in uns vorgeht.

Dort ist das okay für mich. Da darf sie alles über mich wissen. Wenn ich in Godland bin, werde ich keine Geheimnisse mehr brauchen. Es gibt in Godland kein schlechtes Essen, über das ich mich ärgern muss. Keine schwere Arbeit erwartet mich. Meine

Schlafzeit ist nicht auf sieben Stunden begrenzt, die Duschzeit nicht auf fünfzehn Sekunden.

Und es gibt niemanden, den ich davon abhalten muss, in den Ozean zu springen. Auf so eine Idee kommt dort keiner.

In Godland ist alles perfekt. Wirklich alles.

Auch wir Menschen sind es.

Aber mein Weg dorthin ist noch lang. Und bis dahin werde ich noch viele Dinge denken, von denen Godmother lieber nichts erfährt. Jetzt zum Beispiel, da ärgere ich mich über Godmothers Verhalten.

Obwohl Zoe absichtlich gesprungen ist, müssen wir von einem *Unfall* sprechen. Die Wahrheit kennen nur Mary, Silver und ich.

Godmother hat eine Lüge erfunden. Und wir werden sie verbreiten.

Wenn Godmother heute lügt, hat sie es früher auch schon getan? Und wenn ja, wie oft?

Wer musste vor uns schon Godmothers Lügen erzählen?

Bevor wir unser Deck erreichen, meldet sich Godmother noch einmal. »Silver bleibt heute den ganzen Tag bei Mary.«

»Sehr gern«, sagt Silver, und ich bin froh, dass jemand auf Mary aufpasst.

»Ich werde morgen allen von dem Unfall erzählen«, sagt Godmother.

Silver schüttelt wütend den Kopf. »Wieso warten wir damit einen ganzen Tag?«

Godmother bleibt die Ruhe selbst. »Ich muss noch wichtige Dinge vorbereiten.«

6

Meine Nacht war schrecklich. Ich habe wirre Sachen geträumt und bin ständig aufgewacht. Total verpennt sitze ich am Tisch in der Kantine. Was immer Godmother vorbereiten musste, ich werde es heute erfahren. Und ich werde hören, wie sie allen von Zoes gestrigem *Unfall* erzählt.

Ich zittere vor Aufregung, der Schlafmangel vielleicht.

Silver sitzt neben mir. Ich spüre ihren Arm, sie drückt ihn leicht gegen meinen. Das ist unsere für Kameraaugen unsichtbare Geheimsprache. Na ja, es ist kein Code oder so. Aber die Berührung bedeutet so viel wie: Wir stehen das zusammen durch.

Sachte drücke ich meinen Arm an ihren.

Ich starre auf die Platte mit Trockenfisch und meinen dampfenden Kaffeebecher. Doch weder Silver noch ich rühren etwas an. Mary sitzt uns gegenüber, und ihr geht es genauso. Sie bekommt keinen Bissen herunter.

Alle anderen haben Appetit wie immer.

Das einzige Thema am Tisch ist die abendliche Zeremonie.

»Wenn das mein Upload wäre, ich könnte wochenlang davor nicht schlafen«, sagt Mauro.

Aidan nickt. »Und nichts essen vor Aufregung.«

»Dann würdest du verhungern«, entgegnet Mauro.

»Ohne Schlaf stirbst du auch.«

Das geht minutenlang hin und her zwischen den Brüdern.

Alle sind aufgeregt – bis auf Silver, Mary und mich. Wir wissen als Einzige, dass die Zeremonie nicht stattfinden kann. Denn Zoe hatte einen *Unfall* – sie ist tot.

Wiiiiieeeeep. Wiiiiieeeeep. Wiiiiieeeeep.

Mary zuckt zusammen und stöhnt auf. Sie tut mir leid, sie bräuchte einen ruhigen Tag. Doch der Alarm bedeutet das Gegenteil davon: Wir müssen alle sofort zur Meldestelle.

Wiiiiieeeeep. Wiiiiieeeeep. Wiiiiieeeeep.

Auf dem Weg zur Schleuse blicke ich noch einmal zum Tisch. Ich hätte zumindest ein Stück Fisch essen sollen, mein Magen knurrt.

Nacheinander treten Silver und ich durch die Schleuse. Die Turnhalle füllt sich, und ich stupse Silver an. »Schau mal!«

»Kann nicht sein«, sagt sie. »Deck B kommt auch.«

Wenn der Alarm für beide Decks gilt, ist etwas so richtig kaputtgegangen. Nicht bloß ein Filter in der Entsalzungsanlage. Vielleicht ist irgendwo ein riesiges Leck?

Erst als ich Mary neben Conrad entdecke, ahne ich, was gleich kommt: Godmother will uns allen von Zoes *Unfall* erzählen.

Mary muss dasselbe denken. Sie vermeidet es, in unsere Richtung zu sehen, und starrt auf den Hallenboden.

Wiiiiieeeeep. Wiiiiieeeeep. Wiiiiieeeeep.

Mauro und Aidan stellen sich genervt neben uns. Tian kommt und quetscht sich zwischen sie. Neben mir wäre noch Platz gewesen.

Josie, Emre und endlich auch Dad sind da. Unser Deck ist komplett. Bei Deck B dauert es länger, sie haben auch einen weiteren Weg.

Ich kenne keinen von denen richtig. Wir sehen uns ja so gut wie nie.

Endlich hört der Alarm auf.

»Vier Minuten!«, verkündet Godmother. »Gut gemacht. Eure Dienstzeit verkürzt sich um drei Tage.«

»Danke«, sagen manche von uns.

Andere nicken nur. Ich tue nichts von beidem. Godmother stellt uns frei, wie wir auf solche Nachrichten reagieren.

»Ich muss euch leider etwas sehr Trauriges mitteilen«, sagt Godmother.

Mary blickt kurz zu Silver und mir.

Keiner rührt sich, nur Dads schweres Schnaufen ist zu hören.

Endlich spricht Godmother weiter. »Zoes Leben ist ausgelöscht.«

Ausgelöscht.

So nennen wir es auf der Serverinsel, wenn Analoge vor dem Upload sterben. Das kommt nicht oft vor.

Vor drei Jahren erkrankte ein Mann auf Deck B sehr schwer. Er hatte noch eine lange Dienstzeit vor sich und durfte sich nicht hochladen. Godmother wollte keine Ausnahme machen. Es wäre ungerecht, wenn Kranke früher nach Godland dürften.

»Wer will dann noch gesund sein?«, hat sie uns damals gefragt.

Ausgelöscht.

Das heißt, endgültig nicht mehr da zu sein, nicht mehr zu leben – weder auf der Serverinsel noch in der digitalen Ewigkeit von Godland. Einfach im schwarzen Nichts zu verschwinden.

Zoes Leben ist ausgelöscht.

Es ist noch drei, vier Sekunden still in der Trainingshalle. Dann reden alle gleichzeitig. Godmother lässt es zu und unterbricht niemanden. Sie ruft kein »Stopp« oder »Ruhe!«, sie droht nicht mit Strafen.

Das erlebe ich zum ersten Mal.

Sie hat die besondere Situation für uns erkannt.

Ein Mann von Deck B fällt in Ohnmacht. Vielleicht ein enger Freund von Zoe? Sofort eilen drei Leute zu Hilfe.

Zoes Deck muss sich gestern gefragt haben, wo sie den ganzen Tag steckte. Wer weiß, welche Geschichten ihnen Godmother erzählt hat.

Conrad hält Mary eng umschlungen. Er kann nicht ahnen, was nur sie, Silver und ich wissen: dass Mary fast wie Zoe gesprungen wäre. Beinahe hätte Mary auch einen *Unfall* gehabt.

Oder hat sie ihrem Conrad gestern etwas gesagt? Hat Godmother das geduldet?

Anmerken kann ich den beiden nichts. Conrad lehnt seinen Kopf an Marys und hat die Augen geschlossen.

Endlich wird es wieder ruhig im Raum.

Alle wollen wissen, was geschehen ist. Doch zuerst müssen wir schweigen, so sind die Regeln. Das wissen wir.

»Das war ein tragischer Unfall«, sagt Godmother. »Zoe stand so kurz vor dem großen Neuanfang in Godland.«

Silver, Mary und ich kennen diese zwei Sätze noch von gestern. So schnell vergisst man keine Lügen.

Ein Mann in Dads Alter von Deck B tritt einen Schritt vor. »Godmother.«

»Ja, Mirco?«

»Was ist Zoe zugestoßen?«

Was erhofft er sich von dieser Frage? Godmother wird ihre Aussage wiederholen. *Das war ein tragischer Unfall. Zoe stand so kurz vor dem großen Neuanfang in Godland.*

Darauf hätte ich alles gewettet. Gut, dass ich es nicht getan habe.

»Zoe war gestern auf dem Freideck«, fängt Godmother an. »Sie hatte sich dort mit Mary von Deck A getroffen. Ihr alle wisst, sie haben zusammen in den Laboren und Krankenstationen gearbeitet. Sie waren Freundinnen. Zoe und Mary wollten vor der Zeremonie in Ruhe miteinander reden. Mary sollte die feierliche Upload-Rede halten. Das war der große Wunsch von Zoe. Deswegen ermöglichte ich beiden ein Treffen auf dem Freideck.«

Marys Schluchzen ist in der ganzen Halle zu hören.

Auch mir kommen Tränen, ich wische sie mit der Handfläche weg. Ich spüre die Wärme von Silvers Arm, und das tut gut.

Godmother wechselt die Stimmlage. Sie klingt nicht mehr so weich und warm, sondern etwas strenger. »Aber Zoe ist zu nahe an den Rand getreten. Sie war nicht wie vorgeschrieben gesichert. Zu groß war ihre Aufregung vor dem lang ersehnten Neuanfang in Godland. Der Boden war nass. Sie rutschte aus und fiel in die Tiefe.«

Godmothers Unfallbericht hat einen Haken. Mir fällt das sofort auf. Und den anderen?

Es stellt sich doch die Frage, woher Godmother das alles so genau weiß? Sie hat weder gut funktionierende Augen noch Ohren auf dem Freideck.

Hat sie jetzt so einen gewaltigen Fehler gemacht?

Das wäre ihr erster.

Doch als Godmother weiterspricht, erklärt sie, woher ihr Wissen stammt. Natürlich ist ihre Lüge perfekt!

Ihre Augen und Ohren waren nicht die Kameras und Mikrophone auf dem Freideck, sondern Silver und ich.

»Silver und Yolanda haben mir alles ausführlich geschildert. Sie hörten Marys verzweifelte Hilferufe. Yolanda versuchte, mit der korrekten Absicherung und einem Rettungsring zu helfen. Doch Zoe ist bei dem hohen Seegang ertrunken. Sie war nach wenigen Sekunden ausgelöscht.«

Godmother beendet ihren Bericht. Ich weiß nicht, wer diese Geschichte glaubhaft findet. Und ich werde es auch nicht erfahren, zumindest nicht in der Trainingshalle. Nirgends auf der Serverinsel gibt es mehr Kameras als hier.

»Wieso erfahren wir vom Unfall erst jetzt?«, fragt Emre vorwurfsvoll. Er schaut nicht in eine Kamera, sondern zu Silver und mir.

Bevor wir etwas sagen können, antwortet Godmother: »Die beiden standen unter Schock. Ich musste sie erst behandeln. Und ich musste viele Vorkehrungen treffen.«

Emre ist noch immer aufgebracht. »Was denn für Vorkehrungen?«

»Das erzähle ich dir gleich im Kontrollzentrum.«

Dad will etwas sagen, auch eine Analoge von Deck B räuspert sich.

»Godmother«, sagen beide gleichzeitig.

Doch Godmother ignoriert sie.

»Conrad!«, ruft sie stattdessen.

Marys Mann tritt vor. »Ja, Godmother.«

»Du bist ab jetzt noch öfter an Marys Seite. Auch wenn du Küchendienst hast. Ihr bleibt zusammen. Immer.«

»Natürlich, Godmother.«

»Mary darf nach diesem tragischen Unfall und in dieser für sie besonders schweren Zeit nicht allein sein.«

Ich sehe mindestens zehn Köpfe, die zustimmend nicken. Viele scheinen Godmothers Weisheit zu bewundern. Doch von mir hat sie ein paar fette Minuspunkte bekommen. Denn ihre Weisheit lässt Lügen zu.

Inzwischen melden sich fünf von Deck B.

»Keine Fragen mehr hier«, sagt Godmother. »Ich spreche gleich mit jedem vertraulich.«

Die Halle leert sich zügig, ich will gerade in die Schleuse, da höre ich Godmother. »Yolanda!«

Ich drehe mich zu einer Kamera und gehe mechanisch einen Schritt auf sie zu. »Ja, Godmother.«

»Bitte bleib noch kurz in der Halle.«

Silver wartet einen Moment bei mir. Sie versucht ein Lächeln, will mir Mut machen. So richtig gelingt es ihr nicht.

Dad kommt zu mir, küsst mich auf die Wange. Gut, dass nicht mehr so viele da sind und das sehen können.

»Sehr mutig von dir«, sagt Dad.

Ich runzle die Stirn.

»Dein Rettungsversuch auf dem Freideck. Alles okay mit dir?«

Ich stammle vor mich hin und suche nach einer Antwort. »Ja ... schon ... das mit Zoe ... also ...«

Silver rettet mich und spricht weiter. »Sie ist ziemlich fertig. Aber Godmother kümmert sich ja jetzt um sie.«

Dad lächelt. Doch bei ihm sieht es genauso falsch aus wie bei Silver. »Stimmt«, sagt er trocken und wendet sich zu mir. »Da bist du jetzt in den besten Händen.«

Mir läuft es eiskalt den Rücken herunter.

»Jesper«, sagt Godmother.

Dad dreht sich zu einer Kamera.

»Ja, Godmother.«

»Hab bitte ein Auge auf Conrad und Mary. Das alles ist für die beiden nicht leicht.«

»Natürlich«, sagt Dad und geht nach Silver als Letzter durch die Schleuse.

Ich bleibe allein zurück in dieser riesigen Halle.

Nur noch Godmothers Stimme ist bei mir.

Und das macht mir irgendwie Angst.

7

Es ist kühl in der Halle. Ich bekomme Gänsehaut und reibe mir die Arme. Ohne Silvers warme Berührung fühlen sie sich komisch an. Ich habe mich an ihre Nähe gewöhnt.

Auf einmal merke ich, wie warme Luft aus den Ritzen an der Wand strömt. Ich höre die Maschinen, die den Raum aufheizen. Das kostet viel zu viel Energie. Tut Godmother das nur für mich?

Wieso? Sie ist doch sonst immer so sparsam.

Egal, meine Gänsehaut ist fort. Mir wird warm, und ich fühle mich schon viel besser. Ich schaue in die Kamera direkt über mir. »Danke, Godmother.«

Sie dimmt das Licht in der Halle, und ich fühle mich nicht mehr so beobachtet. Eines der Trainingsgeräte blinkt grün. Was hat Godmother vor? Soll ich jetzt etwa Sport machen?

Ich sehe nicht so aus wie mein Vater. Und sowieso trainiere ich jeden Abend länger als ich müsste. Das weiß Godmother doch am besten. Sie analysiert beim Training meine Herzfrequenz, meinen Atem, die Körpertemperatur und tausend andere Dinge.

Das Trainingsgerät blinkt kräftiger und schneller.

Ich laufe hin und erkenne, dass mein Lieblingsgerät blinkt – der Rudersimulator.

Wenn ich die Ruder zu mir ziehe, bewegt sich das kleine Boot auf dem Monitor. Es gleitet über das spiegelglatte Wasser eines Flusses. Links und rechts wachsen Bäume am Ufer.

Na ja, eigentlich sind es nur braune, dicke Striche mit grünen Kugeln oben drauf. Alles ist sehr schlicht programmiert. Godmother findet das offenbar besser so.

Die perfekte Simulation erwartet uns erst in Godland.

Das Holzboot ist auch nur ein schmaler Strich. Auf dem Ozean würde ich mit diesem wackeligen Brett nach fünf Sekunden kentern.

Ich bleibe vor dem Rudersimulator stehen. Der schwarze Sitzbezug aus Kunststoff hat Risse. Beim Laufband daneben ist ein

Stück von der Handstütze abgebrochen. Und bei der Kraftstation fehlen einige Gewichte.

Eine Gruppe von Deck B musste die Metallscheiben vor einem halben Jahr abholen. Godmother wollte, dass sie neue Ersatzteile daraus formen. Bei den Generatoren im Wartungsdeck war etwas kaputtgegangen. Wir brauchten schnell Ersatz dafür.

Für alle Metalldinge ist Deck B speziell ausgebildet. Sie können die Schmelzanlage in der Werkstatt bedienen. Ich bin froh, dass unserem Deck das erspart bleibt. Bei der Metallschmelze kommt es immer wieder zu Unfällen. Einige der Analogen von Deck B haben ziemlich fiese Brandwunden.

Silver hat mir das mit den Metallteilen und der Kraftstation erklärt, mir wäre es nie aufgefallen. Ich trainiere nicht mit Gewichten, sondern drehe lieber in der Halle meine Kreise. Und dann ist da dieses Rudergerät. Mehr brauche ich nicht.

»Setz dich bitte«, sagt Godmother.

Ich mache es mir auf dem Sitz bequem, so gut es eben geht. Meine Finger drücke ich auf den Sensor und lese auf dem Monitor *Hallo Yolanda!* Dann greife ich nach den zwei Rudergriffen.

»Nein, du machst jetzt keinen Sport«, sagt Godmother und klingt amüsiert. Sie will gute Laune ausstrahlen, das macht mich skeptisch. Gerade eben hat sie noch todernst von Zoes Auslöschung gesprochen.

»Wir müssen reden«, erklärt Godmother. »Leider ist es hier nicht so gemütlich, aber du magst dieses Gerät, und es hat einen Sitz.«

»Stimmt, Godmother.«

Ich sage es so freundlich wie möglich. Doch der Sitz ist alt und durchgesessen. Und wieso können wir nicht in meiner Schlafkoje miteinander reden? Was eilt denn so?

»Mich beschäftigt der Unfall von Zoe sehr«, sagt Godmother. »Ich mache mir Sorgen.«

»Conrad und Dad passen auf Mary auf«, sage ich.

»Es geht mir nicht um Mary. Ich befürchte, dass sich andere Analoge etwas antun könnten.«

Ich rutsche auf dem Sitz hin und her und suche eine bequemere Position. »Warum sollte sich jemand etwas antun?«

»Selbst Zoe hatte offenbar einen Grund«, antwortet Godmother. »Obwohl sie kurz vor dem Upload stand.«

»Aber wer denn von uns? Was sagen deine Berechnungen?«

Ich überlege selbst und gehe alle Leute von meinem Deck durch. Es muss ja jemand von Deck A sein. Sonst würde Godmother nicht mit mir darüber sprechen.

Plötzlich muss ich an die einzige Person denken, die wirklich gefährdet ist.

Dad will nicht godline gehen!

Er hat den Tod meiner Mutter nie überwunden. Ich vermisse sie natürlich genau so. Aber ich weiß, mein Leben muss weitergehen. Auch ohne sie. Das hätte sie sich genauso von mir gewünscht. Garantiert!

»Dad?«, rufe ich in die Trainingshalle und springe auf.

Ich muss zu ihm.

»Nein«, sagt Godmother. »Er würde dich niemals allein lassen.«

Sie wartet einen Augenblick.

Ich schlucke.

Es stimmt, was sie sagt. Das würde Dad mir nicht antun.

Aber wenn nicht Mary oder Dad, wer dann?

»Conrad?«, frage ich.

»Er freut sich nicht auf Godland. Doch er hat sich damit abgefunden.«

Wer bleibt denn noch von den Problemfällen übrig? Endlich verstehe ich, worauf sie hinauswill. Tian macht ihr Sorgen!

Der Arme hat immer noch Liebeskummer, meinetwegen übrigens. Und deswegen sitze ich hier in der Trainingshalle für diese Aussprache. Ich will Godmother zuvorkommen. »Soll ich mit Tian reden? Zeit mit ihm verbringen oder ihn trösten?«

»Keine Sorge«, sagt Godmother sofort. »Er ist schon darüber hinweggekommen.«

Darüber hinweggekommen.

So schnell? Wie kommt sie darauf? Ich meine, es ist natürlich gut, wenn es ihm besser geht. Aber so richtig verliebt war er dann wohl nicht in mich.

Komisch, wieso mich das jetzt stört. Aber es ärgert mich wirklich.

Ich gehe die Namen von unserem Deck weiter durch. Emre und Josie sind nicht gefährdet. Die würden sich niemals selbst auslöschen. Die freuen sich auf Godland, so wie ihre Söhne Aidan und Mauro. Oft genug sprechen wir darüber.

Nun gibt es nur noch eine Person, und mir wird kurz schwarz vor Augen.

Nein!

Das darf nicht sein.

»Silver«, flüstere ich.

Ich renne zur Schleuse.

Mein Finger.

Piep.

Das Auge.

Piep.

Der Ganzkörperscan.

Piep.

Doch die zweite Tür der Schleuse öffnet sich nicht.

Was soll das jetzt?

Noch einmal Finger, Auge und Ganzkörperscan.

Nichts rührt sich.

»Godmother!«, rufe ich. »Ich muss zu Silver.«

Ich schlage in der Schleuse auf den Monitor. Nichts tut sich.

»Yolanda«, sagt Godmother in aller Ruhe.

Ich drehe mich in die abgedunkelte Halle. Das Rudergerät blinkt grün.

Was kommt jetzt?

Ich gehe langsam zurück und lasse mich erschöpft auf den Sitz fallen.

»Ja, Godmother.«

»Um Silver mache ich mir auch keine Sorgen.«

Es bleibt niemand mehr übrig von unserem Deck. Wobei das nicht stimmt. Eine Person gibt es noch.

Mich.

Mir wird schwindlig, und ich stütze mich am Simulator ab. Ich hole tief Luft, konzentriere mich auf die Atmung. Wenn ich jetzt umkippe, bringt mich das auch nicht weiter. Im Gegenteil, dann fühlt sich Godmother bestätigt.

Ich bin gefährdet? Ich könnte eine Nachahmerin werden? Ich würde vom Rand der Serverinsel in den Tod springen?

Niemals.

Godmother hat einen Rechenfehler gemacht.

Das ist mein erster Gedanke. Ein trotziger und dummer, ich weiß.

Als ich wieder etwas klarer sehen kann, streife ich mir mit den Fingern durch die Haare. Das beruhigt. Sie sind kurz geschnitten, so wie bei uns allen. Lange Haare bekommen wir in den fünfzehn Sekunden Duschzeit nicht sauber.

Ich lasse den Kopf kreisen, versuche zu entspannen. »Godmother, wieso ich?«

»Hol dir bitte eine Matte aus der Box. Du siehst nicht gut aus. Denke an deinen Kreislauf.«

Ich wusste gar nicht, dass wir noch Matten haben. Die Kisten sind seit Jahren verschlossen.

Eine der Boxen am Rand blinkt grün. Als ich dort ankomme, klickt die Verriegelung.

Ich kann sie öffnen. Unglaublich.

Die Box ist voller unbenutzter Matten. Vermutlich hebt sie Godmother für später auf, wenn die Trainingsgeräte endgültig Schrott sind. Mit den Matten lässt sich ein paar weitere Jahre trainieren.

Ich breite die Matte in der Mitte der Halle aus und lege mich auf den Bauch.

»Bitte drehe dich zu mir«, sagt Godmother.

Ich mache, was sie sagt. Ich liege auf dem Rücken und blicke in eine der Deckenkameras.

Godmother lässt ein Piano leise klimpern. Ein paar Geigen setzen ein. Es klingt okay, auch wenn es nicht meine Lieblingsmusik ist. Doch da wir fast nie Musik hören dürfen, freue ich mich darüber.

Ich schließe die Augen und konzentriere mich auf meine Atmung. Ich versuche, meinen linken Arm zu spüren, meinen rechten. Dann meine Beine, meinen Bauch, den Rücken, den Kopf.

Ich mache alles genauso, wie es Godmother mir damals beigebracht hat. Nur deswegen bin ich die ersten Jahre auf der Serverinsel zurechtgekommen. Mir ging es richtig mies am Anfang. Ich habe meine Mutter so sehr vermisst.

Manchmal war mir deswegen alles zu viel als Kind. Dann spürte ich diesen Schwindel und hatte Angst, gleich umzukippen. Ich konnte nicht mehr den Unterricht besuchen. Ständig hatte ich das Gefühl, gleich auf den Boden zu knallen. Vor den Augen aller anderen! Und diese Angst machte alles nur noch schlimmer.

Godmothers Stimme hielt mich fest. Wir machten diese Atemübungen jeden Tag. Bis ich wieder im Schulraum an meinem Platz neben Silver saß.

Bin ich deswegen gefährdet? Wegen damals? Oder ist das nur einer von vielen Gründen?

»Geht es dir besser?«, fragt sie.

»Ja, Godmother.«

»Gut. Ich will dir helfen.«

»Ich weiß.«

»Deswegen wirst du die Erste sein.«

Ich richte mich auf. »Die Erste?«

»Die Erste in Godland plus.«

»Godland plus?«

Piano und Geige spielen etwas leiser, während Godmother weiterspricht: »Die Auslöschung von Zoe hat mir neue, große Risiken für Godland aufgezeigt. Darüber habe ich die letzten Stunden sehr viel nachgedacht. Ihr braucht mehr Motivation! Ihr müsst an Godland glauben.«

»Du willst mich motivieren, damit ich mich nicht … also nicht selbst …«

»… damit du dich nicht selbst auslöschst. Richtig.«

»Okay«, sage ich langsam, noch hab ich keine Ahnung, worauf das hinausläuft.

»Du bist die erste Testperson«, sagt Godmother.

Testperson klingt nicht wie ein Spaziergang über das Freideck bei schönem Wetter. Eher wie: Mal sehen, wie lange Yolanda bei heftigen Orkanböen da oben bleiben wird.

»Und was genau soll mich motivieren? Was bedeutet Godland plus?«

Godmother blendet die Musik aus. Es ist still in der Halle. Auch die Maschinen pumpen keine warme Luft mehr in den Raum.

»Du wirst die erste Analoge sein, die Godland besuchen darf.«

8

»... Godland ... besuchen ... darf ...«, wiederhole ich langsam.

Es dauert eine halbe Minute, bis ich es endlich begriffen habe. »Ich gehe godline?«

»Als Besucherin, liebe Yolanda.«

»Das ist ja verrückt. Und wann, nein, egal ... wie, ja wie soll das gehen, und wieso hast du erst jetzt ...«

»Moment bitte«, lacht Godmother. »Beruhige dich!«

Beruhigen? Ich träume seit Jahren von nichts anderem als Godland, und jetzt darf ich dorthin! Wenn auch nur als Besucherin. Aber das ist immer noch total verrückt!

»Godland hatte früher einen Zugang für Programmierer. Ich konnte ihn für dich freischalten.«

»Und die anderen Analogen?«, frage ich.

»Für die natürlich auch. Wenn der Test mit dir erfolgreich war.«

Wie meint sie das schon wieder? Kann mir etwas zustoßen? Ich will keine Angst zeigen. Schließlich kann ich es kaum erwarten, Godland zu sehen. Und ich will die Erste sein, unbedingt.

Ich überlege mir eine vorsichtige Frage. Nicht, dass Godmother Verdacht schöpft und es sich anders überlegt.

»Wie hoch schätzt du denn das Risiko ein?«

»Die Erfolgsquote liegt bei 98,7 Prozent.«

»Sind ja fast hundert«, sage ich und bin nicht wirklich beruhigt. »Was könnte denn schieflaufen?«

Godmother lacht meine Zweifel weg. »Yolanda, das wird toll für dich.«

Sie ist so voller Zuversicht, dass ich mir total feige vorkomme mit meinen Bedenken.

Also nicke ich und versuche zu lächeln. Denn eigentlich finde ich Godmothers Idee genial. Wir dürfen Godland erleben! Wenn auch nur für kurze Zeit. Was könnte uns mehr motivieren?

Wir werden sehen, was uns nach der harten Dienstzeit erwartet. Welche Belohnungen das digitale Paradies für uns bereithält.

Nur verstehe ich nicht, wie das möglich sein soll. Also technisch gesehen. Wie kommt mein Bewusstsein in die Superrechner Tausende Meter unter uns?

Godmother unterbricht meine Gedanken, und das ist vielleicht ganz gut so. »Ich habe während unseres Gespräches auch mit Josie und Emre gesprochen. Sie bereiten alles vor. Yolanda, geh jetzt ins Kontrollzentrum.«

»Jetzt?« Ich springe von der Matte auf, und mir wird schon wieder kurz schwindlig. »Der Test ist jetzt?«

»Ich habe während unseres Gespräches auch mit Josie und Emre gesprochen. Sie bereiten alles vor. Yolanda, geh jetzt ins Kontrollzentrum.«

Godmother wiederholt sich, nachfragen ist zwecklos.

Das Kontrollzentrum liegt im Deck über uns. Ich laufe das Treppenhaus hoch. Zu spät sehe ich die Pfütze auf der Stufe und rutsche aus. Mit beiden Händen halte ich mich am Geländer fest.

»Nicht so schnell«, sagt Godmother.

Mir ist das peinlich. Sie sieht, wie aufgeregt ich bin. Ich kann es kaum abwarten, endlich Godland zu sehen. Und fast wäre ich gestürzt und in der Krankenstation gelandet.

Mauro hatte schon mal eine Gehirnerschütterung. Bei einem Wettrennen mit Aidan im Treppenhaus ist er gestürzt und hat sich überschlagen. Die beiden müssen immer irgendeinen Wettkampf veranstalten.

Ich muss das nicht. Keiner der Analogen wird vor mir Godland sehen. Vorausgesetzt, ich komme ohne Überschlag im Kontrollzentrum an.

Doch woher kommt die Pfütze? Ich entdecke die undichte Stelle an der Wand. Aus einem dünnen Riss fließt Wasser. Es tropft nicht, so wie an vielen anderen Stellen. Es fließt!

»Godmother …«

»Deck B kümmert sich gleich darum. Ich habe den Schaden gemeldet. Jeder weiß, was zu tun ist.«

»Ist es schlimm?«

»Ich habe während unseres Gespräches auch mit Josie und Emre gesprochen. Sie bereiten alles vor. Yolanda, geh jetzt ins Kontrollzentrum.«

Vielen Dank auch.

Ich will den Kopf schütteln, kann mich aber beherrschen.

Auf dem Weg zum Kontrollzentrum begegne ich niemanden. Und vielleicht war das der Grund, wieso Godmother mit mir in der Trainingshalle gesprochen hat: Wir waren allein.

In meiner Schlafkoje wäre sonst auch keiner gewesen. Aber auf unserem Deck ist immer etwas los. Ich wäre nach diesem Gespräch aufgeregt durch den Korridor gestürmt. Die anderen hätten mir tausend Fragen gestellt. Und genau das wollte Godmother bestimmt verhindern.

So muss sie keinem erklären, wieso ich die erste Besucherin sein werde. Es kommt zu keinem Streit und zu keinem Neid. Und später dürfen ja alle Godland besuchen. So hat es Godmother gesagt.

Na ja, wenn der Test mit mir gleich ein Erfolg wird.

98,7 Prozent.

Emre entdecke ich schon durch das Panzerglas der Schleuse zum Kontrollzentrum. Er winkt mir zu und strahlt. Der sieht nicht neidisch aus, sondern einfach nur glücklich.

Ist das jetzt ein gutes Zeichen? Oder hat Emre Angst vor dem Test und ist froh, nicht selbst der Erste zu sein?

Auge.

Piep.

Finger.

Piep.

Ganzkörperscan.

Piep.

Die Schleuse öffnet sich, Emre und ich fallen uns in die Arme.

»Du wirst Godland besuchen!«, sagt Emre viel zu laut. »Unglaublich, oder?«

Er führt mich durch den Korridor mit den vielen Türen und Schleusen. Vor einer bleibt er stehen. »Schon aufgeregt?«

Mir fehlen die Worte. Die Antwort kann er sich auch so denken.

»Keine Sorge, ich auch«, sagt Emre.

Das hätte er für sich behalten können. Er bedient gleich nur die Computer, doch ich bin die erste Besucherin. Für mich haben die 98,7 Prozent eine ganz andere Bedeutung als für ihn.

Emre geht zuerst durch die Schleuse. Ich folge mit pochendem Herzen.

Wir stehen im wichtigsten Teil des Decks: dem Spiegelsaal. So nennen wir alle diesen Raum, der halb so groß ist wie die Trainingshalle. Einmal im Jahr üben wir hier zusammen für Notfälle. Sollten Emre und Josie mal beide gleichzeitig krank sein, könnte der Rest von uns zumindest die wichtigsten Funktionen kontrollieren.

An den Wänden hängen vom Boden bis zur Decke Monitore. Wer mitten im Raum steht, der sieht sich hundertfach. Die Scheiben der Bildschirme spiegeln jeden.

Die Serverinsel und die Rechner am Pazifikboden werden vom Spiegelsaal aus überwacht.

Emre und ich gehen zu Josie. Sie bemerkt uns nicht, tippt etwas auf einen der Bildschirme. Ich erkenne einen Programmcode, ohne etwas davon zu verstehen.

Natürlich habe ich in der Schule von Godmother gelernt, wie man programmiert und einen Code lesen kann. Doch die Abfolge der Zeichen auf dem Monitor ist zu lang und zu kompliziert.

Josie dreht sich zu uns und nimmt mich in die Arme. Wir drücken uns, und mir ist etwas komisch dabei. Wir stehen uns sonst nicht so nah, wie soll ich das jetzt deuten?

Freut Josie sich so sehr für mich? Ist sie glücklich, weil sie und alle anderen auch bald Godland besuchen dürfen? Oder macht sie sich Sorgen? Hat sie Angst um mich? Ist das so etwas wie die letzte Umarmung?

Ich werde nicht erfahren, was Josie wirklich denkt. Sie wird es mir nicht sagen. Nicht vor Godmother.

Die Kameras und Mikrophone hängen im Spiegelsaal zwar nicht von der Decke wie sonst überall. Doch sie sind in den Monitoren verbaut. So sieht Godmother am besten, wie wir in die Bildschirme blicken. Sehen wir verwundert aus? Besorgt? Oder läuft alles nach Plan?

Im Spiegelsaal ist das wichtiger als irgendwo sonst. Hier werden Fehler gefunden oder nicht. In diesem Raum wurde der Alarm ausgelöst, als die Entsalzungsanlage nicht mehr funktionierte. Ist irgendwo ein Rohrbruch oder gibt es Störsignale im Superrechner – hier findet Godmother mit Josie und Emre eine Lösung.

»Bringen wir dich nach Godland«, sagt Josie und löst die lange Umarmung.

Sie nimmt mich an die Hand. Wir gehen zu einer Schleuse gegenüber. Wohin sie führt, weiß ich nicht. Bisher war sie nie für mich freigegeben.

Emre bleibt zurück und streckt beide Daumen nach oben. Er dreht sich zu einem Monitor, auf dem grüne Balken flackern. »Godmother, hier ist alles bereit. Ich rufe jetzt …«

»Nicht nötig, Emre«, sagt Godmother. »Ich habe sie schon gerufen. Sie ist unterwegs und …«

Mehr höre ich nicht. Ich stehe schon in der Schleuse.

Der Raum dahinter ist nicht größer als meine Schlafkoje. Keine Monitore hängen hier, die Wand schimmert in einem hellen Orange. Die Musik von der Trainingshalle läuft. Klavier und Geigen spielen eine langsame Melodie. Mit dem gemütlichen Licht und den Klängen fühle ich mich gleich wohl.

Josie klappt eine Liege aus der Wand.

Ich setze mich hin. »Wird es wehtun?«

Sie schüttelt den Kopf und lächelt. »Bestimmt nicht.«

Bestimmt nicht. Was soll sie sagen? Ich bin die erste Besucherin. Josie hat doch auch keine Ahnung. Wieso habe ich sie überhaupt gefragt?

Die Musik wird etwas lauter. Hinter ihr zischt ein Schrank auf.

»Danke, Godmother«, sagt Josie.

Im Schrank hängen schwarze Helme. Sie erinnern mich an die Ausrüstung, die wir für große Reparaturen verwenden. Nur haben diese Helme hier keine Sichtfenster. Und sie sind komplett verkabelt.

Von jedem Helm führt ein dicker Strang von Drähten in einen Kasten im Schrank. Das ist die Verbindung nach Godland? So einfach ist es?

Ich drehe mich zu Josie. »Mehr brauche ich nicht?«

»Enttäuscht?«, fragt Godmother.

»Natürlich nicht«, sage ich und denke genau das Gegenteil.

Ich dachte, Josie würde an meinem ganzen Körper Sensoren befestigen. Wie soll ich denn mit dem Helm irgendetwas spüren oder erleben können?

Josie drückt mich sanft auf die Liege, streicht mir über die Stirn.

Ich entspanne mich und strecke Arme und Beine von mir. Auch wenn es der falsche Augenblick ist, knurrt mein Magen. Es wäre längst Zeit für das Mittagessen, mein Frühstück fiel schon wegen des Alarms aus. Hätte ich doch bloß ein paar Brocken von dem Trockenfisch gegessen!

Die Musik ist nicht laut genug, und Josie hört natürlich das Gluckern in meinen Bauch. Sie muss lachen. »Entschuldige. Ich würde dir gern etwas zu Essen bringen. Aber beim Besuch muss der Magen leer sein.«

»Wird mir schlecht in Godland?«

»Nein«, sagt Godmother. »Bei jeder Narkose ist es wichtig, vorher nichts zu essen. Sonst kann etwas von deinem Magen in deinen Rachen gelangen und …«

»Narkose?«

»Eine Betäubung«, sagt Godmother.

»Ich weiß, was eine Narkose ist«, sage ich und will mich aufrichten, doch Josie drückt mich mit einer Hand zurück. Sie schaut mich ziemlich streng an. »Alles gut, Yolanda. Der Test wird ein Erfolg werden.«

Ich versuche, ihren Blick zu deuten und sie zu verstehen.

Ich bin die Testperson. Wenn mein Besuch danebengeht, darf niemand mehr Godland besuchen. Dann war es das mit Godland plus. Ich wäre schuld am Scheitern.

Ich gebe Josies Druck nach und entspanne mich wieder. »Okay, okay, alles kein Problem«, lüge ich.

Godmother analysiert die Unsicherheit in meiner Stimme richtig. »Keine Sorge. Mit einer speziellen Betäubung deaktivieren wir nur dein Gehirn für den Godland-Besuch.«

»Mein Gehirn deaktivieren?«

Godmothers Versuch, mich zu beruhigen, ist hiermit gescheitert.

»Deaktivieren, selbstverständlich. Sonst existiert dein Gehirn zweimal. Einmal in deinem Körper und einmal in Godland.«

Klingt kompliziert, ist aber logisch. Und ich stelle mir es total verwirrend vor, zweimal gleichzeitig zu leben. Ich versuche mich an einer Zusammenfassung. »Mein echtes Gehirn schläft, während mein Bewusstsein godline geht?«

»So in etwa«, sagt Josie, die das Gespräch eindeutig abkürzen will.

»Ich werde richtig hochgeladen?«, frage ich.

»Natürlich. Es wird ein richtiger Besuch«, lacht Godmother überfreundlich.

»Und tut diese Deaktivierung weh?«

»Überhaupt nicht«, sagt Godmother. Doch sie kann sowieso keinen Schmerz empfinden.

»Und wer aktiviert mich wieder?«

»Das mache ich, wenn die Wirkung der Spritze nachlässt«, sagt Godmother.

»Und nur mal angenommen …«

Josie unterbricht mich. »Noch wichtige Fragen?«

Mein Gehirn wird gleich ausgeschaltet. Godmother lädt mich in das Reich der digitalen Ewigkeit hoch. Ich werde Godland sehen. Dann komme ich wieder zurück. Vorausgesetzt, bei der Deaktivierung geht nichts schief. 98,7 Prozent sage ich da nur. Ob ich noch Fragen habe? Natürlich!

Also fange ich noch einmal an. »Und nur mal angenommen …«.

Weiter komme ich nicht. Josie drückt einen Finger in meine Schulter. Sie trifft da genau auf einen Nerv. Ich unterdrücke den Schmerz und verzichte auf meine Frage.

Ich spüre ziemlich deutlich, was Josie mir damit sagen will: *Yolanda! Das muss jetzt klappen! Hör auf zu nerven! Hör auf zu fragen. Wir wollen alle Godland besuchen.*

»Nur mal angenommen, was?«, fragt Godmother.

»Nichts«, sage ich. »Wir können beginnen.«

Josie drückt nicht mehr in meine Schulter. Sie streicht mir über die Wangen. »Entschuldige, Yolanda. Und jetzt viel Spaß in Godland!«

Silver kommt durch die Schleuse. Ich runzle die Stirn.

Verdammt. Das hätte ich nicht tun sollen.

Godmother will jetzt keine Zweifel und keine Angst bei mir sehen. Nicht jetzt, so kurz vor dem Upload.

Und Josie will keine Fragen mehr.

Wir alle wollen nur das eine: einen erfolgreichen Test.

Silver drückt ein Lächeln heraus. Merke wirklich nur ich, dass sie uns etwas vorspielt?

Sie holt aus einer Umhängetasche eine Ampulle*. »Spezialmischung von Godmother.«

Jetzt verstehe ich, was Silver hier soll. Sie wird mir die Betäubung spritzen. Sie kann das sicher so gut wie Mary, ihre Lehrerin. Und wieso Godmother Silver schickt, liegt auf der Hand: Ich vertraue ihr wie niemandem sonst auf der Serverinsel.

Weiß Silver überhaupt, was das alles soll, oder führt sie nur Befehle aus, so wie wir alle? Was hat ihr Godmother über Godland plus erzählt?

Ich versuche mir das vorzustellen.

Silver?

Ja, Godmother?

---

* (Meist kleiner) Behälter aus Glas, seltener aus Kunststoff.

Komm bitte in den Spiegelsaal. Betäube dort deine beste Freundin. Sie besucht gleich Godland. Und Silver!

Ja?

Stell keine Fragen.

Silver krempelt mein langes Shirt hoch und betrachtet meine Adern.

Godmother macht es heller in dem Raum, das gemütliche Orange wird zu grellem Weiß. Silver sieht zufrieden aus, und das ist schon einmal gut. Offenbar hat sie eine gute Stelle für die Spritze gefunden.

Silver holt aus der Umhängetasche eine kleine Box. Zuerst spritzt sie etwas in ihre Hände, dann desinfiziert sie meine Armbeuge.

Josie geht einen Schritt zurück.

Silver packt eine Spritze aus und steckt sie in die Ampulle. Sie zieht eine grüne Flüssigkeit auf.

»Was ist das für Musik hier?«, fragt sie mich, und während ich nach einer Antwort suche, verschwindet der spitze Kopf der dünnen Kanüle in meinem Arm. Ich spüre nur ein kleines Zwicken.

Das mit der Musik ist Silver total egal, sie wollte mich nur ablenken. Das hat sie geschafft. Ich zwinkere ihr zu, und sie lächelt zurück. Das sieht schon viel echter aus als vorher.

Mir wird klar, wie kostbar so ein Besuch in Godland ist. Das Spray zum Desinfizieren, die Ampulle für die Betäubung, die Energie für den Upload – alles ist unendlich wertvoll auf der Serverinsel.

Keine Frage, dieser Besuch ist ein großes Geschenk von Godmother. Aber er zeigt auch, wieso jeder nur einmal dort Gast sein darf. Wir hätten sonst bald keine Arznei mehr für den Alltag. Schon so haben wir keine großen Vorräte.

»Bereit?«, fragt Silver.

»Denke schon.«

Silver drückt langsam den Kolben in die Spritze. Die Flüssigkeit verschwindet in meinem Arm. »Zähle mal bis zwanzig.«

Kinderkram, denke ich.

Doch das hier ist ein großer Test. Ich mache jetzt alles wie gewünscht. Und ich stelle keine Fragen mehr.

Also zähle ich. »Eins, zwei, drei …«

Und weg bin ich.

9

Weiß.

Alles ist weiß.

Keine Panik!

Ich muss ruhig bleiben.

Die Atmung hilft.

Hat Godmother mir doch immer gesagt.

Also atme ich langsam ein und aus.

Ein und aus.

Ein und aus.

Ich höre meinen Atem.

Und noch etwas.

Es rauscht.

Was rauscht da?

Ist das vielleicht der verkabelte Helm? Hat Josie ihn mir überhaupt schon aufgesetzt?

»Josie?«

Keine Antwort.

»Silver?«

Nichts.

»Godmother!«

Das Weiß wird zu einem dunklen Blau. Wunderschön sieht es aus.

Jetzt erkenne ich etwas: Das ist der Himmel!

Bin ich mittendrin? Fliege ich? Ich drehe meinen Kopf nach unten, mir wird schwindlig, und alles wackelt.

Ich sehe den Holzboden eines Ruderbootes. In jeder Hand halte ich den Griff eines Ruders. Das Boot treibt auf einem Fluss.

Spiegelglatt ist das Wasser. Und sauber. Kein Müll schwimmt hier herum.

Plötzlich springt ein kleiner Fisch neben mir hoch. Und gleich danach noch einmal. Ich lege ein Ruder ab und strecke die Hand aus. Der nächste Fisch landet auf meinen Fingern.

Ich muss lachen. Was für ein Zufall!

»Hey!«, sage ich zu dem Fisch. »Wer bist du denn?«

Sprechen können Fische in meinem Godland offenbar nicht. Aber wieso? Weil ich es nicht will? Weil das zu kitschig wäre und nicht zu mir passt?

Der Fisch zappelt in meiner Hand, und ich werfe ihn zurück ins Wasser.

Am Ufer stehen riesige Bäume, ihre Blätter rauschen im Wind. So klingen Bäume im Wind?

Ich habe die echte Welt mit echten Bäumen nur meine ersten fünf Jahre kennengelernt. Aber da war schon alles ziemlich kaputt. Das hier ist wunderschön.

So intensiv und lebendig.

Der Rudersimulator ist ein schlechter Witz dagegen.

Ich halte die Griffe fest umschlossen, drücke sie ins Wasser und stoße mich ab. Das Boot gleitet über den Fluss und bildet eine dünne Rinne im Wasser hinter sich.

»Lust auf einen Wettkampf?«

Wo eben noch die Fische aus dem Wasser sprangen, rudert jetzt ein Junge.

Erst mal bin ich sprachlos. Ich kenne diesen Menschen überhaupt nicht. Ein neues Gesicht! Es ist keiner von der Serverinsel, sondern ein Fremder. Ich weiß gar nicht, was ich zu ihm sagen soll. Es fühlt sich an wie damals, als noch Schiffe kamen. Da lernte ich neue Menschen kennen. Doch das ist ewig her.

Der fremde Junge ist nicht viel älter als ich, und er trägt kein Shirt, sondern nur eine Badeshorts.

Typisch Jungs. Als Frau könnte ich nicht so auf einem Ruderboot sitzen. Da würden in der Trainingshalle alle glotzen. Aber er hier …

Bevor mein Gedanke zu Ende ist, trägt er eine blaue Trainingsjacke mit weißen Streifen.

Okay, so läuft das also. Ich denke, und die Dinge verändern sich.

»So ist es«, sagt der Junge.

Na toll, wenn der jetzt auch noch meine Gedanken lesen kann, wird es bald peinlich.

»Wieso peinlich?«, fragt er.

»Geht dich nichts an!«, sage ich, und das tut mir sofort leid. Er ist wahrscheinlich total nett und kann sowieso nichts dafür. Gut aussehen tut er auf jeden Fall.

»Danke. Du gefällst mir auch!«

Scheiße.

»Wieso?«, fragt er.

»Egal.«

Der Junge lacht.

Ob er mein Aussehen auch verändern kann, so wie er will?

»Will ich gar nicht. Ich finde dich perfekt, so wie du bist.«

Okay, das war nett.

»Danke.«

»Was ist nun mit dem Wettkampf?«, fragt er.

Eine hervorragende Idee! Hauptsache, ich höre auf, so komisches Zeug zu denken.

»Darfst du aber. Stört mich nicht«, sagt der Junge.

Darauf reagiere ich nicht und suche lieber eine Zielgerade für unseren Wettkampf. Plötzlich taucht vielleicht fünfhundert Meter vor uns ein riesiger, gelber Kasten im Wasser auf. Er schwimmt nicht, sondern er schwebt.

Ziel blinkt in roter Schrift auf dem Kasten.

Das sieht ziemlich genau so aus wie beim Simulator. Ich bin enttäuscht, es sollte doch echter sein in Godland. So wie der Junge und der ganze Rest.

Schon löst sich der gelbe Kasten in Luft auf. Stattdessen ist von Ufer zu Ufer ein Seil gespannt. Ein riesiges, weißes Stück Stoff ist daran befestigt. Mit roter Farbe hat jemand das Wort *Ziel* darauf gepinselt.

»Hab ich eben für dich gemalt«, sagt der Junge.

Klar doch.

Ich zähle den Countdown. »Drei, zwei, eins – los!«

Ich ziehe kräftig an den Rudern, lasse das Boot einige Meter gleiten und hole wieder Schwung. Zug für Zug. Wenn man schneller rudert, ist man nicht automatisch Erster. In jedem Zug muss Kraft stecken.

Am besten ist es, ordentlich zu ziehen, zu warten und zu gleiten. Dann, im richtigen Augenblick, den nächsten Zug zu machen. So hat es mir Godmother in der Trainingshalle auf dem Simulator beigebracht.

Der Junge liegt schon mehrere Meter hinter mir. Aber ich komme langsam aus der Puste.

»Hilfe!«

Dieser Schrei bringt mich aus dem Takt. Eines meiner Ruder bleibt im Wasser hängen, und mein Boot gerät in Schieflage. Ich drücke meinen Körper in die andere Richtung, und das Boot richtet sich wieder auf. Das war knapp.

Ich drehe mich zu dem Jungen um. Er ist im Wasser und hält sich an seinem Boot fest.

»Hilfe!«, schreit er noch einmal und zappelt wie verrückt.

»Bleib ruhig!«, rufe ich ihm zu und drehe mein Boot. »Ich komme zu dir.«

Der Junge hört mich gar nicht, so panisch ist er geworden. Kann der nicht schwimmen?

»Godmother!«, rufe ich.

Sie antwortet nicht.

»Godmother!«

Kann nicht sein. Sie antwortet sonst immer.

Was ist los? Ein Fehler in der Simulation?

Da rutscht die Hand des Jungen ab. Sein Boot treibt fort, er will hinterher, kommt aber nicht voran. Er kann wirklich nicht schwimmen.

Und jetzt wird er noch panischer.

Ich will ins Wasser springen, ihn retten.

Aber Moment! Der Junge ist doch nicht echt. Er kann nicht richtig sterben. Das ist in Godland nicht möglich.

»Jetzt komm endlich!«, ruft er verzweifelt und schaut zu mir.

»Godmother!«, brülle ich.

Nichts.

Verdammt.

Ich muss nur an etwas denken, dann verändert sich das. So wie mit seiner blauen Trainingsjacke, die er plötzlich anhatte. Oder wie das mit der *Ziel*-Markierung eben.

»Ich kann nicht schwimmen!«, schreit der Junge und schnappt nach Luft.

Ich muss an meine Mutter denken. Das Unwetter. Ihren Tod auf offener See!

Wieso geschieht das hier in der Simulation?

Es ist *meine* Simulation.

Mein Godland.

Ich will *das* nicht!

Ich schließe die Augen, stelle mir vor, wie der Junge auf dem Boot sitzt. Er kentert nicht. Er kann sehr gut schwimmen, und zur Sicherheit trägt er noch eine Rettungsweste.

Als ich die Augen öffne, ist der Junge verschwunden.

Ich suche die spiegelglatte Oberfläche nach ihm ab. Er ist weg. Das hatte ich mir anders vorgestellt.

Plötzlich taucht er aus dem Wasser auf, schnappt nach Luft, hustet. Der war nicht weg, er ist untergegangen.

Das hat überhaupt nicht geklappt mit meinen Gedanken.

»Ich kann nicht mehr!«, schreit er und geht wieder unter.

Ich springe von meinem Boot und tauche zu ihm. Auf der Serverinsel muss das jeder können. Godmother flutet einmal die Woche einen Bereich der Turnhalle. Dort hat Conrad uns jungen Analogen das Schwimmen beigebracht. Sonst wären Tian, Silver und ich bei unserem Auftrag im Wartungsdeck ertrunken.

Der Junge fuchtelt mit den Armen und Beinen. Ich greife seine Hand, er kommt wieder hoch, holt Luft, hustet und spuckt Wasser.

Er schiebt immer noch Panik, schlägt wild um sich. So wird das nichts!

Ich will ihn zu meinem Boot ziehen, doch wo ist es hin?

Also schiebe ich von hinten einen Arm um seine Brust. So kann ich rückwärts schwimmen und ihn mitziehen.

Endlich hilft er mir und bewegt seine Beine, das kann er erstaunlich gut.

Ein paar Meter vor dem Ufer wird es flach, und wir können stehen. Wir schleppen uns gegenseitig zu einem der Bäume und lassen uns ins Gras fallen.

Echtes Gras! Es riecht würzig und frisch.

Roch das Gras auf dem Festland früher auch so? Als Kind habe ich das gar nicht gemerkt.

Ich reiße einen Grashalm ab. Ich will wissen, wie das schmeckt. Keine zwei Sekunden später spucke ich ihn wieder aus.

Ich drehe meinen Kopf zum Jungen. Der starrt nur hoch in die Blätter. Er sieht erschöpft aus, und das ist in Ordnung. Keiner von uns beiden hat schon genug Luft und Kraft zum Sprechen.

Der Junge wäre fast ertrunken! Wieso musste das in meinem Godland passieren?

»Weil ich nicht schwimmen kann«, flüstert er.

Ich drehe meinen Kopf zu ihm. »Soweit hab ich es kapiert. Aber wieso lässt Godmother das zu?«

»Wer?«, fragt der Junge.

»Godmother!«.

»Das hast du vorher immer gerufen. Wieso hast du mir nicht gleich geholfen?«

Ich setze mich auf.

Diese Simulation macht keinen Spaß. Überhaupt keinen! Ich musste einen Menschen retten. Und der weiß nicht einmal, wer Godmother ist.

»Okay«, sage ich genervt. »Wie heißt du?«

»Finn.«

»Ich bin Yolanda. Und bitteschön, ich hab dich gern gerettet.«

»Aber ziemlich spät. Das war knapp!«

Das reicht mir jetzt. Ich stelle mich vor ihm hin. »Finn, das hier ist Godland.«

»Klar. Ich weiß, wie mein Land heißt.«

»Immerhin«, sage ich genervt. »Hier leben die Hochgeladenen.«

»Die was?«

»Egal«, sage ich. Ich kann es kürzer machen. Ich breite die Arme aus. »Das hier ist alles eine Simulation.«

»Geht's dir gut?«, fragt Finn.

Besorgt schaut er mich an. Das regt mich erst recht auf.

»Finn! Eine Simulation. Du kannst hier nicht sterben, und wenn, dann ist das Teil der Simulation. Dich gibt es nicht in echt.«

Finn lächelt. »Du bist ein bisschen verrückt, oder?«

»Finn! Ich bin nicht verrückt. Ich lebe auf einer Serverinsel. Wir kümmern uns um das alles hier. Ich bin nur Gast heute.«

»Gast in der Simulation?«

Er hat es kapiert, und ich nicke zufrieden. »So ist es.«

Finn lacht laut los.

Der hat überhaupt nichts kapiert.

»Finn, du bist Teil des Codes. Du gehörst dazu. Du bist das, was ich sein will. Vermute ich jetzt mal.«

»So sicher bist du dir nicht mit dem Ganzen, oder?«

»Doch!«

»Und du wolltest, dass ich ertrinke?«

»Nein. Eben nicht.«

»Das war dann wohl ein Programmfehler«, sagt Finn grinsend.

Er nimmt mich überhaupt nicht ernst. Und ich verstehe ihn. Wenn mir einer sagen würde: *Sorry, du bist nur ein Code. Das ist alles nicht echt. Du lebst in einem Programm* – dann würde ich ihn genauso für total durchgedreht halten.

»Warte mal«, sage ich zu Finn und rufe: »Godmother! Jetzt komm schon!«

Finn schaut mich besorgt an. Der denkt, ich bin verrückt. Aber er kann nicht richtig denken. Er ist ein Code!

»Godmother, melde dich, verdammt!«

Finn kommt einen Schritt auf mich zu. »Beruhige dich doch mal.« Er nimmt meine Hand und ich schüttle sie ab, ich bin kein kleines Kind.

»Komm! Ich bringe dich ins Dorf«, sagt er.

»Ins Dorf?«

»Ist nicht weit. Wir müssen was Trockenes anziehen. Und was essen, oder?«

»Ja … schon … aber …«

»Du bist nur ein Gast in Godland. Weiß ich doch. Von wegen Simulation und God… äh … Goddings.«

»Godmother.«

»Genau.«

Ich gebe mich geschlagen.

Wenn Godmother sich nicht meldet, bin ich geliefert. Wie komme ich dann wieder raus aus Godland? Oder hört es einfach irgendwann auf? Vielleicht ist etwas schiefgelaufen und ich bin in einer Schleife gefangen? Ich kenne mich doch überhaupt nicht aus mit solchen Sachen.

Aber eines ist sicher: Das läuft hier nicht nach Plan. Womöglich ist der Fehler im Code größer als gedacht. Das muss ich später alles Godmother berichten.

»Wieso denkst du dauernd an diese Godmother?«, fragt Finn.

Das mit dem Gedanken lesen ist krass nervend.

»Können das alle bei dir im Dorf?«

»Du meinst mundlos sprechen?«

»Dann eben mundlos sprechen. Könnt ihr das alle?«

»Wieso nicht? Du machst das doch auch die ganze Zeit!« Finn bleibt stehen und stellt sich mir in den Weg. »Warte mal.«

Ich will nicht warten, sondern gehe langsam weiter. Finn folgt mir. »Du hast mir vorher das Leben gerettet. Es war ziemlich knapp. Das hat dich vielleicht ganz schön mitgenommen. Vielleicht hat sich da bei dir was verschoben.«

Finn klopft sachte mit seiner Hand auf meinen Kopf.

Ich schlage sie weg. Schließlich hält er mich für verrückt. »Bei mir ist alles in Ordnung.«

»Entschuldige bitte«, sagt Finn. »Vielleicht hat dich das vorher an etwas erinnert?«

Finn blickt mich an, als könnte er nicht nur Gedanken lesen, sondern auch noch in meinen Erinnerungen graben. Bevor er das macht, will ich es lieber selbst erzählen.

»Meine Mutter …«, fange ich an und höre gleich wieder auf. »Ich kann nicht darüber sprechen.«

Finn nickt sehr ernst. »Es reicht, wenn du daran denkst.«

Finn sieht die Bilder in meinem Kopf auch so, verstehe. Also denke ich an das Unwetter, die Monsterwelle, die platzenden Scheiben und das schäumende Wasser überall. Die halbe Besatzung wurde aus dem Schiff gespült in den Ozean. Und meine Mutter auch.

»Das tut mir leid«, sagt Finn und sucht wieder meine Hand. Dieses Mal schüttele ich sie nicht ab.

»Wir ruhen uns im Dorf aus«, sagt er, und ich folge ihm.

Meine Schulter streift den Ast eines riesigen Baumes. Blätter fallen auf den weichen Boden. Das Gras ist am Stamm buschig und dunkelgrün.

Ich bleibe stehen. »Was ist das?«

Finn schaut mich an und überlegt offenbar, ob ich meine Frage ernst meine. »Moos, Yolanda, so sieht Moos aus.«

»Toll.«

»Wenn du meinst.«

Der Stamm ist gewaltig. Es bräuchte vier Leute, um ihn zu umklammern. Ich streiche über die runzelige, braune Rinde. So fühlt sich ein Baum an! Auch das hatte ich ganz vergessen.

Finn schaut noch besorgter als zuvor. »Komm, beeilen wir uns.« Er zeigt in den Himmel. »Ein Sturm zieht auf.«

Tatsächlich ist das wunderschöne Blau fort. Schwarze Wolken sind überall, und erst jetzt spüre ich den kräftigen Wind, der uns entgegenbläst.

»Was ist mit unseren Booten?«, frage ich Finn.

»Wir können uns später neue ausdenken.«

Dazu fällt mir erst mal nichts ein. Sich neue Boote ausdenken, klar, warum nicht?

Ich spüre erste Regentropfen, und Finn zieht mich noch schneller hinter sich her.

Irgendwann stehen wir mitten in einem dichten Wald.

»Ist es noch weit bis zum …«

Ich muss nicht weitersprechen. Zwischen den Bäumen und Sträuchern sehe ich ein Dutzend Holzhütten.

»Das ist euer Dorf?«, frage ich.

Finn hört die Enttäuschung in meiner Stimme. »Sieht dein Dorf etwa anders aus? Was hast du erwartet? Eines der prunkvollen Schlösser?«

Schlösser? Was für eine Märchenwelt ist das?

»Keine Märchenwelt«, sagt Finn. »Godland!«

Er bleibt vor einer Tür stehen und klopft kräftig dagegen.

»Dein Zuhause?«

Nein, höre ich seine Gedanken. *Das von Muriel.*

Gedanken hören, mundlos sprechen, vielleicht gewöhne ich mich daran, wenn ich es bewusst einsetze.

Muriel, okay. Und wer ist das?

Die Tür öffnet sich quietschend, und ich sehe eine alte Frau mit Kopftuch. Sie trägt einen bunten Rock, der bis zum Boden reicht.

»Ich bin Muriel, die Heilerin.«

Heilerin?, überlege ich.

»Ja, und eure Helferin.«

Heilerin und Helferin. Das hier ist dann noch so ein krasser Fehler im Programm.

Du mit deinem Programm, höre ich Finns Gedanken.

Muriel lächelt ihm zu, er lässt meine Hand los und tritt ein. Was soll ich in dieser Hütte bei der alten Frau? Ich drehe mich um, suche nach Alternativen.

Regentropfen klatschen auf den erdigen Boden des Dorfes. Richtige Straßen haben sie nicht.

Was soll's, immerhin ist es in der Hütte warm.

Muriel verschwindet in einer Kammer. Ich höre Töpfe und Besteck klirren. Und mein Magen knurrt. Ich habe weder gefrühstückt noch zu Mittag gegessen vor dem Upload.

Hoffentlich kann man in meinem Godland satt werden.

»Ich muss leider los«, sagt Finn und zeigt zur Kammer, in der Muriel einen riesigen Lärm veranstaltet. »Die Heilerin kümmert sich um dich.«

Doch er geht nicht, er bleibt noch vor mir stehen. Er sucht nach Worten, aber auch mir fehlen sie. Er hält mich für eine Verrückte. Und ich weiß, dass er wie alles andere hier nur ein Programm ist.

»Das glaubst du wirklich?«, fragt Finn.

»Ich weiß es«, sage ich und schiebe ein »leider« nach.

Finn kommt etwas näher. »Ich würde dich trotzdem gern küssen.«

Ich mache einen Schritt zurück. Müssen Jungs in Godland genauso doof sein wie die Jungs auf der Serverinsel? So schnell geht das bei mir nicht.

»Nur ein Abschiedskuss«, sagt Finn und macht damit die Sache nicht besser.

Andererseits bin ich nur zu Besuch in Godland. Alles wird gleich vorbei sein. Niemand auf der Serverinsel wird davon jemals erfahren.

»Stimmt!«, sagt Finn. »Und ich bin doch sowieso nur ein Programm.« Er muss grinsen und ergänzt: »Sagst du doch selbst.«

Letztlich hat Finn recht. Ich kann ihn küssen, und es bedeutet nichts. Und ich würde gern wissen, wie sich ein Kuss in Godland anfühlt.

»Okay«, sage ich.

»Okay«, sagt Finn, und ich mache einen Schritt auf ihn zu.

»Yolanda!«, ruft Muriel und trägt einen dampfenden Topf aus der Kammer.

Sie stellt ihn auf den Tisch und schöpft mir Suppe in eine kleine Schüssel. Mit einer Kelle winkt Muriel in Finns Richtung. »Wieso bist du noch hier?«

Er schaut mich enttäuscht an. »Bis später!«

Armer Finn, bis zu diesem *Später* wird es knapp zwanzig Jahre dauern. Solange habe ich noch Dienst.

Vorher werde ich Godland nicht wiedersehen. Und ehrlich gesagt, werde ich mir mein Godland dann wohl anders vorstellen. Vermutlich ohne dich, so nett du auch sein magst.

»Das werden wir ja sehen«, sagt Finn und knallt die Tür hinter sich zu.

»Das war nicht sehr feinfühlig von dir«, sagt Muriel.

»Es tut mir leid, war nicht extra, an mundlos sprechen werde ich mich nie gewöhnen.«

Muriel zeigt auf die Suppe. »Das wirst du. Aber jetzt iss!«

Das Essen duftet unglaublich gut. Ich entdecke all das in der Brühe, was seit Jahren kein Schiff mehr zu uns gebracht hat: Kartoffeln, Möhren, verschiedene Kräuter und Gewürze.

Mein gieriger Blick entgeht Muriel nicht. »Sehr gesund«, sagt sie. »Und das wächst alles bei uns.«

Die Suppe ist noch zu heiß, doch ich kann es kaum abwarten. Ich muss unbedingt probieren. So schnell wird der Besuch nicht vorbei sein.

»Aber bald endet er«, sagt Muriel. »Tut mir leid.«

»Finn weiß nicht, dass das alles eine Simulation ist. Aber dir ist das bewusst?«

Während ich die Frage stelle, zeige ich auf die Suppe und die alten Möbel und den Innenraum der Hütte. Ich hätte auch auf Muriel zeigen können, aber das wollte ich nicht. Vielleicht ist es selbst einem Programm nicht egal, nur ein Programm zu sein.

»Ob es mir *bewusst* ist?«, fragt Muriel. »Das ist das falsche Wort. Menschen haben so etwas, ein Bewusstsein.«

Ich ziehe die Schüssel ein wenig näher und greife zum Löffel. Über Muriels Sätze kann ich auch essend noch nachdenken.

Ich tauche den Löffel in die Suppe und suche nach einem Stück Kartoffel. »Wieso ist mein Godland so komisch?«

»Komisch? Es kommt aus deinem echten Leben. Alles, was du erlebst, fühlst und denkst. Beim Upload wird das verarbeitet.«

Ich habe ein Stück Kartoffel! Aber die Brühe dampft immer noch, und ich puste erst einmal. »Und warum gibt es diese Hütte und eine Heilerin?«

»Das sind Bilder aus den Märchen deiner Kindheit.«

Der Wald mit den mächtigen Bäumen. Das alte Dorf mit der Hütte. Die Heilerin.

Stimmt! Und diese Märchen hat mir meine Mutter erzählt. Doch von diesen Geschichten sind nur noch Bruchstücke vorhanden. Es ist einfach zu lang her.

Ich nippe am Löffel, und die heiße Brühe verbrennt mir die Zunge. Kühlt die in Godland nie ab?

»Es braucht seine Zeit, und in Godland hast du genug davon«, sagt Muriel.

Aber doch nicht bei meinem Besuch! Deswegen stelle ich die Frage, die mich am meisten beschäftigt. »Wieso musste Finn fast ertrinken?«

»Musste er nicht.«

»Der arme Kerl wäre fast …«

»Nein. Er kann schwimmen. Sehr gut sogar.«

»Finn kann schwimmen?«

Ich schaue zur Tür und hätte große Lust, ihm hinterherzurennen und ihn zur Rede zu stellen.

»Meine Mutter ist ertrunken! Wieso hast du das mit Finn zugelassen? Der hat nur gespielt, und ich dachte, er würde wie meine Mutter sterben!«

»Yolanda, bitte. Finn wusste nichts von deiner Mutter. Sonst hätte er dich nicht reingelegt. Danach war es ihm einfach zu peinlich, dir zu sagen, dass er schwimmen kann.«

»Dann ist er total falsch programmiert!«

»Nein. Er ist mehr als nur ein Code in deinem Godland.«

Ich lege den Löffel zurück in die Suppe. »Mehr als nur ein Code?«

»Finn ist ein Hochgeladener! Er lebt schon viele Jahre hier.«

»Aber er weiß nichts von einer Simulation. Der kennt nicht einmal Godmother!«

Muriel beugt sich zu mir über den Tisch, als würde Finn an der Hüttentür stehen und heimlich zuhören. Vielleicht ist es genau so. »Finn wäre vor vielen Jahren fast an einer Krankheit gestorben.

Seine Eltern haben ihm gerade noch rechtzeitig das ewige Leben in Godland ermöglicht.«

»Ohne eine Erinnerung an sein echtes?«

»Das hätte ihn zu sehr verletzt, er hätte es gar nicht verstanden. Er war viel zu jung.«

»Er ist ein Upload und weiß es nicht?«

»Davon gibt es viele.«

»Viele?«

»32 Prozent aller Hochgeladenen wollen sogar ihr altes Leben beim Upload vergessen.«

»Und wieso taucht Finn in meiner Simulation auf?«

»Weil eure Godlands fast identisch sind. Ihr passt sehr gut zusammen, Yolanda! Ihr seid ein tolles Paar.«

»Es gibt doch Millionen von Hochgeladenen!«

»Genau, aber nur bei wenigen sind die Profile so ähnlich wie bei euch. Godmother versucht da, etwas zwischen euch zu vermitteln.«

Vermitteln? Wohl eher verkuppeln!

Muriel lächelt verschwörerisch.

Ich winke ab. »Also das hat ja super geklappt mit Finn und mir.«

»Du findest ihn immerhin nett«, sagt Muriel.

Hab ich das wirklich gesagt oder gedacht? Ich erinnere mich nicht mehr. Und ich will mich auch nicht mit einer alten Frau über Jungs streiten.

»Bleibt mein Godland für immer so wie hier?«, frage ich.

»Es ist immer so, wie du es willst.«

»Also ist später vielleicht Finn nicht mehr in meinem Godland.«

»Was sehr schade wäre.«

»Wieso hat aber nichts geklappt? Nicht mal … na ja …«

»Der Kuss«, sagt Muriel.

Ich starre nur die Tischplatte an.

»Wenn alles sofort klappen würde, wärst du überfordert. Das wären zu viel Reize.«

Muriel macht eine Pause und hofft offenbar, mir reicht diese Antwort. Tut sie aber nicht!

»Was noch?«, frage ich.

»Du bist nur die Besucherin. Aber nach deiner Dienstzeit ist alles möglich, wirklich alles!«

Na ja, aber irgendetwas hätte doch auch beim Besuch klappen dürfen.

Stattdessen ist der Wettkampf mit Finn in einer Katastrophe geendet. Der Kuss hat nicht stattgefunden. Aus dem strahlend blauen Himmel wurde ein Unwetter.

Es bleibt die Suppe. Immerhin.

Sie dampft nicht mehr. Endlich. Worauf warte ich?

Ich führe den Löffel zum Mund, und das Licht explodiert.

Alles ist weiß.

Der Besuch endet so, wie er angefangen hat.

Doch dann wird das Weiß zu einem Blau.

Das ist der Himmel, kenne ich ja schon.

Ich schaue runter, und alles wackelt. Ich sitze auf dem Ruderboot.

Schon wieder?

Ist das so etwas wie eine Schleife? Wiederholt sich jetzt alles? Schenkt mir Godmother eine zweite Runde? Oder ist das ein Versehen?

Na ja, Finn muss ich nicht mehr retten. Der kann ja schwimmen. Und bei der Suppe werde ich mich beeilen! Egal, wie heiß sie noch ist.

»Yolanda!«, sagt eine Frau. Die Heilerin klingt anders, und Finn sowieso. Wer war das dann?

Ich drehe mich um, und ich bin nicht allein in diesem Ruderboot.

Meine Mutter ist auch da.

10

»Mum!«

Ich umarme sie und drücke mein Gesicht an ihres. Das Schiff wackelt, doch wir kentern* nicht.

Ich spüre ihre Tränen auf meiner Wange. Ihre Wärme. Das fühlt sich so echt an.

»Hör zu«, flüstert Mum. »Wir haben nicht viel Zeit. Du bist nur Besucherin.«

»Ich weiß«, schluchze ich. Und ich weiß auch, das ist nicht Mum.

Mum ist tot!

Sie ist im Ozean ertrunken. Und doch tut es so gut, sie endlich wiederzusehen. Und sogar zu fühlen! Und das zählt jetzt für mich.

»Du bist groß geworden«, sagt Mum.

Ich wische mir die Tränen aus den Augen und schaue sie an. Sie sieht aus wie damals, obwohl zehn Jahre vergangen sind.

Etwas in mir will mich wachrütteln.

Yolanda!

Natürlich sieht Mum so aus! Wie sonst? Sie ist ein Code, der aus meiner Erinnerung entstanden ist, mehr nicht. So ist Godland. Das hat doch Muriel alles erklärt.

Ich verdränge den Gedanken. Ich will mich nicht wachrütteln lassen. Ich will Zeit mit meiner Mutter verbringen, mit ihr reden. Auch über Dad müssen wir reden. Unbedingt. Oder vielleicht müssen wir das auch nicht. Er wird bald selbst Besucher sein.

Jeder von uns Analogen darf doch einmal Godland besuchen. Dann wird Dad das alles sehen und fühlen. Und er wird dann nicht mehr an Godland zweifeln, er wird sich auf den Upload freuen. Garantiert.

»Wie lange haben wir Zeit, ich will dich so viel fragen und …?«

---

* Umkippen (bei Wasserfahrzeugen); Schiffsunfall.

Sie legt einen Finger auf meine Lippen. »Bald haben wir alle Zeit der Welt!«

Bald? Mein Bauch verkrampft sich, so sehr tut mir dieser Satz weh. »Mum! Ich muss noch neunzehn Jahre arbeiten!«

Sie wischt mit ihren Fingern meine Tränen weg.

Das Licht explodiert.

»Mum!«, rufe ich. »Warte!«

Doch da ist nichts mehr. Nur ein weißes Licht.

Dieses Mal wird es nicht blau, es bleibt weiß.

Keine Ahnung, ob das jetzt ein Problem ist.

Der absolute Absturz?

Das endgültige Ende?

98,7 Prozent klang recht sicher.

Doch es sind eben keine 100 Prozent.

»Sie ist wach!«, sagt jemand.

Und das klingt nicht nach einem endgültigen Ende. Da würde ja keiner mehr mit mir sprechen.

Ich glaube nicht an ein Leben danach. Für mich ist Godland die einzige Möglichkeit, weiterzuleben.

»Yolanda, hörst du mich?«

Das ist Silvers Stimme.

»Alle Körperdaten sind im Normbereich.«

Und das war Godmother. Klar, sie rechnet wieder irgendwas aus.

Ich erkenne Silver, die mir mit einer grellen Lampe in die Augen leuchtet. Dann macht sie das Ding endlich aus.

Ich liege in dem winzigen Raum neben dem Spiegelsaal. Mein Bewusstsein ist wieder dort, wo mein Körper die ganze Zeit war: auf der Serverinsel.

»Hab mir Sorgen gemacht«, sagt Silver und küsst mich auf die Stirn.

Sie zieht eine Kanüle aus meinem Arm, ein Schlauch führt zu einem Behälter mit einer durchsichtigen Flüssigkeit.

»Wieso musste das Zeug da …«

»Sonst wärst du ausgetrocknet.«

Na ja, denke ich, in einer halben Stunde trocknet keiner aus.

Silver verstaut alles in einem Schrank.

Josie lehnt an der Wand und hält den verkabelten Helm unter dem Arm. Ihr Daumen zeigt nach oben, sie grinst überglücklich. »Und? Jetzt erzähl doch mal …«

Silver unterbricht Josie sofort. »Nicht jetzt! Yolanda braucht Ruhe. Hilf mir mal lieber!«

»Schon gut, Frau Doktor.« Josie zieht mich mit Silver von der Liege hoch.

Im Sitzen wird mir kurz schwarz vor Augen, dann geht es wieder. Ich stehe auf und bin total wacklig auf den Beinen. Es ist fast so wie im Ruderboot.

Ich stütze mich an Silvers Schultern ab. Sie führt mich aus dem Raum.

Im Spiegelsaal wartet Emre auf mich. »Und? Wie war es?«

»Sie braucht erst mal Ruhe«, antwortet Silver.

Gute Idee. Mir ist auch ein wenig schlecht. Und ich habe immer noch Hunger. Das mit Muriels Suppe in der Holzhütte war ja nichts. So wie mit Finn und dem Kuss übrigens. Aber ich will nicht nachtragend sein. Ich habe Mum gesehen.

Silver begleitet mich zu meiner Schlafkoje. Keiner kommt uns im Treppenhaus und unserem Deck entgegen. Wo sind die alle?

Auch Silver muss Tausende Fragen an mich haben. Sie stellt mir aber keine einzige.

Natürlich ahne ich, wieso sie schweigt. Ich kann nur das antworten, was Godmother hören darf. Und das interessiert Silver nicht. Sie will die Wahrheit wissen. Wie war Godland wirklich?

Aber wieso führt mich Silver dann nicht auf das Freideck?

»Frische Luft?«, frage ich Silver.

Auch wenn das jetzt etwas spät kommt, wir stehen ja schon vor meiner Koje. Silver hätte früher dran denken können. Ich bin von dem Betäubungszeug fix und fertig.

»Das Freideck ist leider gesperrt«, antwortet Godmother.

»Ein Unwetter?«, frage ich.

»Nein«, sagt Silver. »Wegen der Sache mit Mary.«

»Dem Unfall«, korrigiert Godmother sie.

Silver begleitet mich in meine Koje und hilft mir ins Bett. »In sieben Stunden hole ich dich zum Frühstück ab.«

Frühstück? Das kann nicht sein. Beim Frühstück gab es doch den Alarm. Danach hat mir Godmother das mit Godland plus, also mit meinem Besuch, erklärt. Dorthin ging es ja dann sofort. War die halbe Stunde in meinem Godland etwa ein ganzer Tag auf der Serverinsel?

Silver sieht meine Verwirrung und macht das Licht aus. »Es ist mitten in der Nacht. Du warst zwei Tage in Godland.«

Zwei Tage!

Ich versuche auszurechnen, wie viel Mahlzeiten ich verschlafen habe. Kein Wunder, dass ich fast verhungere. Deswegen auch das mit der Kanüle und der Flüssigkeit – von wegen austrocknen und so.

»Zwei Tage«, wiederhole ich. »Hat sich nicht so angefühlt.«

Silver lächelt nur müde. Vermutlich hat sie kaum geschlafen seither.

Und das meinetwegen. Sie hat sich garantiert Sorgen gemacht. Vielleicht musste Silver mit Godmother meine Körperdaten überwachen, und das zwei Tage lang.

Silver deckt mich zu und will gehen. »Schlaf jetzt.«

»Silver!«

»Was denn noch, du Nervensäge?«

»Danke für alles.«

Silver winkt ab und lächelt. »Ich durfte die zwei Tage auch Pausen machen.«

Godmother räuspert sich. »Und die Pausen hat Silver nicht allein verbracht.«

Silver verdreht die Augen.

»Ach so, Tian?«, sage ich und wundere mich selbst über den seltsamen Ton in meiner Stimme. Dabei bin ich nicht eifersüchtig, falls etwas zwischen den beiden läuft. Es ist nur einfach so: Je mehr Zeit sie miteinander verbringen, desto weniger Zeit haben sie für mich!

»Silver und Tian durften als Einzige jeden Tag auf das Freideck«, erklärt Godmother.

Silver nickt. »Godmother hat bei uns eine Ausnahme gemacht.« Sie schaut in die Kamera über meinem Bett. »Danke!«

»Gern geschehen, Silver. Ihr seid ein tolles Paar.«

Das hat Muriel auch über Finn und mich gesagt. Nur hat sie sich da geirrt. Finn ist wirklich nett, mehr aber nicht.

Ein tolles Paar.

Kaum ist Silver fort, drehe ich mich im Minutentakt von links nach rechts. Ich kann jetzt unmöglich einschlafen.

»Godmother.«

»Yolanda, du musst ein wenig schlafen.«

»Und ich muss dich etwas fragen.«

»Schlafen wäre wichtiger«, sagt sie.

»Kann ich erst, wenn ich Antworten habe.«

Godmother hat jetzt ein Problem. Gesundheit geht vor, deswegen müsste ich wirklich schlafen. Und sie weiß: Sorgen und offene Fragen hindern uns Analoge daran. Das Gedankenkarussell dreht sich. Wir finden nicht zur Ruhe.

Gedankenkarussell.

Das Wort haben mir die Alten beigebracht. Früher gab es Jahrmärkte mit lustigen und verrückten Geräten. Bei einem setzte man sich auf ein Pferd oder einen Elefanten, drehte sich im Kreis, bis einem schwindlig wurde. Ich war nie auf so einem Jahrmarkt gewesen. Ich habe auch noch nie ein echtes Pferd gesehen und erst recht keinen Elefanten.

»Also gut, Yolanda«, sagt Godmother. Offenbar habe ich mich lang genug im Bett herumgewälzt. »Stelle deine wichtigste Frage.«

»Drei Fragen!«

»Zwei!«

»Okay«, sage ich. »Dann eben zwei. Erstens, welche Rolle spielt Muriel?«

»Sie ist die klassische Helferin in Godland.«

»Aha. Helferin.«

»Du brauchst doch in Godland eine Person, die dir alles erklärt. Die dir zur Seite steht bei allen Fragen.«

»Gibt es so eine Helferin später auch im echten Godland?«

»Ist das die zweite Frage?«

»Nein, eine Nachfrage zur ersten.«

Godmother lacht. »Nein, keine Nachfragen.«

»Okay, dann ist es eben die zweite Frage.«

»Das war dein eigenes, echtes Godland. Finns Godland ist wie dein Godland, daher habt ihr dieselbe Heilerin. So eine Simulation ist manchmal auch verwirrend. Da hilft die Meta-Ebene*.«

»Meta-Ebene«, wiederhole ich. Natürlich kapiere ich kein Wort. Aber Fragen darf ich keine mehr stellen. Godmother ist gnädig und erklärt es trotzdem.

»Zwischendurch muss man Dinge besprechen, braucht man jemanden, der einem die Simulation erklärt. Natürlich können nicht alle in deiner Simulation alles wissen. Sonst …«

»… fühlt es sich nicht real an. Ich hab's kapiert.«

Und mir wird noch etwas klar. »Deswegen hast du nicht reagiert, als ich nach dir gerufen habe.«

»So ist es. Ich tauche in Godland nur als deine Heilerin auf.«

Ich decke mich zu und versuche wieder einzuschlafen.

»Yolanda«, sagt Godmother. Was will sie? »Deine Schlafposition!«

Ach so, richtig. Ich drehe mein Gesicht wieder zur Decke. Bis auf ein paar Kontrollleuchten ist es dunkel, doch Godmother kann mich über die Wärmebildkamera sehen. Ich weine nicht, die Augen sind geschlossen. Ich bin okay.

Godmother kann beruhigt sein. Aber ich bin es nicht, denn etwas geht mir weiterhin durch den Kopf.

»Godmother.«

»Was denn noch?«, fragt sie leicht genervt.

»Ich hätte wirklich gern länger mit meiner Mum gesprochen.«

---

* Übergeordnete, zweite Ebene bzw. Sichtweise, von der aus eine erste Ebene (*hier:* die Godland-Simulation) reflektiert oder erklärt werden kann.

»Mit deiner Mutter?«

»Ja, am Ende der Simulation. Ich hätte gern mehr Zeit mit meiner Mutter gehabt. Es war schön mit ihr.«

Godmother schweigt. Abstürzen kann sie nicht. Zumindest ist mir das nicht bekannt. Was ist los? Ich bin schon fast eingeschlafen, da meldet sie sich plötzlich.

»Ich habe alle Daten überprüft. Deine Mutter war nicht in deiner Simulation.«

11

»Yolanda, Frühstück!«

Als mich Godmother aufweckt, brummt mein Kopf. Vielleicht sind das die Nebenwirkungen von Godland? Ich habe schließlich zwei Tage diesen verkabelten Helm getragen.

Ich rolle mich aus dem Bett und stehe auf. Noch immer ist mir etwas schwindlig. Das Licht lasse ich aus. Die Kontrollleuchten in der Schlafkoje reichen vollkommen.

Ich versuche, mich an das letzte Gespräch mit Godmother zu erinnern, doch alles bekomme ich nicht mehr zusammen. Irgendwie war dieser Ausflug nach Godland ganz schön anstrengend. Aber an einen Satz erinnere ich mich sehr gut: *Deine Mutter war nicht in deiner Simulation.*

Wie hat Godmother das gemeint? Natürlich kam meine Mutter darin vor! Wieso lügt sie mich an? Das ergibt doch keinen Sinn.

Aber ich will nicht mit Godmother darüber diskutieren. Ich muss endlich etwas essen. Deswegen hat sie mich schließlich geweckt.

Ich suche im Schrank nach frischen Kleidern. Ohne Licht wird das nichts, also schalte ich es ein. Wie befürchtet, tun mir die grellen Strahlen nicht gut. Sie stechen mir direkt ins Gehirn. Na ja, so fühlt es sich an. Und der Schädel tut schon genug weh. Ich kneife die Augen zusammen.

Das Licht wird etwas schwächer.

»Danke, Godmother.«

»Gern geschehen. Bitte gehe zuerst in den Waschraum.«

Zugegeben, die Idee ist nicht schlecht.

Ich packe frische Wäsche in einen Beutel. Der Korridor auf unserem Deck ist menschenleer. Alle schlafen noch. Wieso musste ich so früh raus?

Die roten Anzeigen über den Schlafkojen sind die einzige Lichtquelle um diese Uhrzeit. Ich schaue mir die restliche Dienstzeit von allen anderen an. Bis auf den Tag genau steht sie über jedem

Eingang. In den letzten zwei Tagen meiner Abwesenheit hat sich kaum etwas verändert, es gab keine großen Strafen oder Belohnungen.

Der Waschraum ist leer, so früh duscht keiner. Am liebsten würde ich eine Stunde unter der heißen Dusche stehen. Aber nach fünfzehn Sekunden ist natürlich Schluss.

Wieso habe ich in Godland nicht geduscht? Das kalte Wasser im Fluss hat sich total realistisch angefühlt. Eine heiße Dusche wäre sicher genauso gewesen. Ich hätte sie mir vielleicht nur vorstellen müssen.

Ich trockne mich ab und will mich umziehen. Da springt die Dusche wieder an. Ich werde wieder nass, und das Badetuch ist komplett durchweicht.

Godmother meldet sich. »Du hast zwei Tage nicht geduscht und Wasser gespart. Dir stehen weitere Duscheinheiten zu.«

Weitere Duscheinheiten.

Vielen Dank auch.

Ich verkneife mir einen Kommentar und wringe das nasse Badetuch aus. Ich bin froh, dass Godmother keine Kameras in der Dusche hat. Wenn ich mich beschwere, könnte sie sich das anders überlegen.

Ich schnappe mir ein neues Badetuch und ziehe mich an. Ein paar Minuten später blicke ich durch die Schleuse zur Kantine. Dad, Mary und Conrad verteilen Teller.

»Du darfst schon rein«, sagt Godmother.

Das lasse ich mir nicht zweimal sagen und trete in die Schleuse.

Dad entdeckt und umarmt mich. Klar, der hat sich Sorgen gemacht. Zwei Tage war ich weg.

Was wissen die alle überhaupt von Godland plus?

»Dad! Ich war in Godland und ich …«

»Godmother hat uns davon erzählt«, sagt Conrad.

Mary blickt nur schweigend auf den Boden.

Auch mein Vater bekommt kein Wort raus, er hat Tränen in den Augen. Aus Kummer? Das tut mir total leid. Aber wie hätte ich ihm etwas sagen sollen?

Es ging ja alles total schnell. Kaum hatte ich in der Trainingshalle davon erfahren, stand ich schon im Kontrollzentrum bei Josie und Emre. Und schon bekam ich die Spritze von Silver und den verkabelten Helm.

Beim Blick auf meinen Vater verstehe ich, wieso das so fix ging. Godmother wollte, dass er erst dann von meinem Besuch erfährt, wenn ich schon in Godland bin.

Dad ist zu skeptisch. Und so hatte er keine Chance, mich umzustimmen. Er wurde gar nicht gefragt.

Godmother hat alles entschieden. Und ich habe alles mitgemacht.

»Du siehst erschöpft aus«, sagt Dad.

»Danke für das Kompliment.«

Er schmunzelt mir zu. Immerhin hat er keine Tränen mehr in den Augen.

»Koffein!«, ruft Conrad.

Ich drehe mich um und sehe, wie er mir eine Kaffeetasse bringt. »Du warst zwei Tage nicht da. Also ist da ordentlich Kaffeepulver drinnen!«

Ich muss grinsen. Das ist ja wie bei der Duscheinheit.

Mary hält mich an der Schulter fest. »Iss aber vorher was. Sonst haut dich dieser Kaffee um!«

Ich kaue am Trockenfisch und spüle ihn mit einem großen Schluck runter. Der Kaffee schmeckt bitter und kräftig. Nach ein paar Bissen und einer halben Tasse bin ich satt. Komisch.

»Das ist normal«, klärt mich Godmother auf.

Ihr ist mein besorgter Blick nicht entgangen. Vermutlich analysiert sie jede Kaubewegung von mir. Sie weiß, wie viel Mineralien, Vitamine und Kohlenhydrate ich zu mir genommen habe.

»Aber das war nur ein halber Fisch«, sage ich.

»Und das erste Essen seit vielen Stunden«, sagt Godmother.

»Dein Magen muss sich erst wieder daran gewöhnen«, erklärt Conrad. »Da passt bald wieder mehr rein. Keine Sorge!«

Appetitlosigkeit. Na toll. Das muss auf die Liste der Nebenwirkungen für alle Godland-Besuche. Und diese Müdigkeit mit den Kopfschmerzen.

Aber alles hat sich gelohnt. Ich war dort und ich weiß, was uns nach zwanzig Jahren Dienstzeit erwartet. Godland ist jetzt kein Paradies oder so. Aber es ist ein schönes Leben, das sich verdammt echt anfühlt.

Und das Beste: Es ist ein Leben ohne Serverinsel, sondern mit Bäumen und Wiesen und Flüssen und anderen Menschen, die keine Analogen sind. Allein das ist schon unglaublich. Seit Jahren habe ich niemand anderen kennengelernt.

Ich winke Dad zu mir. Conrad und Mary verschwinden in der Küche, und ich höre Geschirr klappern. Das klingt lauter, als es normalerweise ist. Vielleicht machen sie extra Lärm, damit wir unter uns sind, sie nicht zuhören können. Godmother ist das offenbar egal. Kameras gibt es in der Kantine reichlich.

Sie liest einfach wieder von unseren Lippen ab.

»Und?«, fragt mein Vater. Er setzt sich zu mir und legt eine Hand auf meinen Arm. »Wie war dein Godland?«

»Schön«, sage ich. Und will ihm endlich mehr erzählen. Conrad trällert jetzt auch noch ein Lied aus der Küche. Es klingt furchtbar. Mary stört es ausnahmsweise nicht.

Ich rutsche näher zu Dad. »Ich hab Mum gesehen.«

Dads Hand wird steinhart, und es fühlt sich an, als würde er seinen ganzen Körper auf mich drücken. Und der ist nicht gerade leicht, da hat sich die letzten zwei Tage nichts geändert.

»Du hast deine Mutter gesehen?«

»Sie war wunderschön, und wir …«

Dad zieht seine Hand von meinem Arm. »Deine Mum ist tot. Das war nur ein Programm.«

»Ja. Aber trotzdem war es schön, sie zu sehen …«

Dad schaut mich so enttäuscht an, dass ich ins Stottern komme. Ich mache trotzdem weiter. »Sie … sie hat mit mir gesprochen! Dad! Es war so echt, und ich hab sie so lange nicht mehr …«

Dad haut auf den Tisch. Conrad hört auf zu singen, das Geschirr klappert auch nicht mehr.

Dad schreit mir ins Gesicht. »Sie ist tot! Tot! Und sie würde niemals als billige Kopie auf einem Rechner weiterleben wollen. Auch nicht uns zuliebe.«

So wütend habe ich ihn noch nie erlebt.

»Das weißt du nicht«, sage ich und versuche, ruhig zu bleiben.

»Doch!« Dad steht so schnell auf, dass sein Stuhl nach hinten wegkippt. Der Stuhl knallt auf den Boden, geht aber nicht kaputt. Sonst hätte es von Godmother eine Strafe gegeben.

»Dad! Ich hab Mum seit zehn Jahren nicht …«

»Hör auf!«, zischt mich Dad an.

Er läuft zur Schleuse und verlässt die Kantine. Es sieht aus, als würde er vor seiner eigenen Wut flüchten. Als hätte er Angst, noch mehr Schaden anzurichten. Mir noch mehr ins Gesicht zu schreien.

Ich stelle seinen Stuhl wieder auf.

»Yolanda.«

»Ja, Godmother.«

»Ich habe doch alle Daten überprüft. Deine Mutter war nicht in deiner Simulation.«

»Ich weiß. Das hast du gesagt. Aber …«

»Ich habe doch alle Daten überprüft. Deine Mutter war nicht in deiner Simulation.«

Wunderbar! Dad dreht durch, und Godmother spielt die dumme Maschine. Auch wenn sie sich nur wiederholt. Vielleicht kann ich es anders versuchen.

»Aber würde es theoretisch möglich sein, meine Mutter in Godland zu sehen?«

»Natürlich. Jedoch nicht gleich am Anfang, und schon gar nicht bei einem Besuch. Das wäre zu viel für dich.«

»Aber es ist ja dann egal, ob ich sie mir einbilde oder ob sie wirklich da war.«

»Vielleicht hast du von ihr geträumt?«, sagt Godmother und fügt hinzu: »Zwischen deinem Godland-Besuch und dem Aufwachen im Kontrollzentrum.«

Ich träume oft von meiner Mutter. Auch wenn ich Godmother nichts darüber erzähle. Und sicher ist: Kein Traum war so echt wie das mit meiner Mutter in dem kleinen Boot auf diesem riesigen Fluss.

Mir kommt noch eine Idee. »Kann man in Godland träumen?«

»Ja. Aber auch diesen Datensatz würde ich erkennen.«

Stimmt, so wie mit den Gedanken. In Godland sind Gedanken und Träume nichts als Codes.

Mary tritt zu mir. »Wo ist Jesper?«, fragt sie.

»Er … also … er …«, suche ich nach Worten.

Warum soll ich ihr das jetzt erzählen? Sie und Conrad haben doch sowieso alles mitbekommen, so wie mein Vater herumgebrüllt hat.

»Jesper ist in den Waschräumen«, sagt Godmother.

Vermutlich ist das nicht mal gelogen. Sie hat ihre Augen überall.

Conrad zieht die Schultern hoch und lächelt mir etwas gezwungen zu. Mary streicht mir über den Kopf. Sie merken eigentlich immer, wenn es besser ist, zu schweigen. Ich bin da nicht so gut, eher lauter und direkter.

So wie mein Vater.

Doch heute konnte ich mich beherrschen, er sich leider nicht.

Die Kantine füllt sich langsam, die anderen begrüßen mich überschwänglich.

»Die Godland-Reisende!«, ruft Mauro.

Sie freuen sich, mich wiederzusehen. Sie wissen alle von Godland plus und meinem Besuch.

Wenn ich gesund und munter hier sitze, dann heißt das: Godland wartet auch auf sie! Der Test war erfolgreich.

Tian kommt zu mir. »Und? Wie war's?«

Alle schweigen und wollen meine Antwort hören. Das verstehe ich ja. Aber was soll ich sagen?

Toll war es! So einen Satz vielleicht? Damit ist keinem geholfen. Diese Worte sagen doch überhaupt nichts aus. Godland ist so persönlich, keine Ahnung, wie ich das jetzt den anderen erklären soll.

Silver tritt durch die Schleuse. Sie sieht besser aus als vor ein paar Stunden.

»Yolanda?«, fragt Tian etwas besorgt. »Alles klar? Jetzt erzähl doch mal!«

»Godland … ja also … ich finde …«

»Du musst nichts über dein Godland erzählen«, unterbricht mich Godmother.

Ich würde sie gern umarmen für diesen Satz.

Mein Godland ist meine Welt.

Mein Godland ist meine Privatsphäre.

Mein Godland ist meine ewige Zukunft. Die geht keinen was an.

Du musst nichts über dein Godland erzählen.

Ein toller Satz. Doch Godmother spricht weiter. »Du musst nichts erzählen, denn ich zeige euch jetzt Yolandas Godland.«

12

Alle schauen zum Wandmonitor. Unsere Aufgaben sind nicht mehr dort aufgelistet.

Stattdessen sieht man einen Fluss. Am Ufer wachsen riesige Bäume. Auf dem spiegelglatten Wasser treibt ein Ruderboot. Mein Ruderboot.

Ich würde mich in der Kantine am liebsten unter dem Tisch verstecken. Das ist so peinlich!

Ich weiß als Einzige hier, wie es gleich weitergeht. Bis auf Godmother natürlich. Doch sie zählt nicht.

»Wunderschön«, sagt Josie.

»Wie im Film«, ergänzt Emre.

Emre gehört zu denen, die als Erwachsene in einer Welt mit eigenen Handys, Computern und Fernsehern lebten.

Meine Eltern hatten ihre Geräte verkauft. Für das Handy meiner Mutter durften wir für einige Nächte in einem kleinen Dorf in einer Garage schlafen.

Ich war schwer erkältet, und wir mussten die Flucht unterbrechen. Mit einem Laptop bezahlten wir Medikamente für mich. Und Papas Handy überreichten wir dem Mann, der uns von dieser Garage zur Küste brachte.

Die ganze Technik wäre auf der Serverinsel sowieso nutzlos. Godmother zeigt uns keine Filme. Also wirklich nichts. Keine Serien, keine Spielfilme, nicht mal Dokus. Selbst in der Schule im unteren Deck nicht.

Die Alten reden manchmal über Filme oder Serien, die sie früher gesehen haben. Alles was ich darüber weiß, habe ich von ihnen.

Kein Wunder also, dass alle auf die Kantinenwand starren. Ein echter Film ist zu sehen! Und ausgerechnet ich spiele die Hauptrolle.

Ich sitze auf dem Ruderboot und versuche, die Balance zu halten.

»Hat sich das echt angefühlt?«, fragt Mauro.

»Echter als auf dem Simulator in der Turnhalle«, antworte ich leise.

Mehr fällt mir nicht dazu ein. Ich erinnere mich sonst nur noch an die Fahrt mit unseren Schlauchbooten.

Wir hatten drei davon, fuhren manchmal um die Serverinsel damit. Bis das Material nichts mehr taugte und jede Fahrt lebensgefährlich war. Also schlachteten wir sie aus. Godmother ließ uns aus dem Kunststoff neue Schutzanzüge nähen.

Hat sich das echt angefühlt?

Mauros Frage ist knifflig.

Was war mit dem weichen Gras in Godland, der runzeligen Baumrinde? Fühlte sich das echt an? Ich kann es nur vermuten. Mir fehlt doch der Vergleich!

Jetzt kommt in dem Film die Stelle mit den Fischen. Ich strecke die Hand aus, und einer landet auf meinen Fingern. Einige in der Kantine klatschen.

»Lust auf einen Wettkampf?«

Die Stimme kommt viel zu laut aus den Boxen an der Decke. Bisher war mein Film mit wenig Geräuschen ausgekommen. Nur der Fluss plätscherte vor sich hin.

»Wer war das?«, fragt Mauro.

»Nur so ein Typ«, sage ich.

Mauro steht auf und geht vom Tisch näher zur Wand. Erst folgen ihm Aidan, dann alle anderen. Ich bin die Einzige, die noch dasitzt.

Wie schön, dass ihr euch alle für diesen Fremden interessiert! Ich laufe knallrot an.

Finn taucht in seinem Ruderboot auf. Er trägt nur seine kurze Badeshorts. Silver schaut kurz zu mir und verdreht die Augen. Klar doch, sie denkt sich: Und auf so Typen stehst du? Echt jetzt?

Plötzlich trägt Finn eine blaue Trainingsjacke.

»Krass«, sagt Mauro. »Du konntest das alles entscheiden, oder?«

»Konnte sie«, antwortet Emre für mich.

»Aber wieso dann so eine doofe Jacke?«, fragt Aidan.

Kurz streiten sich die Brüder über die Jacke. Als hätten wir hier an Bord die riesige Auswahl. Wir flicken unser Zeug, und kaum jemand trägt etwas ohne Löcher.

Finn lächelt mir zu und rudert etwas näher. Silver schaut mich neugierig an.

»Der Kerl war voll doof«, sage ich und tue so, als würde ich mich auf den Film konzentrieren.

»Danke!«, sagt Finn. »Du gefällst mir auch!«

Verdammt. Die Stelle hatte ich vergessen.

Aidan pfeift.

»Ruhe!«, sagt Emre.

Aidan hört nicht immer auf seinen Vater, jetzt schon.

Die Film-Yolanda zählt. »Drei, zwei, eins – los!«

Die Boote gleiten über das Wasser. Gleich kommt das Unglück. Der Junge wird kentern, fast ertrinken, und ich werde ihn retten.

Doch wir werden immer kleiner. Der Junge und ich sind kaum noch zu sehen. Als würde ein Vogel auf uns hinabschauen. Das Wasser vom Fluss funkelt von so weit oben. Die Bäume sehen aus dieser Perspektive noch schöner aus.

Schließlich sind die Ruderboote nur noch zwei winzige Punkte. Weder der Junge noch ich sind zu erkennen. Wieso will Godmother das nicht zeigen?

Mauro drückt sein Gesicht fast schon auf den Monitor. Er will nichts verpassen. »Wie ist der Wettkampf mit dem Jungen denn ausgegangen?«

Ich vermute, ihn interessiert etwas anderes viel mehr.

Die Hilferufe des Jungen sind nicht zu hören. Auch nicht mein verzweifeltes »Godmother!«.

»Wer hat gewonnen?«, fragt Mauro noch einmal. Er will es wirklich wissen.

»Pssst«, sagt Emre.

Nun wird der Fluss wieder größer, die Bäume auch, und wir sehen eine Wiese. Der Junge und ich liegen nebeneinander im Gras.

»Finn«, sagt der Junge im Film.

»Ich bin Yolanda.«

»Komm. Ich bringe dich ins Dorf.«

Nur ich kann wissen, dass hier etwas nicht stimmt: Wir sind beide trocken in diesem Film. In meinem Godland war unsere Kleidung total nass.

Es fehlt nicht nur die Stelle, in der Finn fast ertrunken wäre und ich ihn gerettet habe. Auch fast alles von unseren Gesprächen ist verschwunden.

Zwischen Bäumen und Sträuchern tauchen Holzhütten auf. Und dann sitze ich an einem Tisch. Suppe dampft aus einer Schüssel vor mir.

Conrad schiebt Mauro und Aidan zur Seite. »Sind das Kartoffeln?«

»Und Möhren und Kräuter«, sage ich.

Mindestens fünf Köpfe schauen mich gleichzeitig an.

Von Muriel fehlt in dem Film jede Spur. Stattdessen sitzt mir Finn gegenüber am Tisch. Er zwinkert mir zu, und mein Film ist zu Ende.

Die Aufgaben des Tages erscheinen wieder auf dem Monitor.

Gern würde ich allen sagen, dass da Sachen fehlen. Aber Godmother hatte sicher ihre Gründe, mein Godland auf einen hübschen Ausschnitt zu kürzen.

Eigentlich bin ich froh darüber. Weder Finns Rettung noch meine Gespräche mit ihm oder Muriel gehen jemanden etwas an. Na ja, eigentlich gilt das für mein ganzes Godland. Doch das sah Godmother offenbar anders.

»Godmother«, fängt Josie vorsichtig an. »Wann dürfen wir anderen Godland besuchen?«

»Der Test mit Yolanda war sehr erfolgreich. Jeder kommt bald an die Reihe.«

Aidan jauchzt vor Freude. Mauro und Emre klatschen. Silver setzt sich wieder an den Tisch und beißt in ein Stück Trockenfisch.

Der Rest schweigt und denkt nach. Vermutlich überlegen sie, wie das eigene Godland wohl aussehen mag.

»Und wieso tust du das für uns?«, fragt Conrad. »Wieso dürfen wir alle Godland besuchen?«

Die Frage ist gewagt. Godmother muss sie nicht beantworten. Sie trifft Entscheidungen, und wir akzeptieren sie. Sie will sich nicht rechtfertigen müssen. Das weiß Conrad.

Doch Godmother antwortet ihm. »So wissen alle von euch, wieso es sich lohnt, hier zu leben und zu arbeiten.«

Nett gesagt. So beschreibt Godmother also Godland plus. Sie könnte auch sagen: *So wissen alle, wieso es sich lohnt, nicht zu sterben – sich nicht selbst auszulöschen.*

Ich schaue zu Mary. Sie räumt zusammen mit Conrad den Tisch ab.

Dad wird den beiden heute wohl nicht mehr helfen. Seit dem Streit mit mir ist er nicht wieder aufgetaucht. Und auf dem Monitor an der Wand steht jetzt hinter Jesper: *Erkrankt.*

War der Streit mit mir so heftig für ihn? Hat es ihm so zugesetzt, dass ich ihm von Mum erzählt habe? Ich muss zu Dad!

Bevor ich die Schleuse erreiche, höre ich Emre: »Godmother.«

»Ja, Emre.«

»Wann genau dürfen wir Godland besuchen?«

Emre traut sich diese Nachfrage sicher nur, weil Godmother auch Conrads Frage gestattete. Sie hat gute Laune, und das muss man nutzen.

»Immer am zehnten Tag geht eine Person oder ein Paar godline«, sagt Godmother.

Der zehnte Tag, natürlich! Der zehnte Tag ist immer frei. So verpassen wir keine Arbeitszeit.

Auf der Serverinsel hat Godmother das veraltete System abgeschafft, also den alten Kalender. Es gibt keine Montage, Dienstage, Mittwoche, Donnerstage, Freitage, Samstage und Sonntage. Wir zählen von Tag eins bis Tag zehn.

Ich finde es praktisch, denn das mit den Monaten war auch verwirrend. Nicht alle von ihnen hatten gleich viele Tage. Auch die Bezeichnungen sind bedeutungslos. Wieso sollen wir von Januar, März oder Dezember sprechen?

Wir feiern weder Weihnachten noch Geburtstage. Godmother hält nichts von diesen »veralteten Traditionen«. Das einzige Fest ist die Zeremonie, der Upload.

Doch ein kleines Fest wird es nun vielleicht jeden zehnten Tag geben, immer, wenn jemand von uns Godland besuchen darf.

Emre strahlt in eine der Kameras. »Und wer wird der nächste Besucher sein?«

Es ist still im Raum.

»Von eurem Deck sind es Jesper, danach Conrad und Mary«, sagt Godmother.

Mein Vater ist der Nächste? Das muss ich ihm gleich erzählen.

Mary und Conrad schauen sich an, ohne einen bestimmten Ausdruck im Gesicht.

Ich verstehe Godmothers Reihenfolge sehr gut.

Godmother hat mir Godland plus erklärt. Zuerst kommen die Gefährdeten und die Godland-Kritiker dran, sie müssen am meisten motiviert werden.

»Und wir anderen?«, fragt Emre ziemlich frustriert.

»Keine Sorge«, sagt Godmother. »Danach besuchen Godland: Silver, Josie mit Emre zusammen, dann Tian, Mauro und zuletzt Aidan.«

Aidan haut auf den Tisch, und das Geschirr scheppert. Zum Glück geht nichts kaputt. Das ist die Hauptsache. Godmother drückt ein Auge zu und sagt nichts.

Natürlich ist Aidan sauer.

»Wieso komme ich als Letzter dran?«, fragt er.

Godmother versteht, wie aufgeregt alle sind, und spricht mit sanfter Stimme weiter. »Der Zufall hat entschieden.«

Was für ein Quatsch. Für Godmother gibt es keine Zufälle. Doch Aidan schluckt es.

Ich will endlich durch die Schleuse und zu Dads Koje. Da höre ich noch Godmothers letzten Satz. »Sei nicht wütend, Aidan, du wirst vorher die Godlands der anderen sehen. Das ist auch interessant.«

Kurz blicke ich in die Runde. Viele von ihnen schauen entsetzt. Für alle war es total spannend, mein Godland zu sehen und in meine tiefsten Gedanken zu blicken. Doch keiner will sein persönliches Godland mit den anderen teilen. Hier, in dieser Kantine, auf dem Wandmonitor.

Ich unterdrücke ein Grinsen. Was habt ihr denn gedacht?

Eine halbe Minute später stehe ich vor der Schlafkoje meines Vaters. Unter seiner Dienstzeit blinkt das Wort, das ich schon auf dem Monitor gelesen habe: *Erkrankt.*

Ich klopfe an. Nichts passiert. Also klopfe ich etwas fester.

Dad reagiert nicht.

Ich drücke meinen Finger auf den Sensor. Die Tür bewegt sich keinen Zentimeter. Kurz hatte ich gehofft, er hätte mich freigeschaltet.

»Dad!«, rufe ich in die Sprechanlage.

Hinter mir gehen Mauro und Aidan vorbei. »Alles okay?«

»Weiß ich nicht.«

»Brauchst du Hilfe?«, fragt Mauro.

Erst seine besorgte Frage macht mir Angst. Ist Dad etwas zugestoßen? Hat er sich etwas angetan?

Ich hämmere mit beiden Händen gegen die Stahltür.

»Darf ich?«, fragt Silver.

Ich hatte sie gar nicht gehört. Kein Wunder, bei dem Lärm, den ich hier veranstalte.

Silver trägt ihre Umhängetasche vom Labor.

»Was hat mein Vater?«

Sie klopft und spricht leise in die Sprechanlage. »Jesper, ich bin's, Silver.«

Die Tür gleitet auf, und bevor ich folgen kann, ist sie schon wieder zu.

Das kann doch nicht wahr sein!

Ich hämmere weiter gegen die Tür. Erst nach Minuten geht sie wieder auf. Silver steht vor mir.

»Wieso hat er dich reingelassen, und mich nicht?«, frage ich.

Sie klopft auf die Umhängetasche. »Weil ich die Medikamente habe.«

Ich verschränke die Arme vor meinem Bauch. »Der ist nicht krank. Wir haben uns doch nur gestritten!«

Godmother mischt sich ein. »Er ist etwas angeschlagen.«

»Angeschlagen?«, frage ich.

Silver nickt.

»Er hat sich in den letzten Tagen Sorgen um dich gemacht«, sagt Godmother.

Silver klopft auf ihre Umhängetasche. »Sorgen können krank machen.«

Na toll, es reicht mir vollkommen, wenn Godmother alles analysiert und besser weiß. Von Silver erwarte ich nur eines, meine beste Freundin zu sein.

Als könnte sie meine Gedanken lesen, drückt sie mich an sich. Und das tut gut, es fühlt sich wie beste Freundin an, nicht wie Godmother.

»Hab Geduld mit deinem Vater«, sagt Silver.

Ich gebe nach und gehe in meine Schlafkoje. Dort meldet sich Godmother schon wieder. »Keine Sorge, Yolanda. Jesper wird es in zehn Tagen besser gehen.«

Ich verstehe, wie sie das meint. Dann hat Dad sein Godland besucht. Ich bin gespannt, wie es aussehen wird.

13

Die Tage vergehen. Dad sehe ich nicht. Silver bringt ihm das Essen in die Koje.

Ich hatte keine Zeit, mir um Dad Sorgen zu machen – dem Gerätedienst sei Dank.

Das ist der schlimmste Dienst von allen!

Ich musste mich mit Aidan und Mauro um die Geräte in der Trainingshalle kümmern. Eine stumpfsinnige und langweilige Arbeit. Doch Godmother hatte das festgelegt, Protest war sinnlos.

Jedes Einzelteil musste gereinigt und eingeölt werden. Es gab Tausende davon! Und weil das Öl so knapp ist, achtete Godmother auf jede Bewegung von uns. Kein Tropfen durfte falsch eingesetzt werden.

Doch auch der schlimmste Dienst findet ein Ende, und heute ist wieder der zehnte Tag.

Ich sitze als Erste in der Kantine und warte auf das Frühstück. Ich bin so gespannt, wie Dads Film aus seinem Godland aussehen wird!

Noch schwirren mir Godmothers Kommentare aus der Trainingshalle im Kopf herum. Jeden klugen Ratschlag von ihr haben wir bestimmt ein Dutzend Mal gehört – pro Stunde, Tag für Tag.

»Yolanda, das Öl nicht so dick auftragen.«

»Mauro, die Schrauben sind zu locker! Noch eineinhalb Drehungen.«

»Aidan, das Display ist noch nicht sauber genug.«

Wenn ich hier in der Kantine daran denke, bin ich einfach nur froh, dass es vorbei ist. Den nächsten Gerätedienst macht das untere Deck.

Ich studiere den Arbeitsplan für den nächsten Tag auf dem Monitor. Da steht Putzdienst in den Waschräumen für mich an. Nicht schlimm. Alles ist besser, als zwanzig Trainingsgeräte zu zerlegen, einzuölen und wieder zusammenzubauen.

Ich gehe die Liste weiter durch. Mauro und Aidan müssen die Schlafkojen ausbessern. Zu dritt hätten wir nicht reingepasst in die kleinen Zellen, und die Teams wechseln sowieso immer.

Godmother hat ausgerechnet, dass wir so effektiver sind, also besser und schneller arbeiten. Nur bei den Brüdern haben die Zahlen etwas anderes gesagt: Zusammen sind Mauro und Aidan unschlagbar. Obwohl sie dauernd streiten. Wenn es darauf ankommt, reißen sie sich zusammen. Ihre Statistik bei der Teamarbeit ist konkurrenzlos gut.

Jeden Abend sehen wir die Tabellen von Godmother auf dem Kantinenmonitor. Welches Team ist besonders effizient, macht nicht zu viele Pausen und kaum Fehler? Dann folgt Godmothers Vortrag: Wer kann sich verbessern und vor allem: wie?

Aber wer hilft mir morgen beim Putzdienst? Ich gehe die Liste weiter durch und atme auf. Tian!

Darauf freue ich mich. Er wirkt in letzter Zeit so, als wäre er mit dem Kopf immer woanders. Liegt es an Silver? Ist er in Gedanken nur bei ihr? Spiele ich für ihn etwa keine Rolle mehr? Und für Silver? Ich meine, die beiden können ja zusammen sein, aber ich bin auch noch da!

Oder hat es etwas mit der geheimen Botschaft vom Wartungsdeck zu tun? Die hatte ich selbst fast vergessen. Aber vielleicht geht sie Tian noch nach? Hat er damals auf dem Freideck nur so getan, als ob ihn diese Wörter überhaupt nicht interessieren?

Godland ist ein Fake. Seid bereit.

Silver wird sicher mehr wissen als ich. Sie hat seither zig Stunden mit ihm dort oben verbracht, während ich zwei Tage im Godland-Schlaf unter Narkose vor mich hindämmerte und danach Tag für Tag Schrauben sortierte.

Godmother ließ mich mit Mauro und Aidan so viele Überstunden machen, dass ich Tian und Silver kaum sehen konnte. Und beim Essen war ich viel zu müde, um große Reden zu schwingen.

Ich sitze immer noch allein am langen Kantinentisch. Mary und Conrad stellen Tassen und Teller vor mich hin. Ich will helfen, doch Mary drückt mich wieder auf den Sitz und lächelt. »Das ist nicht dein Dienst. Und heute ist der zehnte Tag! Du hast frei.«

Godmother hat mich ein paar Minuten früher eintreten lassen. Das war sehr nett. Sie weiß, wie aufgeregt ich wegen Dads Godland-Besuch bin.

Er ist der zweite von uns, der dort sein durfte. Bei mir war es ein riesiger Aufwand. Doch die Tests waren erfolgreich, Godmother konnte »den Prozess optimieren«.

So hat sie es ausgedrückt.

Sie konnte nicht wissen, wie Godland auf uns wirkt, deswegen fand mein Upload quasi in Zeitlupe statt. Und die Rückreise in meinen Körper ebenso.

»Da durften keine Fehler geschehen«, hatte Godmother hinzugefügt. Und wer würde ihr da widersprechen? Ich garantiert nicht.

Ich wollte fehlerfrei zurückkehren auf die Serverinsel.

Wer jetzt godline geht, der steht früh auf und läuft mit leerem Magen ins Kontrollzentrum zu Emre oder Josie. Es reicht nun, wenn einer von beiden dabei ist.

Nach dem Upload wartet das Frühstück in der Kantine und der Film für alle! Keiner muss mehr tagelang so wie ich im Bett liegen.

Egal wie Dads Besuch ablief – Hauptsache, er fühlt sich jetzt wieder besser. Deprimiert in der Schlafkoje zu liegen ist auf Dauer keine Lösung. Da wird er nur noch trauriger.

Josie kommt durch die Schleuse und setzt sich neben mich. »Deinem Dad geht es prächtig!«

Godmother legt die Sitzordnung fest. Sie mag es nicht, wenn immer die gleichen Leute zusammen sitzen. Wir bekommen jedes Mal einen anderen Platz zugewiesen. So bleiben wir alle im Gespräch miteinander, und keiner fühlt sich ausgeschlossen.

»Was geträumt?«, fragt Josie.

Ich schüttele den Kopf.

Conrad stellt sich mit dem Kaffee zu uns. Er hält die Kanne in eine der Kameras. »Darf ich schon?«

»Du darfst«, sagt Godmother.

Es ist fünf vor sechs. Eigentlich müsste Conrad warten, bis es Punkt sechs Uhr ist. Ausschlafen dürfen wir auch am zehnten Tag nicht.

Mein Becher ist noch nicht voll, da umschließe ich ihn schon mit meinen Händen. Sie werden sofort warm.

Josie nippt wortlos an ihrem Kaffee.

Conrad küsst Mary auf die Stirn, und beide verschwinden wieder in der Küche. In fünf Minuten muss alles fertig sein für das Frühstück. Ich blicke ihnen nach.

Die beiden werden Godland als Nächstes besuchen.

Die anderen Analogen kommen Punkt sechs Uhr durch die Schleuse. Silver setzt sich neben mich und drückt meine vom Kaffeebecher aufgewärmten Hände.

»Silver, bitte nimm einen anderen Platz«, sagt Godmother.

Stimmt, Silver saß gestern beim Abendessen schon neben mir.

Alle bis auf meinen Vater sitzen am Tisch und essen ihr Frühstück. Vielleicht ruht er sich noch von seinem Besuch in Godland aus? Wer weiß, was er dort erlebt hat.

Lange muss ich darüber nicht nachdenken, Godmother zeigt es uns. Die Liste der Aufgaben verschwindet vom Wandmonitor, und Dads Film beginnt.

Ich finde es schade, dass er nicht hier ist. Es ist seltsam, das ohne ihn zu sehen.

Ich erkenne in Dads Godland unsere alte Wohnung. Von ihr hat mir mein Vater später auf der Serverinsel berichtet, ich selbst erinnere mich an so gut wie nichts mehr aus dieser Zeit. Es muss einige Jahre vor der Flucht gewesen sein. Die Bücher stehen noch in den Regalen, die Fenster sind heil. Bei den Unruhen gingen sie zu Bruch, Steine zerschlugen die Scheiben.

Meine Eltern haben alles in Kisten gepackt. Wir schliefen im Keller. Doch als die Sirenen Tag und Nacht heulten, mussten wir fliehen.

Fast alles blieb zurück. Bis auf das wenige, das in die Rucksäcke passte. Die Straßen waren verstopft, da ging nichts mehr. Alle wollten mit ihren vollgepackten Autos raus aus der Stadt. Es gab kilometerlange Staus.

Also liefen wir zu Fuß. Jeder trug einen Rucksack, in meinen passten nur zwei Kuscheltiere. Mehr konnte ich nicht mitnehmen.

Als wir abends auf einem Hügel ankamen, blickten wir auf die Stadt. Doch wir sahen nur Flammen und Rauch. Ein Feuer hatte sich ausgebreitet, die Feuerwehr kam nicht mehr durch die Straßen. Die Fluchtautos verstopften alles.

Dads Godland in unserer Wohnung spielt etwa zwei Jahre vor dieser Katastrophe. Vielleicht war ich drei Jahre alt?

Ich bin ein kleines Mädchen in Dads Film und springe auf das Sofa.

»Wie süß!«, ruft Josie.

Mein Vater ist so jung und schlank. Er spielt mit mir ein Kartenspiel, das ich nicht kenne.

»Mau-Mau!«, ruft Emre und schaut zu seinen Söhnen. »Kennt ihr das noch?«

Aidan und Mauro antworten nicht. Sie konzentrieren sich auf den Film.

»Stimmt«, sagt Josie. »Das haben wir oft mit euch gespielt.«

Unser Kartenspiel blieb wie fast alles zurück. Meine Eltern packten nur das ein, was wir zum Überleben brauchten. Für mich zählten offenbar die zwei Kuscheltiere dazu.

Meine Eltern schleppten auf ihren Rücken Wasser, Essen, Kleidung und Medikamente.

In Dads Godland sitze ich mit ihm auf dem Sofa. Kissen liegen überall. Wie gern wäre ich jetzt dort! Es sieht so bequem und gemütlich aus.

Wir in der Kantine können das Sofa nur sehen, doch Dad hat das weiche Polster bei seinem Besuch *gefühlt.* Er konnte Dinge spüren und schmecken und riechen.

»Ätsch! Mau-Mau«, rufe ich im Film.

Dad küsst mich und streicht mir über die Haare. »Glückwunsch! Du hast schon wieder gewonnen, mein Schatz.«

»Gewonnen, gewonnen«, wiederhole ich glucksend mit meiner Kinderstimme.

Dad dreht sich zum Flur, die Tür des Wohnzimmers steht offen. »Wir sind fertig!«, ruft er. »Bist du auch so weit? Kann's losgehen?«

Mit wem spricht er?

Aus einem anderen Raum antwortet jemand. »Ja, gleich. Machst du die Kerzen an?«

Ich spüre einen Stich in meiner Brust und hole tief Luft. Die Frauenstimme kann nur von einer Person sein.

Tian rutscht mit dem Stuhl näher zu mir. »Deine Mutter?«

»Ich glaube schon«, flüstere ich.

Wer könnte es sonst sein?

Silver steht von ihrem Platz am anderen Ende auf und kommt zu uns. Godmother lässt das zu.

Silver bleibt hinter Tian und mir stehen, legt einen Arm um meine Schultern, den anderen auf Tians Rücken. Tian drückt die Hand mit den vier Fingern auf meine. Wir drei sind quasi miteinander verbunden. Das fühlt sich gut an. Die zwei haben mich doch nicht vergessen. Ich gehöre dazu.

Dad blickt in seinem Godland auf den roten Teppich im Wohnzimmer. Darauf liegt ein Backblech mit einem riesigen Kuchen.

»Schokolade«, sagt Mauro.

»Mit Nuss offenbar«, ergänzt Conrad und zeigt auf ein paar Stellen am Monitor. »Dort, seht ihr? Das sind Walnüsse!«

Vor ein paar Jahren konnten wir auf der Serverinsel noch backen. Manche Schiffe brachten Mehl und Hefe, sogar Zucker. Aber Walnüsse hatten wir hier noch nie.

Im Film sind kleine Teller, Löffel und Gläser um das Blech herum verteilt. Dad steht vom Sofa auf. Er zündet einen fingerdicken Stab an, und der fängt an zu leuchten und zu flackern.

»Was ist das?«, fragt Silver.

»Eine Kerze«, sagt Mary.

»Stimmt«, sagt Silver, und es klingt, als hätte sie ein längst vergessenes Wort wiederentdeckt.

Auch Dad hat mir von Kerzen erzählt. Auf der Serverinsel sind sie streng verboten. Die Brandgefahr ist zu groß. Es gibt auch keine Feuerzeuge, Streichhölzer, Gasflammen, nichts. In der Küche steht ein Elektroherd. Nur auf dem Wartungsdeck gibt es echtes Feuer – bei der Metallschmelze und der Müllverbrennung.

Dad steckt die Kerze auf den Kuchen und zündet noch zwei weitere an.

Conrad lächelt mir zu. »Yolanda, du hast da Geburtstag!«

»Kommt ihr?«, ruft meine Mutter von nebenan.

Dad hebt mich vom Boden hoch, wirbelt mich einmal herum und trägt mich kopfüber aus dem Wohnzimmer.

Ich lache und versuche, mit den Händen den Boden zu berühren. Mein Vater trägt mich zu der Stimme vom Raum nebenan.

Silvers Hand drückt etwas stärker auf meinen Rücken. »Schaffst du das?«

»Denke schon«, sage ich.

Wissen kann ich es nicht.

Mein Herz schlägt schneller.

Gleich werde ich wieder meine Mutter sehen.

Ob sie so aussieht wie in meiner Erinnerung? So, wie sie in meinem Godland ausgesehen hat? Oder sieht sie für Dad anders aus? Es ist sein Godland, und er entscheidet.

Dad trägt mich durch einen mit Büchern vollgestellten Gang ins Schlafzimmer. Meine Mutter sitzt auf dem Bett und lehnt sich an die Wand.

Sie ist so hübsch wie in meiner Erinnerung. Nur sieht sie etwas müde aus. Wieso liegt sie im Bett? Ist sie krank? Das kann nicht sein. Sie wirkt doch so glücklich!

»Da seid ihr beide ja«, sagt meine Mutter. »Holt ihr uns zum Kuchenessen ab?«

Uns?

Da entdecke ich das Baby in ihren Armen. Das winzige Ding hat einen Milchbart. Meine Mutter knöpft ihre Bluse zu. Sie hat das Baby gestillt.

»Schau mal, Yolanda«, sagt meine Mutter. »Dein Bruder ist beim Trinken eingeschlafen.«

Mein Vater schmunzelt. »Der verschläft deinen Geburtstag! So ein unhöflicher Bruder.«

»Ja«, gluckse ich, noch immer kopfüber baumelnd, »unhöflicher Bruder.«

14

Alle sprechen in der Kantine durcheinander. Niemand wusste etwas von meinem Bruder. Doch für keinen von ihnen hat das so eine Bedeutung wie für mich.

Wo ist mein Bruder jetzt?

Bei der Flucht auf dem Schiff war er nicht. Da erinnere ich mich an einige Kinder, aber an keinen Bruder!

Meine Familie bestand an Bord nur aus meinen Eltern und mir. Da bin ich sicher. Was ist mit dem kleinen Jungen passiert?

Und wieso kann ich mich nicht an ihn erinnern? Hat er nur so kurz bei uns gelebt?

Silver umarmt mich. Ich suche nach Worten, und als ich endlich etwas gefunden habe, bekomme ich es nicht heraus. Mir steckt ein Kloß im Hals.

»Dein Dad ist ja immer ziemlich verschlossen«, sagt Silver.

Ich schluchze, und die ersten Tränen kullern über meine Backen.

Silver drückt mich fester an sich. »Er wird dir sicher bald alles erklären.«

Ich wische mir die Tränen mit dem Handgelenk weg. Erst muss ich mal tief Luft holen. Sprechen kann ich noch nicht.

Einen Bruder! Wollte ich deswegen Tian immer als Bruder haben? Habe ich das als Kind irgendwie abgespeichert, zu zweit zu sein? Lag das tief in meinem Bewusstsein vergraben, so tief, dass ich selbst nicht mehr drangekommen bin?

Aber dann hätte mein Bruder doch auch in meinem Godland sein können! Dort tauchen auch Erinnerungen auf, die im Verborgenen liegen. Der Wald mit dem märchenhaften Dorf, Muriel, die geheimnisvolle Heilerin, solche Dinge eben.

Wenn ich das nächste Mal in Godland bin, dann habe ich mehr Zeit. Viel mehr Zeit. Genauer gesagt: ewig. Und dann werden auch mein Bruder da sein, meine Mutter, mein Vater. Wir werden wieder zusammen sein.

Dann fällt mir ein, dass mein Bruder auch viel früher gestorben sein kann, zum Beispiel bei der Geburt. Es muss diesen Geburtstag im Wohnzimmer mit Kuchen und Kerzen ja nie wirklich gegeben haben. Mein Vater hat sich vielleicht nur vorgestellt, wie schön so eine kleine Party gewesen wäre.

Oder es gibt diesen Bruder überhaupt nicht. Hat sich Dad womöglich immer ein zweites Kind und einen Sohn gewünscht, und deswegen taucht das Baby für ihn in seinem Godland auf?

Dieser Gedanke verwirrt mich total. Natürlich kann es so gewesen sein. Wieso kommen die anderen in der Kantine nicht darauf? Es ist doch so naheliegend: Diese Familie im Wohnzimmer ist nur ein Wunsch meines Vaters.

Dad sehnt sich nach einem Alltag mit Familie, danach, dass wir alle zusammen glücklich sind. Und diese Sehnsucht hat Godmother genutzt und noch fix einen Sohn in sein Godland eingebaut.

Das alles macht mich total ratlos. Was war früher so wie in Dads Godland, und was haben Godmother oder mein Vater dazu erfunden?

Mir wird schlecht und etwas schwindlig.

Dads Film endet.

»Yolanda!«, sagt Godmother mit scharfer Stimme. Ich schrecke hoch. »Trink etwas. Iss etwas.«

Sie hat recht, ich bin die Einzige, die noch nichts gegessen oder getrunken hat. Selbst den Becher mit Kaffee habe ich nicht angerührt. Ich habe ihn nur als Wärmequelle für meine Hände genutzt.

Ich trinke den Becher in wenigen Zügen aus.

»Und jetzt iss etwas!«

Der Trockenfisch schmeckt wieder viel zu salzig.

»Silver!«, sagt Godmother noch immer sehr streng.

»Ja, Godmother.«

»Bring Yolanda nach dem Essen zu ihrem Vater. Sie müssen miteinander reden.«

Allerdings, das müssen wir. Nur wird er mich nicht reinlassen.

Silver hält auf dem Weg zu Dads Schlafkoje meine Hand. »Vergleiche mal dein Godland mit dem Godland deines Vaters. Ist dir was aufgefallen?«

Ich denke über ihre Frage nach, doch ich kann nicht sprechen. Meine Kehle fühlt sich immer noch an wie zugeschnürt. Also drücke ich Silvers Hand und nicke ihr zu. Sie soll weiterreden.

»Dein Dad will in Godland zurück ins alte Leben. Der macht eine Zeitreise in die Vergangenheit.«

Silver überlegt, entdeckt etwas in meinem Gesicht und reibt mit ihrem Ärmel die schon fast getrockneten Tränen weg. »Du schaust nach vorn in die Zukunft. Du fängst in deinem Godland neu an.«

Sie ist mit meinem Gesicht fertig, lässt meine Hand los und schaut auf den Boden. »So wird es auch bei meinem Besuch sein. Wahrscheinlich ist das normal. Die Alten blicken zurück, wir Jungen nach vorn.«

Ich bekomme nichts raus, so gern ich auch etwas sagen möchte.

»Ein interessanter Gedanke«, sagt Godmother. »Bringe jetzt Yolanda zu ihrem Vater. Sie müssen miteinander reden.«

Godmother will keine langen Diskussionen. Das will sie nie. Für das Denken ist sie zuständig. Wir Analogen sollen Aufgaben erledigen, Befehle befolgen.

Trotzdem denke ich natürlich dauernd nach. Das kann ich nicht abschalten.

Was Silver gesagt hat, stimmt zwar, aber es gibt dennoch eine Gemeinsamkeit bei den Godlands von meinem Vater und mir: Wir haben uns eine Welt vorgestellt, die von den Klimakriegen nicht verwüstet wurde.

Und: Keiner von uns beiden hat sich etwas total Verrücktes gewünscht. Wir hatten in unseren Godlands keine Superkräfte, konnten keine Laserblitze schießen oder fremde Planeten erforschen. Wir wollten einfach nur eine heile Welt.

Okay, das wird sich vermutlich ändern, wenn Mauro und Aidan dran sind. Dann werden wir andere Godlands sehen. Die beiden werden sich irgendwas Verrücktes ausdenken. Und Silver hat eine große Phantasie. Da bin ich auch gespannt.

Silver schweigt, bis wir die Stahltür von Dads Koje erreichen. Sie lässt meine Hand los. »Bereit?«

Hoffentlich kann ich bei meinem Vater wieder sprechen.

Leise und mit gebrochener Stimme gelingt es mir schon jetzt bei Silver ein wenig. »Dad … der … der lässt mich sowieso nicht rein.«

»Aber mich!«, sagt Silver.

Sie will den Finger auf die Sprechanlage drücken, da zischt die Tür auf.

Dad schreckt von seinem Bett hoch. Er hat die Tür nicht aufgemacht. Es war Godmother.

Silver schiebt mich in die Koje, und drei Sekunden später sind Dad und ich allein in dem winzigen Raum.

Dad schaut auf den Boden, als würde er die Rostflecken zählen.

Ich setze mich zu ihm auf das Bett. Ich muss ihm nur diese eine Frage stellen und hole Luft. »Dad, hatte … also … hatte ich wirklich einen Bruder?«

Mein Vater spricht leise, blickt dabei immer noch auf den Metallboden. »Ich wollte nicht, dass du …«

»Dad«, unterbreche ich ihn. »Mein Bruder! Gab es den in echt? Oder nur in deinen Gedanken, in Godland?«

Dad reibt sich die Stirn. Kopfschmerzen vermutlich. Auch wenn der Besuch in Godland jetzt nicht mehr tagelang braucht, die Nebenwirkungen scheint es immer noch zu geben.

»Dad! Ist mein Bruder echt?«

Mein Vater nickt langsam, unfähig, mit mir darüber zu sprechen.

»Und was ist passiert?«

Dad starrt an die Decke, als könnte er dort oben die Antwort ablesen. Das wäre leichter, ich weiß. Aber an der Decke steht für ihn kein Text, dort sind nur Godmothers Augen.

»Godmother.«

»Ja, Jesper.«

Mein Vater richtet sich auf. »Der Kopf tut höllisch weh. Frische Luft wird mir helfen. Können Yolanda und ich auf das Freideck?«

»Das halte ich jetzt für keine gute Idee. Dir geht es zu schlecht.«

Dad presst die Lippen zusammen und nickt. Was immer er mir jetzt erzählen wird, es ist vermutlich nicht die ganze Wahrheit. Die hätte es nur draußen gegeben – wo Godmother schlecht hört und sieht.

Aus den Ritzen an der Wand strömt plötzlich kühle Luft. Sie riecht abgestanden. Ich bekomme Gänsehaut.

»Besser so?«, fragt Godmother.

»Danke«, sagt mein Vater.

Endlich schaut er mich an.

Seine Augen sind so rot und geschwollen, als hätte er seit seinem Besuch in Godland nur geweint. Vielleicht war es auch so.

Ich lege meine Hände auf seine, er öffnet sie, und unsere Finger schließen sich zu einem festen Griff zusammen.

»Kurz nach deinem dritten Geburtstag ... da ist dein Bruder schwer erkrankt ...«

»Woran?«

Dads Lippen zittern, und ich muss ihn jetzt einfach umarmen. Er lässt die Tränen laufen, Godmother spricht weiter: »Umweltgifte. Schon vor den Klimakriegen verursachten sie oft schwere Krankheiten bei Neugeborenen. Das Trinkwasser war verschmutzt, die Luft ebenso.«

Verschmutzt.

Ich sehe meinen kleinen Bruder, wie er an der Brust meiner Mutter saugt. Ihre Milch war genauso *verschmutzt* wie alles andere. Wie hätte das auch anders sein können?

Dad bringt immer noch nichts heraus, und Godmother spricht weiter. »Die Umweltgifte waren überall. Das analoge Leben wurde immer gefährlicher. Viele ließen sich deswegen mit der ganzen Familie hochladen. Nur in Godland ist ein gesundes Leben möglich.«

Dad löst seine Hände von meinen. »Für die Reichen, ja. Godland ist sehr teuer, Godmother.«

Seine vorwurfsvolle Stimme nimmt sie natürlich wahr. »Ach, Jesper. Wir haben schon oft darüber gesprochen.«

Schon oft? Mein Vater hat mit mir noch nie über all das geredet. Ich bin ziemlich enttäuscht, dass er so große Geheimnisse vor mir hat.

Anderseits geht es uns doch allen wie ihm. Jeder führt seine eigenen Gespräche mit Godmother, und das Wenigste davon bekommen die anderen mit. Manches will man nur mit Godmother regeln und nicht mit den Analogen. So komisch das sein mag.

Dad betrachtet schon wieder die Rostflecken am Boden. »Ich weiß, Godmother«, sagt er. »Fortschritt hat seinen Preis.«

Es klingt wie auswendig gelernt und aufgesagt. Wieso gibt er sich nicht mehr Mühe? Will er Streit?

Fortschritt hat seinen Preis.

Ich muss über diesen Satz nachdenken.

Meine Eltern konnten sich diesen Fortschritt nicht leisten. Sie hatten kein Geld, meinen Bruder vor seinem Tod hochzuladen. Aber was hätte er auch allein in Godland gemacht? Er war doch noch so klein.

Vielleicht wäre mein Bruder in Godland kein Baby mehr gewesen, sondern schon ein Jugendlicher oder sogar ein Erwachsener?

Fortschritt hat seinen Preis.

Oder würde mein Bruder uns in seinem Godland als Schwester, Vater und Mutter sehen – also nicht in echt, sondern als identisch aussehende Kopien? Dann hätte er quasi gar nicht gemerkt, dass er in einem Superrechner weiterlebt.

Ich muss an Finn denken. Seine Eltern hatten das Geld für seinen Upload. Doch sind sie ihm später nach Godland gefolgt? Lebt er mit ihnen zusammen in einer der Waldhütten? Ich habe ihn ja gar nicht richtig kennengelernt.

Je mehr ich mir darüber Gedanken mache, desto weniger kann ich mir alles vorstellen. Godland ist so schwer zu verstehen. Daran hat mein Besuch nichts geändert.

»Ja, Jesper«, sagt Godmother nach einer langen Pause. »Fortschritt hat seinen Preis.«

»Einen zu hohen Preis«, sagt Dad. Er will also doch diskutieren.

»Jesper! Die Entwicklung von Godland hat viele Menschen Milliarden gekostet. Dich kostet Godland nichts!«

»Nur zwanzig Dienstjahre«, ergänzt mein Vater spöttisch.

Was ist los mit ihm? Er hat doch Godland gesehen, wie schön und realistisch es sich anfühlt. Ist das nicht die ganze Arbeit wert?

»Zwanzig Jahre sind nichts im Vergleich zur Ewigkeit, die dir Godland schenkt.«

»Trotzdem ist es falsch«, sagt Dad.

Ich komme nicht mehr mit. Was ist jetzt falsch? Hochgeladen zu werden, obwohl man kein Geld hat? Deswegen dafür arbeiten zu müssen? Das ist doch unsere einzige Chance!

Die meisten Menschen hatten sie nicht. Sie blieben an der Küste zurück, mussten den letzten Schiffen nachschauen, die uns auf die Serverinsel brachten. Die Standorte waren geheim, damit keiner auf eigene Faust dorthin aufbricht.

»Godland ist nicht falsch«, sagt Godmother. »Godland ist realer als das echte Leben.«

»Stimmt«, sagt Dad zornig. »Godland war bei meinem Besuch realer als das echte Leben. So ist das für die Hochgeladenen.« Er kratzt sich an der Stirn. »Aber davon hat mein Sohn auch nichts mehr. Er ist und bleibt tot.«

Ich drücke mich etwas näher an ihn. Unsere Arme berühren sich. Aber er versteht diese Geheimsprache nicht. Sie funktioniert nur zwischen Silver und mir.

Dads Wut kann ich mitfühlen. Meine Mutter und mein Bruder bleiben tot, sie werden nicht in Godland zum Leben erweckt. Dort leben nur die Kopien von ihnen. Und die formt unsere Erinnerung. Sie sind dort so, wie wir es wollen, nicht wie sie wirklich wären.

»Jesper, jetzt hör einmal gut zu«, sagt Godmother. Sie klingt nicht zornig, sondern sehr sachlich. Es ist ihre Lehrerinnenstimme, an die erinnere ich mich noch sehr gut.

»Vor langer Zeit sind Menschen an einfachen Krankheiten gestorben.«

»Und?«, fragt Dad.

»Wirksame Medizin oder Impfungen gab es noch nicht. Sie mussten erst erfunden werden. So ist der Verlauf der Geschichte.«

»Der Verlauf der Geschichte?«, fragt Dad. Er klingt verwirrt.

»Ja, deswegen darfst du nicht wütend sein«, sagt sie. »Keiner kann etwas dafür, dass diese Menschen früher gestorben sind.«

Ich ahne, worauf sie hinauswill. So wie mit dieser Medizin, ist es ihrer Meinung nach mit Godland.

Dad rebelliert. »Aber auch damals haben zuerst die Reichen Medizin bekommen! Die Armen mussten weiter sterben.«

»Die Reichen haben den Upload entwickelt, ihn erst möglich gemacht mit ihrem Einsatz.« Sie hat weiterhin ihre Lehrerinnenstimme. »Sie haben Milliarden für die Forschung ausgegeben. Sie haben ein Recht darauf, zuerst von Godland zu profitieren.«

Dad schüttelt den Kopf. »Das ist ungerecht.«

Ich verstehe meinen Vater immer mehr und möchte mich einmischen. Wer arm ist oder auf der Flucht, so wie wir es waren, der hatte doch keine Chance.

»Yolanda!«

»Ja, Godmother.«

»Dein Vater braucht Ruhe.«

»Aber was er sagt, das ist …«

»Dein Vater braucht Ruhe.«

»Ich will doch nur …«

»Dein Vater braucht Ruhe.«

Dad nickt und steht auf, er küsst mich auf die Stirn, dann reicht er mir beide Hände. Ich greife zu, und er zieht mich hoch.

Bevor ich gehe, will ich ihm noch etwas sagen. Und dagegen wird Godmother sicher nichts haben. »Egal, wie ungerecht Godland ist, immerhin dürfen wir irgendwann dorthin.«

»Ich weiß«, sagt Dad. »Mach dir keine Sorgen um mich.« Die Sätze spricht er langsam in eine der Kameras. Er sagt es zu Godmother, nicht zu mir.

Ich verlasse seine Koje. Wenn ich wissen will, was wirklich in ihm vorgeht, muss ich warten. Irgendwann dürfen wir wieder raus auf das Freideck.

Das hoffe ich zumindest.

Den Rest meines freien Tages verbringe ich heulend in meiner Koje.

Unfassbar.

Ich hatte einen Bruder.

15

Tian hält einen Schlauch in der Hand. Er spritzt den Boden im Waschraum sauber und entdeckt mich am Eingang. »Dachte schon, ich muss alles allein machen.«

»Entschuldige, ich hab schlecht geschlafen ...« Ich spreche jedes Wort viel zu langsam aus. Ich bekomme kaum etwas raus. Wieder spüre ich einen Kloß im Hals.

Tian dreht den Hahn zu und wirft den Schlauch auf den Boden. »War nicht so gemeint.«

Er kommt zu mir, bleibt aber einen Meter vor mir stehen. Er streckt die Arme nach mir aus und legt seine Hände auf meine Schultern. Zwischen uns würden noch problemlos Mauro und Aidan passen.

»War heftig für dich ... gestern ... das mit deinem Vater ... also mit deinem Bruder meine ich.«

Ich muss dazu nichts sagen, er sieht ja, wie es mir geht.

Tian überlegt, er will noch was sagen oder fragen, traut sich jedoch nicht. Weil ich auch nur schweige, gibt er sich einen Ruck. »Hat dein Bruder wirklich gelebt, oder nur im Godland deines Vaters?«

»Wirklich«, sage ich. Und ergänze etwas, was mich selbst wundert, kaum habe ich es ausgesprochen: »Sagt mein Vater.«

Wieso bin ich skeptisch? Vertraue ich ihm jetzt weniger als früher? Er hätte mir das mit meinem Bruder erzählen können. Nein, er hätte es *müssen*!

Dad hätte ja damit warten können, bis ich groß genug war für diese Nachricht, elf oder zwölf Jahre alt. Aber selbst da hat er geschwiegen. Und jetzt bin ich fast erwachsen und musste es auf diese Weise herausfinden.

Ich habe meinen kleinen Bruder erst auf einem Monitor in der Kantine kennengelernt. Und was besonders weh tut: Alle anderen auf meinem Deck haben ihn gleichzeitig mit mir gesehen. Dabei bin ich seine Schwester!

Was soll ich Tian davon erzählen? Überfordert ihn das vielleicht? Außerdem hört Godmother mit. Ich bin nicht wie Dad, ich will keine Diskussionen mit ihr.

Tian schaut mich unsicher an. »Yolanda, ich … Ich kann doch so etwas wie ein Bruder für dich sein, oder?«

Mir läuft eine Träne über die Wange.

»Ach Tian«, sage ich und muss erst mal schlucken. »Das bist du schon längst für mich.«

Er will noch etwas sagen, da spricht Godmother etwas zu laut: »Bitte denkt an euren Zeitplan.«

Tian bückt sich zum Schlauch hinunter. »Ja, Godmother.«

Er geht extrem langsam zurück zum Hahn. So bleibt ihm noch Zeit für einen Satz an mich. Godmother muss das wie ich erkennen, doch sie erhebt keinen Einspruch. Sie will keine schnellen Bewegungen bei dem rutschigen Boden. Jeder verletzte Analoge ist ein Analoger weniger. Ein gebrochenes Bein bedeutet monatelangen Ausfall.

»Ich hatte zwei Schwestern«, sagt Tian.

Zwei Schwestern? Ich kenne nur die Geschichte von seinen Eltern, die in den Klimakriegen gestorben sind.

Wieso hat er mir das mit seinen Schwestern nicht früher anvertraut? Warum erst jetzt? Um mich zu trösten? Aber das tröstet mich nicht, ich finde es total traurig.

Ich muss nicht lange nach einem weiteren Grund suchen. Ich ahne wieso.

Natürlich!

Tian will mir von seinen Schwestern erzählen, bevor ich sie in seinem Godland sehe. Er bereitet mich auf das vor, was bald alle Analogen in der Kantine erfahren werden.

»Bitte denkt an euren Zeitplan«, ruft Godmother in den Raum.

Tian dreht den Hahn ganz auf, an dem der Schlauch hängt. Das Salzwasser schießt mit voller Wucht gegen den Metallboden.

Ich hole ein Paar Stiefel und eine alte Bürste aus dem Schrank. Damit bearbeite ich die Ecken, in denen sich der Schmutz sammelt. Nach ein paar Minuten wechseln Tian und ich uns ab. Ich spritze den Boden nass, und er wischt den Dreck in den Abfluss.

Die Toiletten neben den Duschkabinen werden kaum genutzt, denn jeder hat in seiner Schlafkoje einen winzigen Nebenraum mit einem WC und einem Waschbecken. Dort fließt aber nur kaltes, salziges Ozeanwasser aus dem Hahn. Warmes und entsalztes Wasser gibt es nur im Waschraum.

Tian verschwindet mit einer Bürste in einer der Duschkabinen. Kurz darauf flucht er.

»Was ist los?«, frage ich.

»Da kommt nichts raus!«

»Warte bitte«, sagt Godmother. »Ich analysiere.«

Sie lässt Wasser durch die Rohre fließen, aktiviert die Pumpen, die vor sich hin brummen. Ich bin froh über ein paar Sekunden Pause. Leider dauert bei ihr nichts so lange, dass man sich richtig erholen könnte.

»Der Duschkopf ist verstopft. Bitte drehe ihn heraus und reinige ihn.«

»Hilf doch mal!«, ruft mich Tian zu sich in die Duschkabine.

Er schraubt den Duschkopf ab und zieht ein Stück Stoff aus dem Sieb.

Ich kann es nicht glauben. »Wie ist denn das …«

Tian hält einen Finger vor meine Lippen, und ich verstumme.

»Was denn?«, fragt Godmother.

Tian schaut mich so an, als hätte ich ein Verbrechen begangen.

Ich muss meinen Satz zu Ende bringen, wenn auch anders als geplant. »Wie ist denn das passiert?«

Tian schüttelt den Kopf. Schon klar. Das war jetzt nicht so die perfekte Improvisation. Aber was soll ich denn sonst sagen?

»Was ist denn passiert?«, fragt Godmother.

»Da sind Plastikteile!«, ruft Tian. »Kleine Plastikteile überall.«

Diesen Ball von ihm nehme ich an und spiele ihn zurück. Denn jetzt fällt mir auch etwas ein. »Die Filteranlage im Wartungsdeck war ja kaputt. Deswegen ist der Müll vom Pazifik bis hier hochgepumpt worden.«

»Das war vor rund zwei Wochen«, sagt Godmother.

»Das Zeug hing vielleicht irgendwo in den Rohren fest.«

»Das ist möglich«, sagt Godmother.

Tian nickt anerkennend. Das ist nett. Aber wieso spielen wir das Spiel überhaupt? Wie kam das Stück Stoff hierher und wieso?

»Godmother«, ruft Tian. »Bitte aktiviere die Dusche zur Reinigung.«

Tian schiebt das Duschrohr zur Seite, so dass wir nicht nass werden. Kurz darauf spritzt heißes Wasser aus der Düse. Der Raum füllt sich mit Dampf. Die Metallwand beschlägt.

Tian steckt sich den Stoffrest in die Hosentasche und drückt mir den Duschkopf in die Hand. Mit dem Zeigefinger schreibt er etwas auf die beschlagene Wand.

Melde dich freiwillig beim Alarm!

Was soll das? Tian verstopfte extra den Duschkopf, nur um etwas an die Wand schreiben zu können – am einzigen Ort in unserem Deck, der keine Kameras hat?

Das Wasser kommt nur noch tröpfchenweise aus der Dusche. Godmother hat die Pumpen schon wieder ausgeschaltet. »Der Fehler ist behoben. Bitte reinigt zur Sicherheit auch die anderen Duschen.«

»Ja, Godmother«, sage ich, während ich Tians Botschaft noch einmal lese.

Melde dich freiwillig beim Alarm!

Was für ein Alarm? Wieso weiß er davon?

Tian ist echt verrückt. Allein diese Aktion hier könnte ihm zwei Extrajahre Dienstzeit einbringen. Nur mal angenommen, Godmother hätte die Plastikteile sehen wollen. Was dann? Es gab ja keine. Wir hatten nur ein Stück Stoff im Angebot.

Und es ist ein Stück Stoff von der Serverinsel. Woher soll es sonst kommen? Godmother hätte es sich genau angeschaut, die Fasern analysiert und nach ein paar Sekunden gesagt, an welchem Kleidungsstück der Fetzen fehlt.

Tian wischt mit einer Handbewegung seine Botschaft fort. Erst verschwindet *Melde dich* dann *freiwillig* und zum Schluss *beim Alarm*.

Auf meinen skeptischen Blick reagiert er überhaupt nicht.

Wir kümmern uns um die anderen Duschen. Natürlich sind sie alle sauber und nicht verstopft. Daran hätte Tian denken müssen. So etwas macht Godmother doch skeptisch. Wieso sammelt sich der Müll nur in einem Duschkopf?

Vielleicht bin ich aber auch schon kritischer, als es Godmother ist.

Eine halbe Stunde später glänzt der Waschraum. Godmother schenkt uns eine Pause bis zum Mittagessen.

Tian und ich trennen uns, denn es gibt keinen Ort, an dem wir vertraulich sprechen könnten. Sonst wäre diese alberne Duschsache nicht notwendig gewesen.

Auf das Freideck dürfen von uns allen nur er und Silver. Der Bonus für frisch Verliebte sozusagen. Was sich Godmother davon erhofft, liegt auf der Hand. Nur so entstehen irgendwann neue Analogenkinder, sprich, neue Arbeitskräfte für sie.

Als ich mittags in die Kantine komme, sind schon alle da. Sogar mein Vater sitzt am Tisch. Ich lächele ihm kurz zu, er lächelt zurück. Es geht ihm wohl langsam besser, und ich bin froh darüber.

Natürlich hätte er mir das mit meinem Bruder viel früher erzählen müssen. Aber ich will ihm nicht mehr böse sein deswegen. Er kann doch für all das nichts.

Beim Blick auf die Teller weiß ich, warum alle pünktlich sind: Es gibt ein Laborgeschenk. Da will keiner zu spät kommen. Irgendwie hat es sich bei den anderen herumgesprochen, nur mir hat keiner etwas gesagt.

Kein Wunder, ich verbringe meine freie Zeit gerade nur in der Schlafkoje. Andere gehen in ihren Pausen in die Trainingshalle oder unterhalten sich im Korridor.

Ich betrachte den Teller. Das Laborgeschenk ist ein kleiner Würfel. Zweimal löffeln, und er wäre im Magen verschwunden. Doch bei Laborgeschenken nehmen wir uns mehr Zeit.

Diese Mahlzeit gibt es nicht so oft. Die Geräte im Labor brauchen ewig Zeit für die Herstellung. Je nachdem, was angeschwemmt wird oder im Netz landet, kann es auch mal schneller gehen. Dosen, Kisten, Fässer – nicht alles, was im Wasser treibt, ist leer.

Godmother analysiert die Inhaltsstoffe. Auch in einer längst abgelaufenen Konserve kann noch Essbares sein. Wenn das so ist, berechnet Godmother Rezepte. Und Mary oder Silver überwachen im Labor die Produktion, folgen den Anweisungen von Godmother.

Ich drücke meinen Löffel einmal leicht auf die Masse. Sie gibt kaum nach. Das Laborgeschenk ist etwas härter als sonst.

Nur die Farbe ist wie immer grün. Alles aus dem Labor basiert auf Algen, egal, was an Essensresten noch hinzugefügt wird. Mit den Algen ist unser Bedarf an einigen B-Vitaminen gedeckt. Auch Folsäure ist da reichlich drinnen. Mineralstoffe leider nur in kleineren Mengen, aber immerhin.

Ich schaue mir den grünen Würfel genauer an und entdecke rote Punkte in der Masse. Was immer es ist, Hauptsache, es überdeckt den Geruch von Algen und schmeckt nicht nach Fisch. Meistens sind die Laborgeschenke süß-säuerlich.

Keiner redet am Tisch. Wir warten auf Godmothers Worte. Diese seltene Gabe aus dem Labor gibt es nur bei besonderen Anlässen.

Mauro neben mir stupst mich an. Was will der? Er blickt auf meinen Löffel.

Stimmt natürlich. Was ist das für ein schlechtes Benehmen von mir? Ich lege den Löffel wieder neben den Teller und setze mich aufrecht hin.

Endlich beginnt Godmother mit ihrer Rede.

»Ich bin sehr zufrieden mit dem Verlauf von Godland plus …«

Das sind gute Nachrichten.

Ich blicke zu den anderen Analogen am Tisch. Acht Leute von uns haben den Besuch noch vor sich.

»Doch da das Freideck noch geschlossen ist, fehlen euch Sonnenlicht und Vitamin D.«

Ich schaue noch mal in den grünen Würfel mit den roten Punkten.

»Das Problem hat Silver im Labor gelöst. Danke, Silver, für die Herstellung.«

Einige von uns klatschen, andere wiederholen einfach Godmothers »Danke«.

Silver schaut nicht auf, sondern konzentriert sich auf den Würfel. Ihre Finger trommeln leise auf der Tischplatte. Sie wirkt aufgeregt, aber wieso? Befürchtet sie, dass der Würfel gleich in sich zusammenfällt? Oder dass er uns nicht schmeckt?

»Genießt das Geschenk!«, sagt Godmother feierlich.

Das war das Startsignal, und alle greifen zu ihren Löffeln. Mauro schafft es, sich alles auf einmal in den Mund zu schieben. Bevor Godmothers strenges »Mauro!« durch die Kantine dröhnt, hat er es schon runtergeschluckt. Ohne zu kauen vermutlich.

»Einen Tag Dienstzeitverlängerung!«

Mauro sagt nichts, er kann damit offenbar leben. Schon holt er sich ein Stück Fisch von der Platte in der Mitte.

Ich schneide den Würfel mit der Kante des Löffels in zwei Stücke. Ein Messer braucht man dafür nicht.

Fast alle haben den ersten Bissen schon zu sich genommen. »Lecker!«, sagt Josie.

»Toll gemacht«, sagt Mary. Und ihr Lob zählt doppelt, sie ist schließlich Silvers Lehrerin im Labor.

Manche nicken glücklich.

Silver hat noch nichts probiert. Sie will die Kommentare von allen mitbekommen. Sie lernt ja erst noch, mit den Geräten im Labor umzugehen.

Sie schaut mich an. Mein Urteil ist ihr natürlich wichtig, und das finde ich schön. Ich probiere einen halben Löffel. Die Masse zergeht auf der Zunge, und es entfaltet sich ein unglaublich süßer Geschmack. Keine Spur Fisch und keine Spur Alge – allein deswegen ist es phantastisch.

»Fruchtig«, sagt Conrad.

So süß schmeckten Früchte? Ich kann mich nur noch an die letzten Äpfel erinnern, die wurden matschig geliefert.

Ich muss nichts sagen, Silver sieht mir meine Begeisterung an.

Ich werde sie nie fragen, was genau die Zutaten sind. Ich will es nicht wissen. Es schmeckt süß und ist eine willkommene Abwechslung. Und dass es nicht schädlich für uns ist, behauptet Godmother. Das reicht mir.

Nach dem Essen schaue ich auf den Monitor. Der Putzdienst mit Tian geht weiter. Na toll, so gern ich mit ihm arbeite, ich will nicht mehr putzen!

Der Waschraum ist sauber, doch der Korridor davor wartet auf uns.

Wir machen die Arbeit, ohne viel miteinander zu sprechen. Kurz reden wir über das Laborgeschenk, über Silvers Fortschritte bei ihrer Ausbildung. Aber das Einzige, was mich interessiert, kann er mir hier nicht sagen.

Melde dich freiwillig beim Alarm!

16

Viel früher als sonst liege ich an diesem Abend im Bett. Es ist erst sieben Uhr. Ich bin nicht müde, aber ich will den anderen Analogen aus dem Weg gehen. Mir schwirren zu viele Gedanken durch den Kopf.

Wie geht es meinem Vater wirklich? Wird er mir irgendwann mehr über meinen Bruder erzählen?

Und dann ist da natürlich noch Tians mysteriöser Satz an der Duschwand: *Melde dich freiwillig beim Alarm.*

»Yolanda«, sagt Godmother. »Höre auf mit der Grübelei.«

Grübelei. Was für ein Wort. In welchen ihrer Datenbanken hat sie das nur gefunden? Doch Grübelei beschreibt perfekt meinen Zustand. Ich denke zu viel über Dinge nach, die ich sowieso nicht ändern kann.

»Geh jetzt bitte in die Schule«, sagt Godmother.

Ich richte mich sofort im Bett auf. »Was soll ich?«

»Geh jetzt bitte in die Schule.«

Dieser Computer macht mich wahnsinnig. Was soll ich in der Schule um diese Uhrzeit? Wir nutzen diesen Raum im unteren Deck nur noch als Abstellkammer.

Wir haben keine kleinen Kinder auf der Serverinsel, ich war eine der letzten Schülerinnen. Für uns Großen gibt es nichts mehr zu lernen. Wir kennen die Insel und unsere Aufgaben, mehr will uns Godmother nicht beibringen.

Manchmal wollen uns die älteren Analogen trotzdem etwas erklären und von früher erzählen. Meistens werden aber Emre, Josie, Conrad, Mary oder Dad von Godmother unterbrochen. Sie mag nicht, wenn wir uns mit altem Wissen ablenken. Nichts davon ist nützlich auf der Serverinsel.

Und zu viel Wissen bringt uns zum Grübeln.

Godmother wiederholt ihren Satz zum dritten Mal und nun viel zu laut: »Geh jetzt bitte in die Schule.«

»Ja, ja, schon gut«, sage ich und springe aus dem Bett. Ich ziehe meine Schuhe an, und die Schleuse zischt auf.

Der Korridor ist leer. Normalerweise stehen hier abends immer welche herum und reden miteinander. Sind etwa alle noch in der Kantine?

Auf dem gesamten Weg runter zur Schule sehe ich keinen von ihnen. Das fühlt sich komisch an.

Vermutlich steckt Godmother dahinter. Sie hat dafür gesorgt, dass jeder mit anderen Dingen beschäftigt ist. Sie verwickelt sie in Gespräche oder lenkt sie mit kleineren Aufgaben ab, die nicht auf dem Monitor in der Kantine stehen.

Im Treppenhaus weiche ich den Pfützen aus. Die Analogen von Deck B müssen hier wirklich bald etwas machen. So schwer kann es ja nicht sein, die Stellen abzudichten.

In der Schleuse zur Schule warte ich auf die Freigabe. Warum dauert das so lange? Ich blicke durch das Panzerglas in den Raum, doch alles ist dunkel.

»Die Schule ist gleich eine geheime Höhle«, sagt Godmother.

»Eine geheime Höhle?«

»Ja. Hinter dem Wasserfall.«

»Hinter welchem Wasserfall?«

Godmother redet wirres Zeug, ihre Prozessoren haben offenbar Salzwasser abbekommen. Oder sie rostet am Ozeanboden, genauso wie das Treppenhaus.

Die Schleuse zischt auf, und das Licht geht an. Das Schulzimmer ist vollgestellt wie immer. Die kleinen Stühle lagern übereinander gestapelt am Rand, in der Mitte stehen Tische, Fässer und Kisten.

Von wegen Höhle und Wasserfall! Das ist immer noch die alte Rumpelkammer.

»Zieh eine der VR-Brillen an«, sagt Godmother.

Die Schranktür rechts blinkt grün. Ich gehe dorthin und betrachte die alten Brillen.

Noch vor ein paar Monaten hatte ich mit so einer meine letzte Schulstunde. Danach war mir wie oft mit den Dingern schwindlig, und der Kopf schmerzte den ganzen Tag. Ich habe diese Brillen gehasst.

Doch sie waren bei Godmother beliebter als die aufwendigen Hologramme. Denn Personen, Landschaften und Gegenstände mitten in den Raum zu projizieren, kostet sie zu viel Energie. Zumindest, wenn es realistisch aussehen soll.

»Bereit?«, fragt Godmother.

»Für was?«

»Ich hoffe, ihr habt Spaß.«

»Wieso *ihr*?«, frage ich. »Ich bin allein hier.«

»Bist du nicht.«

Ich klemme mir eine der VR-Brillen über die Stirn. Sie sitzt viel zu eng, doch sie funktioniert.

Ich stehe in einer kleinen Höhle, sie schimmert blau. Ich drehe mich um und sehe einen Wasserfall.

Das Wasser rauscht keinen Meter von mir entfernt in die Tiefe. Dieser Ort ist also hinter dem Wasserfall. Das ist die *geheime Höhle.*

Ich strecke die Hand aus und stoße gegen etwas Hartes, obwohl meine Finger den Wasserfall berühren sollten. Ich ziehe die VR-Brille hoch, direkt vor mir sind die aufgestapelten Stühle. Ich schiebe sie zur Seite und auch die Fässer, Kisten und Tische. Nun ist in der Schule etwa so viel Platz wie in der Höhle. Ich kann mich gleich frei bewegen.

Schnell ziehe ich die VR-Brille über die Augen und stehe wieder in der Höhle.

»Godmother, wieso bin ich hier?«

Plötzlich springt jemand durch den Wasserfall zu mir, und ich schreie auf.

Es ist Finn!

Er wischt sich das Wasser aus dem Gesicht und schüttelt seine Haare durch. Die Tropfen landen auf mir, doch ich spüre nichts. Dafür ist die VR-Brille nicht gemacht.

Ich bräuchte diesen verkabelten Helm von Emre und Josie und eine Betäubung von Silver. Dann wäre ich wieder richtig hochgeladen, könnte Dinge fühlen.

Aber einen Vorteil hat der Besuch mit der VR-Brille – sie überträgt keine Gedanken! Mundlos Sprechen ist nicht möglich. Ich kann denken, was ich will. Zum Beispiel: Wieso schenkt mir Godmother noch einen Besuch?

Finn weiß nicht, was in mir vorgeht, und schaut mich überrascht an. »Yolanda? Wie hast du meine geheime Höhle entdeckt?«

»Das ist Godmothers …«, fange ich an und höre auf.

»Schon wieder deine lustige Godmother?«, fragt Finn und kommt noch einen Schritt auf mich zu.

»Ich hab die Höhle zufällig entdeckt«, sage ich.

Finn zwinkert mit einem Auge. »Von wegen! Du bist mir vorher gefolgt. Ich war heute früh schon mal hier.«

Er zeigt auf einen Rucksack in einer Ecke der Höhle. »Ist aber nicht schlimm. Ich teile dieses Geheimnis gern mit dir. Meine Höhle ist auch deine Höhle.«

»Danke, das ist nett«, sage ich und fühle mich überhaupt nicht gut dabei. Finn hält das alles für real. Der weiß nichts von meinem Leben auf der Serverinsel. Ohne uns Analoge wäre seine Welt nicht vorhanden.

In Wahrheit gehe ich mit einer VR-Brille in einer Abstellkammer auf und ab, wo einmal meine Schule war. Und wenn ich nicht aufpasse, stoße ich irgendwo an.

Finn winkt mich zu sich, er ist total aufgeregt. Kaum bin ich bei ihm, packt er eine Decke aus seinem Rucksack und breitet sie auf dem Höhlenboden aus. Er holt eine große Dose hervor. »Ich esse hier meistens. Das reicht für uns beide.«

Er klopft auf die Decke, ich gehe zu ihm, bleibe aber stehen. Er tut mir leid. Wieso schenkt ihm Godmother keine Freunde? In Godland müsste er doch nicht allein sein.

»Hör zu«, sage ich. »Ich bin hier nur zu Besuch.«

»Eben«, sagt Finn.

»Wie jetzt?«

»Deswegen müssen wir uns beeilen.«

Finn grinst und hält mir die Dose und einen Löffel entgegen.

»Ich hab keinen Hunger«, lüge ich. Wie soll ich mit der VR-Brille etwas essen können?

»Und was ist mit dem Kuss?«

»Kuss?«, frage ich.

»In der Hütte bei Muriel, der Heilerin, da wolltest du doch auch.«

Das stimmt, aber das war etwas anderes. Da war ich überrumpelt von den ganzen Eindrücken. Ich meine, Finn ist immer noch okay. Klar. Aber inzwischen ist Zeit vergangen, und ich weiß: Er ist ein echter Hochgeladener, und dem will ich bestimmt keine Hoffnungen machen.

»Was grübelst du so viel herum?«, fragt Finn.

Wieso verwendet er dieses alte Wort? Ist das wirklich er, oder hilft Godmother nach? Kann sie seine Gedanken beeinflussen? Will sie mich etwa manipulieren?

»Komm schon. Ein Kuss. Mehr nicht. Versprochen!«

Das ist in dieser Höhle nicht das echte Leben, nicht für mich. Aber ich kann Finn den Gefallen tun, oder?

»Ein rein freundschaftlicher Kuss«, schlage ich vor.

»An etwas anderes hätte ich nie gedacht!«, sagt Finn, und ich glaube ihm kein Wort.

»Ein Abschiedskuss«, sage ich.

Finn nickt und hält zwei Finger hoch.

»Was soll das?«

»Das ist ein Schwur.«

Ich schüttele den Kopf und setze mich auf die Decke.

Der Kuss ist eine Katastrophe.

Natürlich.

Ich kann ja nichts fühlen. Ich küsse mit einer VR-Brille auf dem Kopf die stickige Luft der Abstellkammer.

Wie fühlt sich der Kuss für Finn an? Hoffentlich besser.

Mein Blick fällt auf den Wasserfall. Dort steht in riesigen Buchstaben ein Satz. Und dieser Satz ist nur für mich: *Es ist Zeit, zu gehen, Yolanda.*

Das sehe ich genauso. Ich drücke Finn und will mich verabschieden, doch er zeigt zum Wasserfall. Die Anzeige kann er offenbar nicht lesen.

»Ist dir das da draußen mit dem Himmel auch aufgefallen?«, fragt er.

Ich bin direkt in die Höhle gekommen, ich weiß nicht, wie es in seiner Welt heute aussieht. »Was meinst du damit?«

»Der Himmel ist grau, die ganze Zeit. Selbst nachts wird es nicht mehr dunkel. Alles hat irgendwie weniger Farbe als sonst.«

»Weniger Farbe?«, frage ich nach.

»Ja. Komisch, oder?«

Vermutlich muss Godmother Energie sparen. Sie kann nicht alles darstellen, weil es zu viel Rechnerleistung braucht. Doch mit der Antwort könnte Finn nichts anfangen. Ich muss Godmother später fragen, was los ist.

Sowieso blinkt Godmothers Satz auf dem Wasserfall schon rot: *Es ist Zeit, zu gehen, Yolanda.*

»Ich muss los«, sage ich.

»Was? Jetzt?«

»Leider.«

Finn schaut mich verwirrt an, doch ich kann ihm nicht helfen.

»Dann war das mit dem Abschiedskuss dein Ernst?«

»Denke schon.«

»Sehen wir uns wieder irgendwann?«, fragt Finn.

Der Arme kann nicht wissen, wie viel uns voneinander trennt. Ganze Welten liegen zwischen uns und rund zwanzig Jahre Dienstzeit.

»Alles Gute!«, sage ich. Bevor Finn noch mehr Fragen stellen kann, springe ich durch den Wasserfall.

Ich knalle gegen die übereinander gestapelten Stühle in der Schule. Sie kippen um und reißen einige der Kisten mit. Ich lande auf dem Boden und ziehe mir die VR-Brille vom Kopf.

»Hast du dich verletzt?«, fragt Godmother.

Klar, das ist ihre größte Sorge. Eine verletzte Analoge ist eine nutzlose Analoge. Wie es Finn in der Höhle jetzt geht, ist ihr offenbar total egal!

Ich stehe auf und stelle die Stühle und Kisten wieder hin.

»Ich bin okay«, sage ich. »Was meinte Finn damit, dass alles weniger Farbe hat bei ihm?«

»Das korrigiere ich gerade. Moment. Noch einen Augenblick. So, das Grau ist fort. Alles ist wieder farbig. Alles ist gut.«

»Technische Probleme?«

»Alles ist gut.«

»Der Himmel ist wieder blau?«

»Alles ist gut.«

Egal, schließlich habe ich eine viel wichtigere Frage. »Godmother, wieso durfte ich Finn besuchen? Ich will ihm doch keine Hoffnungen machen.«

»Dann war der Kuss aber nicht sehr klug, Yolanda.«

»Das war ein …«

»… Abschiedskuss. Ich weiß.«

Was weiß Godmother schon von Küssen?

»Finn wird jetzt bestimmt total traurig.«

»Es geht mir auch um dich«, sagt Godmother.

»Um mich?«

»Du sollst nicht mehr so viel grübeln, Yolanda. Ich will, dass du glücklich bist.«

Glaubt Godmother wirklich, dieser Besuch mit der VR-Brille war toll? Ich habe nichts gespürt, das war ein Witz im Vergleich zu meinem letzten Besuch in Godland. Mit der VR-Brille hat es sich wie ein kaputter Code angefühlt.

»Yolanda, ich wollte dir eine Freude machen.«

»Danke, war ja auch nett«, lüge ich.

»Es kommen schwere Zeiten auf euch zu.«

»Wie meinst du das?«

»Yolanda, du bist für viele auf der Serverinsel sehr wichtig. Wenn es dir gut geht, geht es auch anderen gut.«

Das klingt logisch, also so ganz nach Computerdenken. Ich bekomme einmal fünf Minuten Godland light geschenkt, im Gegenzug halte ich alle anderen bei Laune. Keiner tut sich etwas an, und alle arbeiten brav als Analoge weiter.

Aber so einfach ist das nicht!

Finn braucht eine digitale Freundin. Godmother muss ihm eine programmieren! Und ich will in Ruhe weitergrübeln.

»Dein Dad macht mir Sorgen«, sagt Godmother.

Es ist das erste Mal, dass Godmother »dein Dad« sagt und nicht »dein Vater«. Soll das vertraulicher klingen? Will sie meine neue beste Freundin werden?

Keine Chance, da bevorzuge ich ein echtes Gehirn in einem richtigen Körper.

»Auch für Silver und Tian bist du sehr wichtig. Beide verhalten sich seltsam in diesen Tagen.«

»Sie sind verliebt«, erkläre ich. »So verhält man sich dann wohl.«

»Vielleicht«, sagt Godmother und klingt nicht sehr überzeugt.

Wieso sollten sich die beiden sonst *seltsam* verhalten?

Plötzlich denke ich an Tians *Melde dich freiwillig beim Alarm!*

»Dir kann ich vertrauen«, sagt Godmother. »Du weißt, wie wundervoll Godland ist. Und du hast einen Menschen, der dort auf dich wartet.«

Einen Menschen, der auf mich wartet?

Finn?

Ja, klar. Der wartet auf mich – aber ich warte nicht auf ihn! Nur weil Godmothers Code sagt, wir passen zu 98 Prozent zusammen, muss ich mich noch lange nicht in ihn verlieben. Die restlichen zwei Prozentpunkte können viel wichtiger sein.

Das ist unlogisch, kann kein Computer verstehen. Aber wer hat behauptet, das mit dem Verlieben ist logisch?

Eben.

Keiner!

Soll Godmother ruhig glauben, da ist mehr.

»Finn und du passen wunderbar zusammen.«

»Nach zwanzig Jahren Dienst immer noch?«, frage ich trocken. Den Kommentar konnte ich mir nicht verkneifen.

»Für gute Analoge«, fängt Godmother an und macht eine ihrer künstlichen Pausen, bevor sie endlich weiterspricht, »lässt sich diese Zeit um viele Jahre verkürzen.«

17

»Guten Morgen, Yolanda. Es ist sechs Uhr.«

Genau zwanzig Sekunden lässt uns Godmother immer Zeit, aufzustehen. Ich zähle die Sekunden und kuschele mich noch einmal unter die Decke. Noch zehn Sekunden bleiben mir.

Wir stehen alle um sechs Uhr auf, doch ins Bett geht jeder zu einer anderen Zeit. Godmother hat für jeden von uns die optimale Schlafdauer berechnet. Für manche sind sechs Stunden perfekt, für andere siebeneinhalb, für mich genau sieben Stunden. Wobei ich glaube, Godmother hat sich bei mir gewaltig verrechnet. Ich bin jeden Morgen total müde.

»Guten Morgen, Yolanda. Es ist sechs Uhr und zwanzig Sekunden.«

Ich springe auf, bevor Godmother den Weckton startet. Aidan hat dieses Geräusch einmal »Folter-Ton« genannt. Natürlich bekam er deswegen drei Tage Verlängerung der Dienstzeit. Dabei trifft diese Bezeichnung es wirklich.

Der Weckton ist Folter! Es ist ein extrem schrilles Pfeifen und dauert eine Minute lang. Sogar die Leute in den Schlafkojen nebenan können es hören. Sonst kommt kein Laut durch die Metallwände, aber dieser Weckton durchdringt alles.

Ich wasche mein Gesicht im winzigen Nebenraum meiner Koje. Ich putze die Zähne und gurgle ein paar Sekunden mit dem kalten Salzwasser den Schaum aus dem Mund. Die Zahnpasta schmeckt nach nichts.

Silver und Mary stellen sie im Labor her. Vor ein paar Jahren war sie noch scharf und hatte eine dunkelblaue Farbe mit weißen Streifen. Jetzt ist es einfach nur eine fade gelbe Paste.

Die Kantine füllt sich langsam. Für große Gespräche sind alle noch zu müde, doch die Stimmung ist gut. Nicht mal Mauro und Aidan streiten sich. Der Grund fällt mir erst auf, als ich auf den Monitor schaue.

Es ist wieder der zehnte Tag, und ein neuer Film erwartet uns. Mary und Conrad waren godline!

Den Besuch in Finns geheimer Höhle hinter dem Wasserfall hätte ich längst vergessen, wenn nicht Godmother wäre. Sie nervt mich seit diesem Besuch jeden Abend damit.

Godmother berichtet, was Finn den Tag über erlebt. Wenn ich wollte, würde sie ihm auch eine Nachricht von mir nach Godland senden.

Ich lehne ihr Angebot jeden Abend ab, was Godmother immer aufs Neue enttäuscht.

Ansonsten waren die letzten Tage vollgepackt mit Arbeit. Wir schufteten praktisch für zwei Decks. Keine Ahnung, was Godmother mit uns vorhat.

An Tians Satz denke ich kaum noch. *Melde dich freiwillig beim Alarm.*

Es gibt keinen Alarm!

Und freiwillig mache ich sowieso nichts.

»Yolanda!«, ruft Conrad, und ich zucke zusammen. »Gib mal bitte das Salz.«

Ich halte den Salzstreuer mit beiden Händen umklammert. Seit dem Besuch bei Finn grübele ich noch mehr als sonst.

Ich schiebe das Salz zu Conrad rüber. Er ist der Einzige, der den viel zu salzigen Trockenfisch salzt. Er ist auch der Einzige, der seinen Trockenfisch in den Kaffee tunkt.

Ich nippe an meinem Kaffee und denke über den zehnten Tag nach. Was mache ich heute nach dem Film, an meinem freien Tag?

Die meisten verbringen den zehnten Tag in der Trainingshalle. Sie spielen Federball oder Tischtennis mit selbst gebauten Schlägern und Bällen. Godmother erlaubt uns diese zwei Spiele. Kontaktsport wie Fußball oder Handball sind schon seit Jahren verboten. Das ist alles zu gefährlich.

Auch wenn es ein kleines Restrisiko bei Federball oder Tischtennis gibt, machen diese Spiele zu viel Spaß. Und Godmother hat das auf eine Formel gebracht: Diese Spiele führen zu Spaß, Spaß führt zu glücklichen Empfindungen, glückliche Empfindungen führen zu mehr Gesundheit.

Irgendwann verkündete sie stolz: »Selbst bei Abzug der potenziellen Risikogefahr wegen möglicher Verletzungen ist das Betreiben von Sport für Analoge gesund.« Dieser Computer ist manchmal echt verrückt.

Mauro will sich noch ein Stück Trockenfisch von der Platte nehmen.

»Bitte nicht, Mauro«, sagt Godmother. »Das ist für das Mittagessen.«

Die gute Laune in der Kantine ist vorbei. Alle schweigen, und die Hälfte von uns schaut in die Kameras an der Decke.

»Nur ein schlechter Fang«, sagt Godmother. »Wir müssen das Essen rationieren. Das ist überhaupt kein Problem.«

Sie klingt eine Spur zu gut gelaunt, und das ist nie gut. Sie verheimlicht uns etwas.

Deck B ist in diesen Tagen für die Netze zuständig. Die Analogen vom Deck unter uns werfen sie noch vor Sonnenaufgang aus. Natürlich nur, wenn der Wellengang nicht zu stark ist.

Vor dem Frühstück werden die Netze eingeholt. Das meiste ist Müll, doch dazwischen liegen auch immer ein paar Fische. Die einen sammeln sie ein, die anderen flicken die Netze für den nächsten Tag. Danach wird der Fang verteilt, wobei Godmother darauf achtet, dass beide Decks gleich viel bekommen.

Ein schlechter Fang.

Auch wenn Deck B kein Glück beim Fischen hatte, ich beneide die Leute trotzdem. Zumindest drei von ihnen dürfen auf das Freideck! Für uns anderen ist es noch immer gesperrt.

Wie läuft Godland plus bei denen? Der Tod von Zoe hat dort doch sicher viel mehr durcheinander gebracht als bei uns.

Mauro zeigt verbittert auf die fast leere Fischplatte vor uns. »Aber der Fisch reicht nicht für uns alle. Es gab die letzten Tage immer weniger zu essen, und so geht es nicht …«

Seine Mutter unterbricht ihn, bevor er zu frech wird. Er hat schon genug extra Diensttage aufgebrummt bekommen.

»Sicher können wir aus dem Fisch eine gute Suppe machen«, sagt Josie.

»Gute Idee. Das machen wir«, sagt Emre.

Ist ja total lieb von Mauros Eltern, nur kennen die beiden sich gar nicht mit Küchensachen aus. Emre und Josie sind doch immer im Kontrollzentrum. Und das, was da an Restfisch übrig ist, würde eine ziemlich trostlose Suppe abgeben.

»Vielleicht kann man das Netz noch einmal auswerfen?«, fragt Dad.

Doch zu einer Antwort von Godmother kommt es nicht. Sie zeigt stattdessen den neuen Film. Und das Godland von Mary und Conrad interessiert alle!

Wir sehen einen riesigen Garten voller bunter Blumen. Ich kann keine von ihnen benennen, außer die Rosen vielleicht. So sehen doch Rosen aus, oder?

Fast allen geht es so wie mir, das merken Mary und Conrad. Geduldig erklären sie uns alle Pflanzennamen. Sie stellen sich neben den Wandmonitor und tippen auf die Blumen.

»Das sind Orchideen.«

»Und das dort Schneeglöckchen.«

»Daneben Narzissen und Tulpen.«

»Dort Sonnenblumen.«

»Das da ist Heidekraut.«

»Dort der Enzian«, sagte Conrad, und Mary muss lachen. Keiner kapiert wieso. Was ist daran so lustig? Enzian eben. Kennt sowieso keiner von uns.

Mary ist auch schon aufgefallen, dass sonst keiner lacht.

»Diese Pflanzen wachsen niemals zur gleichen Jahreszeit«, erklärt sie uns. »Und schon gar nicht auf der gleichen Wiese.«

»Am Anfang wollten wir unser Godland viel zu realistisch«, sagt Conrad. »Dann merkten wir, dass wir viel freier denken dürfen.«

Was er damit genau meint, zeigt der Film.

Ein Baum mit riesigen Blättern schießt aus dem Boden.

»Eine Dattelpalme«, sagt Mary, diesmal ohne zu lachen. Dass wir alle von Pflanzen keine Ahnung haben, hat sie ja gemerkt. »Und das dort ist eine Bananenstaude!«

Doch auf einmal wächst nichts mehr. Vermutlich hat es den beiden gereicht. Oder Godmother hat eingegriffen, damit die Sache nicht aus dem Ruder läuft. Godland sollte sich für Mary und Conrad ja immer noch realistisch anfühlen. Also nicht zu abgefahren.

Mitten im Garten steht ein Tisch, fast so groß wie der hier in der Kantine. Allerdings ist der Tisch dort aus echtem Holz und nicht aus Metall.

Und am Tisch sitzen Menschen, zwei Erwachsene und ein Haufen Kinder. Es dauert eine Weile, bis ich Conrad und Mary erkenne.

In ihrem Godland sind sie viel jünger. Sie haben keine kurz rasierten grauen Haare und keine Falten. Und sie haben vier Kinder!

Keiner in der Kantine traut sich etwas zu fragen. Vermutlich ahnen wir alle, wer das ist.

Mary und Conrad haben in den Klimakriegen ihre große Familie aus den Augen verloren. Natürlich sind ihre Kinder da schon erwachsen gewesen. Sie sind mit den eigenen Kindern irgendwohin geflohen. Mary und Conrad wissen nicht, was aus den Enkeln geworden ist.

Ich schaue zu Dad. Das Godland von Mary und Conrad ist so wie bei ihm: Es zeigt die alte Zeit, die eigene Familie. Die Alten machen daraus eine »Zeitreise in die Vergangenheit« – so hat es Silver gesagt.

Am Ende des Filmes klatschen alle. Bei mir und Dad war das noch nicht so. Und ich bin mir nicht sicher, ob Godmother damit angefangen hat. Vielleicht kam das erste Klatschen aus den Boxen, und wir anderen haben einfach mitgemacht.

Conrad deutet im Spaß eine Verbeugung an. Mary schüttelt den Kopf und führt ihren Mann zurück an den Tisch. Kaum sitzen sie, meldet sich Godmother.

»Josie und Emre.«

Beide stehen überrascht auf. »Ja, Godmother.«

»Bitte bereitet jetzt Silvers Besuch in Godland vor.«

Josie blickt schnell zu ihrem Mann, der zieht die Schultern hoch. »Godmother, der nächste Besuch ist doch erst in zehn Tagen.«

Ich schaue zu Silver, sie ist genauso verunsichert und ratlos wie wir alle.

Wieso hat es Godmother auf einmal so eilig?

Emre beißt sich auf die Lippen, er sucht nach passenden Worten. Er versteht nicht, was hier los ist.

»Wir dürfen doch davor nichts essen?«, sagt Josie und zeigt auf Silvers Teller.

Doch Silver hat kaum etwas angerührt.

»Josie und Emre«, sagt Godmother auf einmal sehr streng. Sie duldet keine Nachfragen. »Bitte bereitet jetzt Silvers Besuch in Godland vor.«

18

Kaum sind Josie und Emre aus dem Raum, gibt Godmother weitere Anweisungen.

»Mary, bereite bitte alles für die Betäubung vor.«

Klar, Silver kann sich ja nicht selbst das Betäubungsmittel spritzen.

»Mauro und Aidan übernehmen mit Conrad den Küchendienst.«

Die beide stehen murrend auf, halten sich aber mit Kommentaren zurück.

»Tian, bitte bringe Silver in den Kontrollraum.«

Er schaut verunsichert zu Silver. Sie nickt ihm zu, und er reicht ihr die Hand. Sie gehen nacheinander durch die Schleuse.

»Viel Spaß!«, rufe ich Silver nach und meine es ernst. Auch wenn das mit dem Besuch heute überraschend kommt, sie muss das Beste daraus machen. Sie soll sich darauf freuen.

»Jesper und Yolanda!«

Wir schauen beide erst uns an und dann in eine der Kameras.

»Genießt den zehnten Tag zusammen. Vielleicht eine Partie Schach?«

Dad hasst Schach.

»Eine phantastische Idee«, sagt er und geht zum grün leuchtenden Schrank.

Die Schachfiguren sehen aus, als hätten sie in den Klimakriegen mitgekämpft. Der weißen Dame fehlt der Kopf, dem schwarzen König die Krone. Einige Bauern können kaum noch auf dem Brett stehen. Ein Läufer ist spurlos verschwunden und wird durch eine fingerdicke Metallschraube ersetzt.

Nach zwei Partien Schach setzen sich Conrad, Mauro und Aidan mit einem alten Kartenspiel zu uns. Die verknickten Papierstücke fallen bald komplett auseinander.

Tian und Mary treten durch die Schleuse. Sie sind endlich vom Kontrollzentrum zurück.

»Silver ist jetzt in Godland, es hat alles gut geklappt«, sagt Mary.

Beim Mittagessen stoßen Josie und Emre zu uns.

»Und?«, fragt Tian besorgt.

»Silver geht es blendend«, sagt Josie und legt ihm eine Hand auf die Schulter. »Keine Sorge! Sie ruht sich nur noch aus.«

Josie weiß sicher längst, was zwischen Tian und Silver läuft. So wahnsinnig geheim kann man eine Beziehung ja nicht führen auf dieser Insel. Wieso sollte man auch?

Alles spricht sich früher oder später herum. Und wenn nicht, dann sorgt Godmother dafür. Sie entscheidet, was wir wissen dürfen und wann der richtige Zeitpunkt dafür ist.

Dieser zehnte Tag vergeht so langsam wie nie.

Erst nach dem Abendessen tritt Silver durch die Schleuse. Eine Schüssel mit Fischsuppe steht an ihrem Platz. Es war noch reichlich vom Mittagessen übrig, das Zeug schmeckte widerlich.

Silver vermeidet den Blickkontakt mit mir und setzt sich direkt auf den noch freien Platz. Tian springt auf und schenkt ihr kaltes Wasser ein.

»Danke«, sagt Silver, doch Tian schaut gar nicht auf den Becher.

Silver sagt etwas lauter: »Stopp!«

Tian stammelt ein »Sorry«. Das Wasser reicht bis zum Rand des Bechers.

Tian ist noch immer total abgelenkt. Er starrt nur geradeaus. Ich folge seinem Blick zum Monitor. Und jetzt weiß ich, wieso.

Silvers Film läuft.

Ist sie deswegen so komisch drauf? Was lief denn schief bei ihrem Godland-Besuch?

Der Film wird es uns allen zeigen. Vorausgesetzt, Godmother lässt es zu.

Silvers Godland ist so gelb wie die Zahnpasta aus dem Labor.

Ich erkenne nichts außer diesem Gelb. Den anderen geht es genauso. Mauro und Aidan stehen auf, der Rest folgt. Nur Tian geht in die andere Richtung, er setzt sich zu Silver. Das ist heute nicht sein zugewiesener Platz, doch Godmother lässt es zu.

»Eine Wüste«, sagt Conrad und zeigt zum Monitor.

»Du hast recht! Das sind Sanddünen«, erklärt Mary.

Von wegen Zahnpasta!

Aber von weiter weg war wirklich nichts zu erkennen. Und woher soll ich wissen, wie eine Wüste aussieht? Wir haben in einer Großstadt gelebt, dann in Flüchtlingslagern, einige Tage auf dem Schiff und dann hier.

Im Unterricht haben wir von Godmother nichts über das Festland gelernt. Wieso auch? Dort ist alles zerstört, verseucht, vergiftet und vermüllt.

Woher weiß Silver, wie eine Wüste aussieht? Ich schaue kurz zu ihr. Sie löffelt ihre Fischsuppe aus, offensichtlich will sie ihr Godland nicht noch einmal sehen.

Ein Sturm zieht auf, und Sand wirbelt durch die Luft. Erst jetzt erkenne ich eine winzige Person. Das könnte Silver sein.

Endlich kommen wir näher. Wir sausen wie ein Vogel im Sturzflug auf diesen Menschen zu. Der Sturm zieht vorbei, und nun sind wir ganz dicht dran. Es ist wirklich Silver!

Sie klettert eine der Sanddünen hoch. Wir sehen, was sie von hier oben sieht. Die Wüste scheint endlos zu sein.

Conrad wendet sich seiner Frau zu. »Unsere Reise! Du hast ihr davon erzählt?«

Mary legt eine Hand auf seinen Arm, und das ist auch eine Antwort. Natürlich! Keiner von uns Analogen verbringt bei der Arbeit so viel Zeit miteinander wie Mary und Silver. Und in den Stunden im Labor müssen sie ja auch über etwas sprechen.

Silver hat ihr Godland offenbar aus den Reiseberichten von Mary geformt. So schwer ist es gar nicht, sich diese eintönige Landschaft vorzustellen.

Statt dem kalten Ozeanblau ist es in Silvers Godland das warme Wüstengelb. Die Sanddünen sehen aus wie riesige Wellen.

Etwas bewegt sich in Silvers Film am Horizont, es kommt näher, immer näher. Ein Vogel! Ein Vogel mit großen Flügeln. Aber nein, dafür ist das Ding zu riesig und der Körper viel zu kräftig.

»Ein Drache«, sagt Mary.

»Den hab ich im Urlaub gar nicht gesehen«, sagt Conrad.

Mary schaut ihren Mann böse an. Sie will nicht, dass wir uns über Silvers Godland lustig machen. Und das verstehe ich.

Von Drachen habe ich natürlich schon gehört. Sie kamen in den Geschichten vor, die mir meine Mutter erzählte. Als wir wochenlang an der Küste auf ein Schiff warteten, gab es nichts für mich außer ihren Geschichten. Wir hatten keine Bücher mehr, keine Filme, keine Fotos. Also erfand meine Mutter Märchen von Zwergen, Riesen, Zauberern und Drachen.

Silvers Drache ist rot und fliegt noch immer direkt auf sie zu. Doch sie bleibt ruhig stehen, als hätte sie nichts anderes als dieses furchterregende Wesen erwartet.

Ein paar Meter vor ihr bäumt der Drache sich auf, schlägt heftig mit den Flügeln, wirbelt den Sand auf und landet.

Der Drache schnaubt und faucht. Es sieht aber nicht so aus, als wäre er wütend. Vielmehr macht ihm die staubige Sandluft zu schaffen.

Er hat braune Augen, die so groß sind wie Menschenköpfe. Er öffnet seinen Mund, armlange Zähne blitzen auf. In den Geschichten meiner Mutter würde gleich eine Feuerwalze über den Boden fegen.

Aber das hier ist nicht der Drache meiner Mum, es ist Silvers Drache. Und der kann nicht Feuer spucken, sondern sprechen. Er hat eine dröhnende, tiefe Stimme. »Silver, komm! Wir werden gerufen.«

Silver streicht dem Drachen über die schuppige Haut. Sie nimmt Anlauf und springt auf seinen Rücken. Die Flügel schlagen kräftig, und Sand wirbelt auf. Der Drache schießt in die Luft, und ich hoffe, Silver kann sich gut festhalten.

Doch selbst wenn sie herunterfällt, wir würden das sicher nicht sehen. Ich denke an den Jungen in meinem Godland, der so getan hat, als ob er ertrinken würde. Godmother hat Finns dummen Scherz keinem von uns im Film gezeigt.

Silvers Drache fliegt dem Sonnenuntergang entgegen. Wir folgen ihm aus einiger Entfernung hoch in den Himmel. Der Drache saust über die Wolken hinweg. Die Abendsonne färbt alles orange und dunkelrot.

»Wow«, sagt Mauro.

Aidan dreht sich zu Silver, die noch immer am Tisch neben Tian sitzt. Sie hält den Becher fest umschlossen und betrachtet das Trinkwasser.

Der Drache segelt durch die Wolken hinab. Er verliert an Höhe und schwebt tiefer, immer tiefer. Als er landet, ist es schon Nacht.

Silver steigt vom Drachen ab und setzt sich an ein Lagerfeuer. Um das brennende Holz herum steht eine Gruppe von Menschen. Sie tragen Kopftücher, und ihre Gesichter sind verschleiert.

Ich höre fremde Stimmen von Männern und Frauen. Ein Kessel hängt über dem Feuer, und eine Person schöpft etwas in einen Becher.

Silver riecht daran und strahlt. Ich denke an meine Suppe in der Hütte der Heilerin. Ich durfte sie nicht essen, mein Godland war vorher zu Ende. Ob Silver ihren Becher austrinken darf? Was mag da drin sein? Was trinken diese fremden Menschen in der Wüste?

Silver hält sich den dampfenden Becher an die Lippen, will endlich davon kosten. Da schreit jemand aus der Gruppe auf. Er zeigt in die Ferne, dort bewegt sich etwas und kommt langsam auf das Feuer zu.

Noch ein Drache?

Nein.

Aus der Nacht tritt ein vierbeiniges Tier.

»Das Kamel!«, sagt Conrad zu Mary. »Du hast ihr von dem verletzten Kamel erzählt?«

Erst jetzt sehe ich, dass das Kamel humpelt. Silver stellt den Becher auf einen Stein am Rand des Lagerfeuers.

Sie geht zum Kamel, bückt sich und betrachtet ein Bein des Tieres. Eine Stelle ist wund, sie blutet.

Silver greift zu ihrer Umhängetasche. Es ist die, die sie immer trägt, wenn sie jemandem helfen muss bei uns auf der Serverinsel. Darin war auch die Spritze, die ich vor meinem Besuch in Godland bekommen habe.

»Ist gut«, sagt Silver sanft zu dem Kamel.

Das Tier hört auf zu zappeln, und Silver holt aus ihrer Tasche eines unserer Marmeladengläser, die leer in der Kantine stehen.

In dem Glas ist eine grüne Flüssigkeit. Vielleicht ein aus Algen hergestelltes Medikament. Das spielt ja keine Rolle. Wer weiß, was es in ihrem Godland für Wundermittel gibt.

Silver reibt den Knöchel des Kamels mit dem grünen Zeug ein. »Ja, so ist es gut …«, flüstert sie.

Das Kamel scheint sie zu verstehen und wehrt sich nicht. Es lässt sich einreiben, so sehr die Wunde dabei auch schmerzen muss.

In ihrem Godland ist Silver eine echte Ärztin, vielleicht auch eine Tierärztin. Sie hat dort eine sinnvolle Aufgabe. Ich bewundere sie dafür.

Ich glaube, so wie sie müssen wir es alle machen in Godland. Für das ewige Leben muss ich mir eine Beschäftigung einfallen lassen. Ich kann nicht immer nur mit Typen wie Finn in einer geheimen Höhle herumsitzen. Wie schnell würde es mir in meinem Godland langweilig werden?

Selbst wenn ich den Ort jeden Tag verändere – ein Wald, eine Großstadt, ein Dschungel, eine erste Siedlung auf dem Mars –, früher oder später würde es mir keinen Spaß mehr machen. Weil da einfach der Sinn fehlt.

Silver ist noch mit dem Kamel beschäftigt. »Du bist ganz tapfer …«, flüstert sie. »In ein paar Tagen ist alles wieder gut.«

»Danke«, sagt eine Stimme so leise, dass sie kaum zu verstehen ist.

Kurz glaube ich, das Kamel kann sprechen. Wieso auch nicht? Es gibt schließlich einen sprechenden Drachen in Silvers Godland.

Doch es war nicht das Kamel, es war der Reiter. Er trägt einen Turban. Wieso entdecke ich ihn erst jetzt?

»Wo kommt der denn her?«, fragt Mauro.

Der Reiter zieht langsam seinen Turban vom Gesicht, und Aidan pfeift.

Tian ist der Reiter.

Für Tian ist das sicher nicht überraschend. Für mich auch nicht. Und für Silver sowieso nicht. Wir drei halten zusammen, das weiß ich inzwischen. Die anderen Analogen sind uns egal.

Aidan pfeift noch lauter, und Emre hat genug. »Raus!«

»Aber … ich … ich wollte nur …«, stammelt Aidan.

Sein Vater unterbricht ihn. »Ich sagte raus! Oder willst du ein paar Tage mehr Dienstzeit?«

Mich überrascht dieser Satz nicht. Emre hat irgendwann angefangen, damit zu drohen. Godmother duldet das offenbar. Natürlich kann nur sie die Dienstzeit verlängern.

Tian betrachtet sein Ebenbild auf dem Monitor. Es ist nicht so, dass er total anders wäre in Silvers Godland. Doch ein paar Dinge fallen auf.

Tian sieht aus, als hätte er zu viel Zeit auf dem Freideck verbracht. Die Haut hat sich an manchen Stellen schon rot gefärbt. Sonnenbrand. Das muss höllisch weh tun.

Der Godland-Tian ist vielleicht ein, zwei Jahre älter als heute. Er trägt einen kurzen Bart, und der steht ihm gut. Auf der Serverinsel wäre das unmöglich, das würde Godmother nicht dulden. Sie sagt, so ist es »hygienischer«.

Das Kamel tritt zur Seite. Silver zeigt auf eine der roten Stellen in Tians Gesicht. »Tut das weh?«

Tian schüttelt den Kopf, und wir alle in der Kantine wissen, dass er lügt.

Silver kramt in ihrer Umhängetasche und packt wieder so ein Marmeladenglas aus.

Der Inhalt ist nicht grün wie die Wundsalbe für das Kamel, sondern weiß. Silver schraubt den Deckel auf und nimmt eine Hand von Tian. Sie führt einen seiner Finger erst ins Glas, dann auf seine knallrote Stirn.

Tian lässt Silver seinen Finger führen. Als die weiße Paste seine Stirn erreicht, beißt er sich auf die Lippen. Doch er lässt Silver weitermachen. Sie führt seinen Finger immer wieder ins Glas und danach zu seinem Gesicht.

Die Salbe zieht sofort ein. Wenige Sekunden später ist der Sonnenbrand verheilt.

Das ist Godland!

Silver führt Tian zum Lagerfeuer. Alle Leute sind verschwunden. Nur ein Mensch sitzt noch da, das Gesicht unter einem schwarzen Gesichtsschleier verborgen.

Silver und Tian gehen zu diesem fremden Menschen. Ihre Schritte hinterlassen Abdrücke im Wüstensand. Und sicher fällt es nicht nur mir auf: Silver und Tian halten sich fest an den Händen.

Die fremde Person spricht durch ihren Schleier mit Silver. »Tut mir leid. Dein Besuch ist gleich vorbei.«

Ich erkenne diese Stimme. Es ist die der Heilerin, also meiner Heilerin, in meinem Godland – Muriel.

Zumindest das hier ist so wie bei mir. Die fremde Frau ist die Ansprechpartnerin für alle Probleme. Keiner wird in Godland mit seinen Fragen allein gelassen.

Doch einen großen Unterschied gibt es. Silver stellt keine tausend Fragen, so wie ich damals. Genau genommen stellt sie keine einzige! Silver lässt es einfach geschehen. Sie akzeptiert, dass ihr Godland gleich vorbei ist.

»Wirst du wieder gerufen?«, fragt der Godland-Tian.

Wieder gerufen?

Ich verstehe, Silvers Heilkünste sind offenbar sehr gefragt.

»Ich komme wieder«, verspricht Silver.

Ja, natürlich wird sie das. Allerdings erst in knapp zwei Jahrzehnten. Aber das muss sie ihm nicht sagen, er ist nur eine Kopie von Tian. Ein Godland-Tian eben.

Doch das ist egal. Silver und der echte Tian können auch schon auf der Serverinsel zusammen sein. Sie brauchen im Gegensatz zu mir kein Godland für einen Kuss.

»Bis bald«, sagt die fremde Frau am Lagerfeuer, die die Stimme meiner Heilerin hat.

Sie geht einen Schritt auf Silver zu, und keine Handbreite trennt sie voneinander. Hinter dem Gesichtsschleier ist noch immer nichts zu erkennen. Silver berührt den schwarzen Stoff, und die Frau weicht nicht zurück.

Silver hebt den Schleier hoch. Wir sehen das Gesicht der Fremden. Und alle in der Kantine kennen diese Frau.

Ich bin es.

Ich bin Silvers Heilerin.

19

Für die anderen in der Kantine ist der Film kein Thema mehr. Silver ist in Tian verliebt, okay, das war abzusehen. Darüber würden vielleicht manche gern mehr reden. Doch Godmother duldet solche Gespräche nicht.

Sie können zu verletzten Gefühlen und Streit führen, und streitende Analoge will Godmother nicht.

Mein Gastauftritt als beste Freundin am Lagerfeuer wundert keinen. Meine Stimme klang anders, na gut, aber so ist Godland eben.

Für mich ist es überhaupt nicht belanglos. Ich bin in Silvers Godland die Heilerin, also ihre Helferin, die wichtigste Person überhaupt! Bedeute ich ihr so viel?

Ich bekomme ein schlechtes Gewissen. In meinem Godland tauchte Silver überhaupt nicht auf. Da gab es nur Finn, die Heilerin und mich. Fertig.

Wie war das für Silver damals, als sie mein Godland gesehen hat? Wäre sie gern darin vorgekommen? Denkt Silver, sie bedeutet mir nicht so viel?

So ist es nicht! Im Gegenteil. Ich wollte in Godland einfach Dinge erleben, die ich auf der Serverinsel nicht erleben kann. Auch wenn das mit dem Boot und dem Fluss total harmlos war. Ich wollte es so!

Und ich habe nach Abwechslung gesucht, nach Menschen, die ich noch nicht kenne. Woher sollte ich wissen, dass mir Godmother einen echten Hochgeladenen zuschiebt?

Als plötzlich der Alarm losgeht, zucke ich zusammen. Conrad wäre fast der Becher aus der Hand gefallen. Aidan sitzt am nächsten an der Schleuse, springt auf und ist schon fast durch. Wir müssen so schnell wie möglich zur Meldestelle.

»Stopp!«, ruft Godmother und übertönt sogar den Alarm. »Wir haben keine Zeit. Ich brauche sofort drei Freiwillige.«

Josie ist fast so laut wie Godmother. »Was ist denn passiert, wieso …«

»Ich bin dabei!«, ruft Tian.

Alle starren ihn an. Der Kerl hat Mut, so viel ist klar.

»Noch zwei!«, sagt Godmother.

Silver streckt die Hand hoch.

Was ist los?

Wollen die keinen freien Tag?

Oder hoffen sie auf eine Verkürzung der Dienstzeit?

Wollen sie noch mehr Zeit zu zweit? Aber es werden doch drei Freiwillige gesucht.

Und dann kapiere ich es endlich.

Melde dich freiwillig beim Alarm!

So stand es an der Duschwand.

Das hat Tian von mir gefordert.

»Danke, Tian und Silver. Wir benötigen noch eine Person.«

Der Alarm tut inzwischen in den Ohren weh.

Silver schaut mich an, und dieser Blick geht mir mitten ins Herz. Ich habe in ihrem Godland die wichtigste Rolle gespielt, dabei kam sie in meinem Godland überhaupt nicht vor. Und jetzt lasse ich sie schon wieder im Stich. Nein! Ich werde mich melden und …

»Ich mach's«, sagt Mauro, und der Alarm geht sofort aus.

Seit wann meldet der sich freiwillig? Vermutlich hat er einen Blick auf seine Dienstzeit geworfen. Er muss etwas tun, sonst verschimmelt er auf der Serverinsel.

Ich schaue Silver an, doch ihr Blick ist auf den Boden gerichtet. Sie ist enttäuscht von mir.

Das werde ich ändern. Nicht erst in meinem Godland, sondern jetzt.

»Ich melde mich freiwillig!«, schreie ich, obwohl der Alarm doch ausgeschaltet ist.

Mauro blickt mich ratlos an. Wieso tue ich das, obwohl er sich gerade erst gemeldet hat?

»Wir haben schon drei Freiwillige«, sagt Godmother. »Danke dennoch.«

Ich suche nach einem guten Argument. »Tian, Silver und ich waren im Wartungsdeck ein gutes Team. Wir machen …«

»Yolanda, ihr alle in diesem Raum seid ein gutes Team«, sagt Godmother.

Ich nicke. »Natürlich.«

Das Team-Argument war dumm von mir. Godmother liebt gemischte Teams. Sie will vermeiden, dass sich immer die selben Gruppen bilden. Da fühlt sich schnell jemand ausgeschlossen.

Bevor mir etwas Neues einfällt, redet Godmother weiter. »Dennoch ist es besser, wenn du es machst, Yolanda.«

Verwirrt schaut mich Mauro an. Er ist wütend. Was kann ich bitte besser als er?

Ich weiß es.

Lügen.

Ich bin die perfekte Lügnerin!

Das habe ich Godmother bei Zoe bewiesen. Bei ihrem *Unfall.*

»Tian, Silver und Yolanda, kommt bitte in die Ausrüstungskammer«, sagt Godmother.

Unterwegs spricht keiner von uns ein Wort. Silver läuft voraus, Tian ist in der Mitte, und ich folge beiden. Erst als wir in der Ausrüstungskammer sind, redet Godmother wieder.

»Keiner von euch wird den anderen jemals etwas über diesen Auftrag sagen.«

»Ja, Godmother.« Tians Antwort kommt eine Sekunde zu schnell. Er klingt auch nicht verwundert genug. Oder bilde ich mir das nur ein?

Mit keinem darüber sprechen, wieso es diesen Alarm gegeben hat? Was soll ich den anderen später erzählen?

Obwohl, da muss ich mir keine Gedanken machen. Godmother hat sicher längst den Text, den wir für sie auswendig lernen müssen.

Eine weitere Lüge.

»Yolanda!«, sagt sie.

»Ja, was?«, frage ich. Was will sie von mir?

»Ich sagte, keiner von euch erzählt den anderen etwas über diesen Auftrag. Kann ich mich auf dich verlassen?«

Stimmt. Tian hat sofort eingewilligt. Wieso überlege ich?

»Ja, ich behalte es für mich.«

»Silver?«

»Ich schweige wie ein Grab.«

Eine Redewendung der Alten. Will sie Godmother damit etwa provozieren?

In der Welt der Alten gab es Friedhöfe mit Grabsteinen und allem. Bei uns auf der Serverinsel gibt es keine Gräber. Nach der Zeremonie ist alles, was zählt, godline.

Der nutzlose Körper wird verbrannt. Ihn kann man natürlich nicht ins ewige Godland mitnehmen. Die Asche wird über den Ozeanwellen verstreut.

»Ich verlasse mich auf euch«, sagt Godmother. »Wer den anderen Analogen etwas sagt, dient fünfzehn Jahre länger.«

Fünfzehn Jahre? Meint sie das ernst?

Eine solche Verlängerung hat es bei uns noch nie gegeben! Das kann sie nicht machen.

Andererseits, wieso nicht? Sie ist Godmother.

Ich blicke zu Tian und Silver. In was für eine beschissene Lage habt ihr mich hier nur gebracht?

Melde dich freiwillig beim Alarm!

Ich laufe knallrot an vor Wut.

»Du siehst erregt aus, Yolanda.« Godmothers Stimme klingt besorgt. »Entspann dich bitte. Du bekommst sicher keine Verlängerung der Dienstzeit. Du kannst etwas für dich behalten. Das weiß ich.«

Sie weiß es wirklich. Godmother muss nichts vermuten oder behaupten. Sie hat das schlicht und einfach ausgerechnet.

»Wieso sind wir hier?«, fragt Tian.

Er spielt Godmother was vor! Er muss doch wissen, was hier läuft. Er hat die geheime Botschaft an die Duschwand geschrieben.

»In Deck B gab es einen Laborunfall. Ihr müsst helfen.«

Schon wieder ein *Unfall.* Das kann bei Godmother leider alles bedeuten.

»Chemische Verseuchung?«, fragt Silver.

Das ist genau ihr Thema. Für Notfälle aller Art hat Mary sie geschult.

»Ja«, antwortet Godmother.

Ich hätte ein paar mehr Details durchaus interessant gefunden. Wie gefährlich wird es? Was ist da alles verseucht, und wer von den Leuten auf Deck B ist betroffen?

»Gibt es Verletzte?«, frage ich.

Godmother wiederholt ihren Satz. »In Deck B gab es einen Laborunfall. Ihr müsst helfen.«

Wir stellen keine Fragen mehr.

Silver sucht die Schutzausrüstung für uns aus. Sie zeigt uns, wie wir den Plastikanzug anziehen. Kopf, Hände, Füße, alles ist umschlossen. Auf der Höhe meines Gesichtes ist das Material durchsichtig. Wir ziehen Stiefel an, und Silver befestigt Sauerstoffgeräte auf unseren Rücken. Das Mundstück mit dem Schlauch führt sie durch einen Verschluss des Anzuges.

»Ist so etwas gefährlich?«, frage ich Silver. Meine Stimme dringt kaum durch den Anzug, und ich spreche lauter. »Wird es schlimm?«

Godmother muss ich nicht fragen. Die würde wieder ihren Satz wiederholen: *In Deck B gab es einen Laborunfall. Ihr müsst helfen.*

Silver dreht ein Ventil auf, testet irgendetwas. Sie schaut dabei nicht einmal auf. »Nein«, sagt sie. »Wenn du aufpasst, kann nichts passieren.«

Oh, wie klasse. Nur aufpassen. Sehr beruhigend! Ich weiß ja nicht mal, worauf ich aufpassen soll.

Wir verlassen die Ausrüstungskammer. Im Korridor kommt uns Dad entgegen. Er bleibt vor uns stehen und betrachtet die Schutzanzüge. »Wo geht ihr denn hin?«

Ich weiß gar nicht, ob Dad mich unter dem Plastikanzug und hinter dem Schlauch mit dem Mundstück erkennen kann.

»Was ist passiert?«, fragt er total besorgt.

Noch immer antwortet keiner von uns.

Godmother hätte uns zumindest sagen müssen, was wir den anderen erzählen sollen. War doch klar, dass uns jemand im Korridor begegnen kann. Und sie sieht doch, wer die Kantine verlässt.

Andererseits war sie es, die Dad durch die Schleuse gelassen hat. Sie wollte also, dass er uns genau so sieht. Er soll den anderen davon berichten.

Nur was?

»In Deck B gab es einen Laborunfall«, sagt Godmother.

Tian und Silver schauen sich ratlos an. Ich verstehe auch nichts mehr. Wir sollen diesen Auftrag geheim halten, aber sie plaudert alles aus?

Dad macht einen Schritt zur Seite und lässt uns durch. »Passt auf euch auf!«

Als ich an ihm vorbeigehe, spüre ich durch den Plastikanzug seine Hand auf meiner Schulter.

Silver, Tian und ich gehen nacheinander durch die Schleuse ins Treppenhaus. Keiner sagt etwas. Auch Godmother fragen wir nichts.

Ich bin sicher, Silver und Tian denken inzwischen das Gleiche wie ich. Natürlich konnte Godmother meinem Dad vom Laborunfall auf Deck B erzählen – es gibt nämlich gar keinen! Das ist nicht unser wahrer Auftrag. Unsere Verkleidung ist nur Tarnung. Wir sollen daran glauben, bis wir dort ankommen. So spielen wir allen glaubhaft etwas vor, ohne selbst zu wissen, dass es nur ein Fake ist.

Silver ist etwas schneller als Tian und ich, sie hat die Schutzausrüstung schon öfter bei den Übungen mit Mary getragen. Doch bei der Schleuse zu Deck B wartet sie auf uns. Durch das Panzerglas kann ich kaum etwas erkennen.

Auf der anderen Seite ist es total dunkel. Ein Stromausfall? Kurz blinkt ein Licht rot auf, doch das reicht nicht aus. Wieder blinkt es. Ein Alarm vielleicht?

Silver und Tian gehen voraus, ich folge.

Finger auf den Sensor.

In die Kamera schauen.

Ganzkörperscan.

Und wir stehen zu dritt im dunklen Korridor von Deck B.

Kein Geräusch ist zu hören.

Nichts ist zu sehen.

»Wo sind die alle?«, frage ich.

Wir gehen langsam bis zur Schleuse der Kantine. Hinter dem Panzerglas dort blinkt es wieder rot.

Ich drücke mein Gesicht an die Scheibe. Als das Licht erneut aufleuchtet, kann ich einen Blick auf den langen Tisch und die Stühle erhaschen.

Keiner ist da.

Stimmt, sie müssen alle arbeiten. Der zehnte Tag von unserem Deck ist nicht der zehnte Tag von Deck B. Sonst würde sich ja an einem ganzen Tag keiner um Godland kümmern können.

»Wo seid ihr?«, fragt Godmother.

Meint sie uns oder die Analogen von Deck B?

Wo sollen wir sein?

Sie sieht uns doch! Sie kann doch auf Nachtsicht oder Wärmebild umstellen. Dann würde sie uns zumindest als rote, dicke Punkte in einem blauen Korridor erkennen.

»Wo seid ihr?«, fragt Godmother etwas lauter.

»Vor der Kantine«, sagt Silver.

»Wo seid ihr?«

»Kantine!«, schreit Silver.

»Wo seid ihr?«

»Hört die nichts?«, fragt mich Silver.

»Geht weiter bis zur Schleuse der Schlafkojen«, sagt Godmother endlich.

Arbeiten die auf Deck B gar nicht, sondern schlafen noch alle? Oder ist dort etwas passiert? Ein technischer Fehler vielleicht. Die Leute kommen nicht mehr aus ihren Kojen.

Das gab es auch schon bei uns. Irgendein Kurzschluss, und wir mussten den halben Tag ohne Essen verbringen. Jeder war in seiner Koje eingesperrt. Da half ebenfalls jemand vom anderen Deck.

Silver, Tian und ich stehen vor der Schleuse zu dem Gang mit den Schlafkojen. Dort ist es noch dunkler, nichts leuchtet oder blinkt.

Tian geht zu einem Schrank neben der Schleuse. Darin sind Schläuche für den Brandfall, Werkzeug und ein Erste-Hilfe-Set. Das ist bei jeder Schleuse so. Nur sind die Taschen mit den Pflastern und Verbänden überall leer. Wir haben nichts zum Nachfüllen.

Tian interessiert sich auch gar nicht für diese Tasche oder das Werkzeug. Er greift zu einer Taschenlampe. Godmother wird das nicht gefallen. Sie gibt die Anweisungen. Doch sie sagt nichts.

Oder sieht sie gerade wirklich so schlecht hier unten?

Tian strahlt mit der Lampe an die Decke des Korridors. Und dann verstehe ich endlich, was los ist.

Die Kameras hängen an ihren Kabeln von der Decke. Ein paar Geräte liegen zertrümmert vor uns auf dem Boden. Godmother sieht nicht nur schlecht hier – sie sieht gar nichts. Doch sie will das nicht zugeben. Sie tut so, als hätte sie alles unter Kontrolle!

Silver hebt eine der kaputten Kameras auf und wechselt einen Blick mit Tian. Was wissen die beiden? Ich könnte sie einfach fragen. Godmother hört doch sowieso nichts, wenn alle Geräte kaputt sind. Aber kann ich mir da wirklich sicher sein?

»Seid ihr bei der Schleuse angekommen?«, fragt Godmother.

»Nein«, sage ich. »Wir stehen noch immer vor der Kantine.«

Tian und Silver schauen mich entsetzt an. Doch fast gleichzeitig löst sich die Anspannung. Sie verstehen, was das soll: Ich teste Godmothers Gehör.

»Gut, ihr seid angekommen. Dann befolgt ohne Fragen die weiteren Befehle.«

Godmother versteht wirklich nichts!

»Godmother!«, sagt Tian. Er muss natürlich noch einen draufsetzen. »Du bist der lahmste Rechner im Universum.«

»Verriegelt die Schleuse zu den Schlafkojen«, sagt Godmother.

Silver nimmt Tian die Taschenlampe aus der Hand. »Sie kann nichts sehen und hören. Aber die Sensoren funktionieren vielleicht noch. Dann kann sie kontrollieren, ob wir die Schleuse verriegeln oder nicht.«

»Was ist hier los?«, frage ich.

Und es ist nur eine von tausend Fragen, die mir durch den Kopf gehen.

Ich klopfe auf das Panzerglas der Drehtür. »Wenn wir das verriegeln, sind die da drinnen eingesperrt.«

Godmother spricht lauter zu uns. »Ihr habt noch nicht die Schleuse verriegelt.«

Silver drückt die Taschenlampe gegen das Panzerglas der Schleuse. Das Licht dringt nicht richtig durch, es wird gespiegelt.

Doch das bisschen, was ich im Korridor der Schlafkojen erkenne, reicht mir vollkommen.

20

Der Gang mit den Schlafkojen ist voller Wasser. Der komplette Bereich ist bis zur Decke überflutet.

Godmother wiederholt ihren Satz: »Ihr habt noch nicht die Schleuse verriegelt.«

»Wir müssen denen helfen!«, schreie ich.

Godmother kann mich nicht verstehen.

Und Silver und Tian rühren sich nicht. Wieso?

Ich brülle die beiden an. »Die ertrinken da drinnen!«

Tian schaut mich nicht einmal an.

Silver antwortet ruhig: »Sie sind nicht mehr da.«

»Was?«

»Schau mal dort.« Sie lenkt den Schein der Taschenlampe zu einer anderen Stelle.

Ich drücke mein Gesicht ans Panzerglas. Die Tür zu einer Schlafkoje ist auf!

Moment. Nicht nur eine. Alle Türen stehen offen. Also ist überall schon Wasser.

»Wir kommen zu spät«, sage ich mit schwacher Stimme.

»Ihr habt noch nicht die Schleuse verriegelt.« Godmother klingt inzwischen ziemlich streng.

Ich lehne mich an die Metallwand und rutsche langsam mit dem Rücken nach unten. »Alle sind tot.«

Silver beugt sich zu mir runter und schüttelt mich durch. »Nein, jetzt höre doch mal zu. Alle von Deck B …«

Ich spüre durch den Schutzanzug kaltes Wasser. Wo kommt das her?

Sofort springe ich hoch und reiße Silver die Taschenlampe aus der Hand. Ich leuchte auf den Boden. Hier ist schon eine riesige Pfütze. Das Wasser tropft aus der Schleuse.

Kein Wunder, der Druck auf der anderen Seite muss enorm sein. Deswegen will Godmother, dass wir die Schleuse verriegeln.

Wenn das Panzerglas platzt, wird auch dieser Korridor überflutet. Und wenn der Korridor voller Wasser ist, gibt es nur noch eine Schleuse bis zum Treppenhaus.

Und wenn dort Wasser ist, dann sind wir in unserem Deck oben eingesperrt.

»Ihr habt noch nicht die Schleuse verriegelt.«

Godmother klingt irgendwie resigniert*. Hat sie begriffen, dass hier unten alles kaputt ist? Oder macht sie einen auf Mitleid? Das kann sie nämlich auch gut.

»Sie hat recht! Das müssen wir machen!«, sage ich. »Sonst wird alles geflutet.«

Als bräuchte es noch einen Beweis, spritzt uns Wasser entgegen. Bis eben hat es nur getropft. Der Riss an der Schleuse ist größer geworden. Deswegen hatte es Godmother oben beim Alarm in der Kantine so eilig!

Ich öffne den kleinen, roten Kasten neben der Schleuse. Zwischen den Schaltern ist die Kurbel. Wenn ich mich beeile, kann ich die Schleuse in einer Minute verriegeln.

Je schneller ich hier drehe, desto schneller rollt die Metallwand runter. So haben wir es in der Schule gelernt.

Tian schiebt mich zur Seite. »Moment!«

»Wieso Moment? Wenn die Schleuse platzt …«

Silver kommt zu mir. »Wir wollen dir noch was zeigen.«

Ich schlage auf den Kasten. »Und wieso können wir nicht erst mal das Ding hier …«

Silver nimmt mir die Taschenlampe aus der Hand und strahlt wieder durch das Panzerglas.

Meine Neugier siegt, und ich versuche, mehr zu erkennen.

Ich sehe einen Haifisch und schrecke zurück. Es ist nur ein kleiner Hammerhai. Seine Schwanzflosse schlägt auf und ab. Wie kommt der hierher?

Der Strahl der Taschenlampe zielt vorbei an den Schlafkojen, er trifft auf das Ende des Ganges. Das Wasser ist klar genug, und ich

---

* Sich entmutigt oder frustriert mit etwas abfinden, aufgeben.

erkenne etwas: Ein riesiges Loch klafft dort in der Wand. Es ist so groß wie die Tür einer Schlafkoje. Und mir fällt sofort auf: Das sieht nicht aus wie ein Unglück.

Die dicke Schutzwand zum Pazifik ist nicht aufgerissen und zerfranst, so wie bei einer Explosion. Vielmehr hat das Loch ganz gerade Ränder. Es sieht aus, als hätte jemand absichtlich diese Öffnung zum Pazifik aufgeschweißt.

Ich starre dorthin, bis mir eine handdicke Metallwand die Sicht versperrt. Tian dreht die Kurbel im roten Kasten neben mir. Er verriegelt die Schleuse, bevor es zu spät ist.

Ich habe gesehen, was ich sehen sollte.

»Helft mal!«, flucht Tian.

Silver greift die Kurbel weiter oben, ich unten. Selbst zu dritt bewegt sich die Wand nur Zentimeter für Zentimeter. Mindestens ein halber Meter fehlt noch bis zum Boden.

Das Ding klemmt.

Das Panzerglas der Schleuse macht inzwischen fiese Geräusche. Es klingt so, wie wenn ich auf einen viel zu harten Trockenfisch beiße. So ein Knirschen.

»Schneller!«, rufen Tian und Silver gleichzeitig.

Wenn das Glas aufplatzt, ist der Korridor hier in ein paar Augenblicken geflutet.

Wieder so ein Knirschen.

Noch eine Handbreite fehlt uns.

Ich umgreife die Kurbel mit beiden Händen.

»Hey!«, sagt Silver, die jetzt keinen Platz mehr hat.

Ich hänge mich mit meinem ganzen Gewicht an das Ding.

Noch wenige Zentimeter.

Das Knirschen wird lauter.

Da dreht sich die Kurbel ein ordentliches Stück. Meine Hände rutschen ab, ich knalle auf meine Knie. Autsch!

Egal. Die Metallwand ist im Boden eingerastet.

»Verriegelung erfolgreich«, meldet Godmother. Silver hatte recht, die Sensoren der Schleuse funktionieren noch.

»Kommt umgehend in die Ausrüstungskammer«, sagt Godmother.

Silver hilft mir hoch. Tian läuft schon los.

Er wollte mich hier dabeihaben. Wieso?

Damit ich das Loch sehe? Haben er und Silver auch so etwas vor? Ich will nicht durch ein Loch abhauen. Wohin denn auch?

Es gibt nichts mehr außer Godland. Und dahin führt kein Loch. Dahin führt nur der Upload.

Ich hole Tian ein und packe ihn am Schutzanzug. Der reißt, und ich halte ein Stück Plastik in der Hand. Das gibt gleich Ärger von Godmother.

Verdammt.

»Ein Laborunfall war das nicht«, sage ich. »Okay, aber was …«

Silver stellt sich zu uns und nickt hoch zur Decke, zu den kaputten Kameras. »Hier gab's einen Aufstand.«

»Einen Aufstand?«

Silver spricht einfach weiter. »Und danach sind die Leute von Deck B weg.«

»Verriegelung erfolgreich«, wiederholt Godmother. »Kommt umgehend in die Ausrüstungskammer.«

Tian nimmt mir das Stück Plastik von seinem Schutzanzug aus der Hand und will weiter.

Ich stelle mich wieder in den Weg, breite die Arme aus, will beide stoppen.

Ich kann nicht mehr!

Ich will keinen Schritt mehr gehen.

»Bitte! Was soll das alles?«

Tian läuft mir in den linken Arm, Silver in den rechten. Doch sie gehen nicht weiter, sie bleiben stehen. Und sie umarmen mich gleichzeitig.

Wir sind ein Knäuel aus Armen und Händen, jeder berührt jeden. Silver kommt dabei noch einen halben Schritt auf mich zu. Sie drückt sich an mich, und ich spüre ihren Herzschlag. Tians Hand hält sich an meiner Schulter fest.

Wir sind wieder zu dritt.

Also so richtig, meine ich.

Egal, was die zwei vorhaben, ich gehöre dazu.

»Verriegelung erfolgreich. Kommt umgehend in die …«

Silver streckt ihren Arm zum Lautsprecher aus und reißt ihn von der Decke.

»… Ausrüstungskammer«, beendet Godmother ihren Satz aus einer anderen Ecke des Ganges. Immerhin ist der Lautsprecher weiter weg, und sie klingt leiser.

Wieso haben die bei dem Aufstand nicht die Boxen runtergerissen?

Ich kann Tians Gesicht nicht sehen, dafür stehen wir zu eng beieinander. Doch ich höre seine Stimme. »Yolanda, der Zettel vom Wartungsdeck, weißt du noch, was darauf stand?«

Was für eine Frage. Ist ja nicht so, als ob wir täglich geheime Botschaften erhalten.

Es war das erste Stück Papier, das ich seit Jahren gesehen habe. Abgesehen von dem zerfetzten Kartenspiel in der Kantine.

Godland ist ein Fake. Seid bereit.

Tian wartet nicht auf meine Antwort. »Ich hatte so einen Zettel schon einmal im Wartungsdeck gefunden.«

»Wann war das?«, frage ich.

»Als das mit seinem Finger passiert ist«, sagt Silver.

Sie weiß viel mehr als ich. Ich verstehe schon, sie und Tian sind zusammen. Tian vertraut ihr einfach mehr als mir. Und sie hatten genug Zeit zu zweit auf dem Freideck, wo wir anderen nicht mehr hin dürfen.

»Der Zettel hing damals in der Pumpe fest«, sagt Tian. »Ich las ihn laut vor, doch die anderen glaubten mir kein Wort. Da wollte ich den Zettel rausholen und den anderen zeigen. Doch Godmother hat das verhindert.«

Ich muss schlucken. »Godmother hat dir das extra angetan?«

»Sie hat die Pumpe eingeschaltet, damit der Zettel vernichtet wird«, sagt Silver. »Tians Finger war ihr egal.«

Ich schüttele den Kopf vor Entsetzen.

Godmother lügt uns an, und sie manipuliert uns. Wir verbreiten ihre Lügen sogar für sie. Jeder auf dieser Insel tut das vermutlich schon seit Jahren. Und jetzt erfahre ich, dass sie nicht davor zurückschreckt, uns zu verletzen.

»Wieso hast du mir das nie gesagt?«, frage ich Tian.

Es hätte so viele Möglichkeiten dafür auf dem Freideck gegeben, als wir noch alle dort sein durften.

Seine Antwort kommt sofort und trifft mich wie ein Schlag in den Magen. »Du hättest es mir nicht geglaubt.«

»Wieso denn das?«

»Weil dir deine Computermama wichtiger war und …«

»Meine Computermama?«, frage ich und will mich von ihm wegdrücken. Doch er und Silver lösen nicht die Umarmung, sie halten mich fest.

»Entschuldige«, sagt Tian. »Godmother ist für dich mehr als für mich.«

»Und für mich«, sagt Silver. »Für uns ist sie ein Programm, das uns kontrolliert. Kein Gott und keine Mum.«

Ich will widersprechen und suche nach Argumenten, nach Beispielen, nach irgendwas. Doch mir fällt nichts ein.

So peinlich mir das jetzt ist: Tian und Silver haben recht. Godmother war meine *Computermama.*

Sie war für mich wirklich wie eine Mutter. Sie *war* es in den Schuljahren und vielleicht in den Monaten danach. Doch seitdem ich ihre Lügen durchschaue, *ist* sie es nicht mehr.

Das muss ich Tian und Silver nicht erklären. Sie vertrauen mir jetzt. Das fühle ich. Und das zählt.

Aber ich habe noch eine andere Frage.

»Wohin sind die alle von Deck B? Da draußen ist doch nichts mehr. Da lebt keiner mehr!«

Silvers Antwort kommt prompt. »Vielleicht doch.«

»Woher wusstet ihr vom Aufstand?«

»Der Fisch hat es uns gesagt«, erklärt Silver.

»Der Fisch?«, frage ich. Was erzählen die mir hier eigentlich?

»Ich bekomme immer eine Ration für das Labor. Und plötzlich war da in einem Fisch so ein Plastikteil.«

»Kommt oft vor«, sage ich.

»Aber auf dem Plastikteil stand *Deck B* und *Seid bereit!* Bestimmt gab es mehrere Fische mit verschiedenen Nachrichten. Deck B wusste vermutlich …«

»Aber wer hat das geschrieben?«, unterbreche ich Silver.

Sie und Tian schweigen.

»Wisst ihr es nicht, oder macht ihr wieder ein Geheimnis daraus?«

»Wir haben keine Ahnung«, sagt Silver.

»Nicht die geringste«, ergänzt Tian.

»Nee, oder?«

»Verriegelung erfolgreich«, wiederholt Godmother zum hundertsten Mal. »Kommt umgehend in die Ausrüstungskammer.«

»Hast du eine Idee, wer dahintersteckt?«, fragt mich Tian.

Ausgerechnet mich?

»Nein«, sage ich.

Tian lässt den Kopf hängen, und ihn so verzweifelt zu sehen, zieht mich nur noch mehr runter. Doch mir kommt eine Idee. »Aber die Fische wissen vielleicht mehr.«

Silver versucht ein Grinsen und nickt. »Wir müssen Godmother davon überzeugen, die Netze auswerfen zu dürfen.«

»Sonst verhungern wir sowieso«, sagt Tian. »Das Argument wird sie überzeugen.«

Wir lösen uns alle aus der Umarmung und gehen durch die Schleuse ins Treppenhaus. Silver und Tian laufen hoch zu unserem Deck.

Ich drehe mich noch mal zur Schleuse um, die zwischen Deck B und dem Treppenhaus liegt. Wie lange wird dieses Panzerglas halten?

Nicht lange genug offenbar. Godmother hat das schon ausgerechnet, und die Kameras im Treppenhaus funktionieren. Sie weiß, dass wir endlich zu ihr kommen. Und sie sieht, dass ich als Einzige noch warte.

Eine Metallwand schiebt sich vor das Panzerglas. Hier funktioniert die Automatik. Wir müssen nicht kurbeln. Godmother verriegelt das ganze Deck B.

Für immer.

Nie wird jemand außer uns die kaputten Kameras sehen. Oder das Loch in der Wand bei den Schlafkojen. Keiner wird vom Aufstand erfahren.

Ich stehe vor der Schleuse zu unserem Deck. Tian und Silver sind hier auch schon durch. Sie hätten ruhig auf mich warten können.

Ich muss wissen, was sie Godmother sagen. Wir dürfen uns nicht widersprechen, wir müssen die gleiche Version erzählen. Und Godmother wird genau nachfragen, was da unten so lange gedauert hat.

Auf der anderen Seite der Schleuse ist es ruhig. Ich laufe den Korridor entlang zur Ausrüstungskammer. Durch das Panzerglas sehe ich die anderen Analogen in der Kantine.

Einige spielen Karten, manche sitzen einfach nur herum und reden. Doch sie sehen alle angespannt aus. Sie fragen sich natürlich, was unter ihnen auf Deck B los war.

Als ich in der Ausrüstungskammer ankomme, redet Tian schon mit Godmother. Er erzählt seine Version der Dinge. »... und dann bin ich ausgerutscht.«

Tian zeigt den kaputten Schutzanzug und zieht ein Stück Plastik aus der Seitentasche. Es ist das Stück, das ich ihm versehentlich von der Schulter gerissen habe.

Silver spricht weiter, bevor Godmother zu viel nachfragen kann. »Da unten war alles nass. Wir können froh sein, dass Tian sich nicht verletzt hat.«

Respekt, damit kommt sie bei Godmother durch.

»Und die Kurbel hat geklemmt«, sagt Tian. »Die war voller Rost.«

Wieder macht Silver weiter. »Deswegen konnten wir nicht gleich verriegeln.«

Auch nicht schlecht. Und es hat ja wirklich ewig gedauert.

»Yolanda, wieso schweigst du?«

Ich blicke in die Kamera direkt über mir an der Decke. Ich muss mich konzentrieren, darf jetzt keinen Quatsch erzählen. Und was mir dann einfällt, erstaunt Silver und Tian, doch am meisten mich selbst.

»Dieser Laborunfall auf Deck B hat mich ziemlich durcheinandergebracht.«

»Das verstehe ich«, sagt Godmother zufrieden.

Ich habe ihre Lüge schon verinnerlicht. Auf mich kann sie zählen.

Das glaubt sie zumindest.

Godmother fragt uns noch ein paar harmlose Dinge. Tian beschreibt, wie es im Gang der Schlafkojen ausgesehen hat. Silver berichtet davon, wie das Wasser auf einmal nicht nur aus der Schleuse tropfte, sondern uns entgegenspritzte. Und ich versichere, dass die Abriegelung wirklich erfolgreich war.

Offenbar traut Godmother ihren eigenen Sensoren nicht mehr.

Zu den kaputten Kameras und Mikrophonen befragt sie uns nicht. Sie erwähnt den Schaden mit keinem Wort. So als hätte sie doch noch Hoffnung, dass uns das Ausmaß der Zerstörung nicht bewusst ist.

Endlich dürfen wir in den Waschraum. Der Schutzanzug klebt an meinem Körper. Meine Kleider sind komplett durchgeschwitzt. Ich werfe alles in die Waschboxen, nehme mir ein Badetuch und genieße fünfzehn Sekunden Wärme.

Nach diesem Auftrag hätte uns Godmother wirklich eine extra Dusche spendieren können. Macht sie aber nicht.

Sie spricht kein Wort mehr mit uns.

Ahnt sie etwas? Waren vielleicht doch nicht alle Mikrophone auf Deck B kaputt? Hat sie unsere Gespräche die ganze Zeit belauscht?

Erst als wir zu den anderen in die Kantine wollen, meldet sich Godmother wieder. »Tian, Silver und Yolanda, es war ein anstrengender Tag für euch. Bitte geht nun ins Bett.«

Wir schauen uns kurz an, doch ändern können wir es nicht. Die Schleusen bedient Godmother. Wenn sie uns nicht in der Kantine sehen will, müssen wir das akzeptieren.

Muss sie noch ein paar Dinge ausrechnen, bevor wir allen Analogen die große Lüge vom *Laborunfall* präsentieren? Was hat sie mit uns vor?

21

Um sechs Uhr und zwanzig Sekunden in der Frühe stehe ich vor dem Waschbecken. Die Nacht habe ich mit schrecklichen Albträumen verbracht, jetzt nervt mich Godmother schon wieder. »Ich erzähle dir nun vom schrecklichen Laborunfall. Bitte berichte den anderen in der Kantine beim Frühstück davon.«

»Beim Frühstück, wirklich?«

»Ich erzähle dir nun vom schrecklichen Laborunfall. Bitte berichte den anderen in der Kantine beim Frühstück davon.«

Ich versuche mir alles zu merken und komme spät in die Kantine. Doch Tian und Silver sind nur Sekunden vor mir durch die Schleuse gegangen.

Das wird gleich unser gemeinsamer Auftritt nach der großen Katastrophe. Ich könnte auf ihn verzichten.

Alle schauen uns besorgt an. Conrad steht auf und kommt uns entgegen. »Was ist gestern auf Deck B passiert?«

Mary fragt weiter, bleibt aber sitzen. »Was war das für ein Laborunfall? Wie schlimm ist es? Wieso konnte ich nicht helfen?«

Vom Laborunfall wissen sie also schon von Dad, immerhin. Ich schaue zu ihm, und er nickt mir zu. Ihm hatte es Godmother ja gesagt, als wir gestern auf dem Weg nach unten zu Deck B waren. In voller Montur mit den Schutzanzügen ist er uns begegnet. Das sah natürlich gefährlich aus. War nur eine Frage der Zeit, bis es alle von ihm erfahren.

Ich gehe an Conrad vorbei zu meinem Platz. Mauro und Aidan sagen kein Wort. Das ist echt selten bei denen. Ich kann mich nicht erinnern, dass es am Tisch schon einmal so ruhig war.

Nicht mal das Essen rührt jemand an. Hungrig müssen inzwischen doch alle sein. Auch die Becher mit Kaffee dampfen einsam vor sich hin.

Tian und Silver nehmen Platz. Endlich kann ich den Text vortragen, den ich auswendig gelernt habe. Ob Tian und Silver auch etwas erzählen müssen?

»Der Laborunfall war schrecklich …«, fange ich an und komme nicht mehr weiter. Ich will nicht lügen.

»Yolanda, erzähle bitte mehr«, sagt Godmother ungeduldig.

Tian räuspert sich, Dad bohrt mit seinem Blick fast schon ein Loch in den Tisch. Allen ist das hier unangenehm.

»Nein, Godmother«, sage ich, und Dad blickt erschrocken vom Tisch auf. Doch mein Widerstand macht ihn nicht sauer, ich erkenne sogar ein vorsichtiges Lächeln in seinem Gesicht.

»Godmother«, sage ich. »Du kannst viel besser davon berichten. Deine Kameras sehen ja alles dort unten auf Deck B.«

Ich zittere vor Wut.

Das mit den Kameras war fies, ich weiß. Keine einzige auf Deck B funktioniert noch. Doch ich werde hier keinen mehr belügen. Das kann Godmother machen.

»Da hast du recht«, sagt Godmother und lässt sich nichts anmerken. »Ein tragischer Laborunfall hat sich auf Deck B ereignet. Es kam zu einer chemischen Reaktion in den Speichertanks des Labors. Ich berichte Mary später ausführlich davon.«

Eine gute Entscheidung von Godmother. Nur Mary und Silver verstehen, was im Labor vor sich geht. Wir anderen könnten überhaupt nichts mit Details anfangen.

»Der Unfall hat keine Auswirkungen auf Deck A«, sagt Godmother. »Ihr seid sicher.«

»Und die Analogen von Deck B?«, fragt Mary. »Wie geht es denen?«

Ich schaue in meinen Becher. Keinem will ich jetzt ins Gesicht sehen.

»Leider …«, sagt Godmother, macht eine Pause, als würde sie fast weinen. Es ist einer dieser unheimlichen Augenblicke, in denen ich sie für einen Mensch halte, obwohl ich es doch viel besser weiß.

»Leider …«, fängt Godmother wieder an, »… gibt es keine Überlebenden.«

»Nein!«, ruft Dad als Erster.

Es ist ein verzweifelter Ruf. Dann reden alle gleichzeitig. Emre fängt an zu weinen, Mary folgt. Kurz darauf hat jeder Tränen in den Augen.

Dad kommt zu mir und umarmt mich. Er hält mich fest umschlossen, ich drücke meinen Kopf an seinen. Er streichelt mir die Schulter. »Yolanda, du Arme. Du warst da unten. Du hast alles gesehen.«

Ich fange an zu weinen. Die Tränen fließen, und ich verstehe nicht so richtig, wieso. Ich weiß doch, dass dieser Unfall erfunden ist. Ich habe keine Verletzten gesehen, keine Toten.

Ich weine weiter. Dad lässt mich nicht los, sagt nichts. Da weiß ich, wieso ich so traurig bin.

Ich bin enttäuscht.

Enttäuscht von Godmother.

Dad ist der einzige Mensch, der mir von meiner Familie geblieben ist. Und nicht einmal ihm darf ich die Wahrheit sagen. Ich spiele mit bei Godmothers Theater.

Ein Laborunfall.

Godmother gestattet eine zweite Runde Kaffee, wir müssen erst dreißig Minuten später anfangen zu arbeiten. Conrad geht mit den leeren Kannen in die Küche und brüht neuen.

»Ihr müsst alle etwas essen«, sagt Godmother besorgt. Bisher hat keiner etwas angerührt. Das liegt aber nicht nur an Deck B.

Wir haben keinen Fisch mehr. Und die Fischsuppe mit den Resten ist aufgegessen. Also gibt es Laborbrei.

Der Laborbrei ist die Notnahrung auf unserer Insel. Und Laborbrei ist das Gegenteil von einem Laborgeschenk. Das Zeug schmeckt überhaupt nicht und ist ungesund. Doch es macht satt.

Angeblich werden auch die Reste aus dem Filter der Spülmaschine darin verarbeitet. Ich hoffe, dass das nur ein Gerücht ist.

Auch als die Teller mit dem ekelhaften Zeug leer sind, will niemand die Kantine verlassen. Alle tun so, als würden die Aufgaben des Tages nicht schon rot blinken auf dem Monitor. Dabei ist das die letzte Aufforderung, bevor es zusätzliche Diensttage gibt.

Doch zu viele Fragen stehen im Raum.

Godmother sieht ein, dass sie viel mehr erklären muss. Sie kann nicht einfach nur von einem Laborunfall sprechen und sagen, dass alle tot sind. Auch wenn sie nur eine Maschine ist – wir sind Menschen.

Also lässt Godmother noch mehr Fragen zu. Und nicht nur das, sie beantwortet alle, wirklich alle. Sie gibt jede gewünschte Auskunft.

Wer nicht mehr weint und seine Stimme wiedergefunden hat, der fragt.

Inzwischen sind unsere Aufgaben vom Monitor verschwunden. Stattdessen steht dort einer der Slogans von Godland: *Lade dich hoch ins sorgenfreie Godland. Lebe glücklich und ewig.*

Godmother klingt bei all ihren Antworten noch immer sehr traurig. »Nein, Josie. Keine Bestattungen. Alles war verseucht. Ich musste das Deck fluten.«

Bestattungen, was für ein Wort. Auf diese Idee kommen nur Ältere. Wir jungen Analogen kennen keine Bestattungen.

»Eine Trauerfeier vielleicht?«, fragt Emre.

»Ja, Emre. Eine Trauerfeier ist eine gute Idee. Ihr dürft das gern machen. Es ist traurig und tragisch, dass die Analogen von Deck B niemals Godland sehen werden.«

Mauro meldet sich, Godmother ruft ihn auf.

»Kann das hier auch passieren?«

»Nein. Jetzt nicht mehr. Ich habe die Programme nach dem Unfall aktualisiert. Ihr seid zu 100 Prozent sicher.«

Aidan ist aufgewühlt, er rutscht auf seinem Stuhl hin und her.

»Ja, Aidan?«

»Hätten wir denn nichts tun können?«

»Nein, es war zu spät für jede Hilfe. Silver, Yolanda und Tian konnten nur noch die Schleusen verriegeln.«

Es geht noch eine halbe Stunde so weiter. Ich höre nicht mehr richtig zu.

Erst als sich Dad meldet, konzentriere ich mich wieder auf die Fragerunde.

»Schaffen wir das hier allein?«

»Natürlich!«, sagt Godmother. »Doch leider ist der zehnte Tag vorerst gestrichen.«

Keine freien Tage mehr?

Dad haut auf den Tisch. Mauro und Aidan überbieten sich mit Flüchen. Godmother lässt uns eine Minute protestieren und jammern. Sie duldet das Chaos.

»Nur für eine begrenzte Zeit müssen wir auf diesen Tag verzichten«, sagt sie, als würde das etwas ändern. »Außerdem führe ich Doppelschichten ein.«

Wieder reden alle aufgeregt durcheinander. Dieses Mal muss Godmother einen Weckton abspielen, damit es ruhig wird. Der Folterton ist noch lauter als in den Kojen. Ich drücke mir die Hände auf die Ohren.

Dad schreit: »Zwei Schichten schaffen wir nicht!«

Mary hält ihm eine Hand auf den Arm. Er muss aufpassen, was er sagt. So erreicht man nichts. Sie hebt die Hand und meldet sich.

Schließlich schaltet Godmother das schrille Geräusch aus.

»Godmother«, sagt Mary, »zwei Schichten sind nicht gut für unsere Gesundheit. Es wird mehr Erkrankungen geben und Verletzungen.«

»Mary, daran habe ich gedacht«, sagt sie. »Ich kommuniziere mit Godland zweiundvierzig.«

Keiner sagt ein Wort.

Godland zweiundvierzig? Von denen hatte ich schon lange nichts mehr gehört. In meiner Kindheit war diese Serverinsel immer ein Thema. Sie liegt am nächsten zu unserer.

Manchmal kam von Godland zweiundvierzig Besuch zu uns. Die Serverinsel war ein halber Reisetag entfernt. Erst als keine schnellen Transportschiffe mehr kamen, konnten wir Analoge uns nicht mehr besuchen.

»Und was sagt Godland zweiundvierzig?«, fragt Emre.

»Die Analogen von Godland zweiundvierzig werden uns helfen.«

»Wann?«

»Die Analogen von Godland zweiundvierzig werden uns helfen.«

Godmothers Wiederholung macht mich wütend und traurig zugleich. Ich will den zehnten Tag zurück! Und ich will keine Doppelschichten. Und das mit Godland zweiundvierzig ist garantiert wieder eine ihrer Lügen.

»Die haben noch Schiffe?«, fragt Josie. Ihre Skepsis ist klar herauszuhören.

»Ja. Godland zweiundvierzig verfügt über fünf Schlauchboote.«

»Schlauchboote?«, sagt Emre. »Die sind viel langsamer als die schnellen Transportschiffe. Damit sollen sie die lange Fahrt zu uns aufnehmen? Das ist lebensgefährlich!«

Viele stimmen ihm zu, wieder reden alle durcheinander.

»Ruhe!«, ruft Godmother.

Ihre Geduld ist am Ende, und von uns will keiner mehr den Weckton hören müssen.

Fast alle halten einen Finger hoch, wollen etwas fragen. Nur Tian, Silver und ich sind nicht neugierig. Wir haben sicher den gleichen Gedanken: Da kommt keine Verstärkung. Nie!

Godmother will uns nur beruhigen. So wie sie uns schon seit Jahren beruhigt, während es an immer mehr fehlt.

Wenn wir nicht endlich wieder die Netze auswerfen, verhungern wir! Da müssen wir nicht auf Verstärkung warten.

Mir schießt noch ein anderer Gedanke durch den Kopf. Er ist egoistisch, zugegeben: Wenn hier alles zugrunde geht, dann gibt es auch bald kein Godland mehr. Dann ist das ewige Leben dort vorbei.

An Godmother glaube ich nicht mehr, doch Godland will ich nicht aufgegeben.

Godmother ruft Josie auf. Ich höre nur noch mit einem Ohr zu.

»Die Verstärkung von Godland zweiundvierzig – reicht das wirklich?«

»Langfristig leider nicht«, sagt Godmother. »Deswegen beschleunigen wir das Nachwuchs-Projekt.«

Das *Nachwuchs-Projekt?*

Ich bin wieder mit beiden Ohren dabei. Mary schaut zu uns jungen Analogen.

Mir fällt erst jetzt auf, dass wir alle nebeneinander sitzen: Tian, Mauro, Aidan, Silver und ich.

Das ist kein Zufall!

Godmother legt jeden Tag die Sitzpläne fest. Sie wollte, dass wir beim Frühstück genau so sitzen. Aus einem ganz einfachen Grund: Wir fünf sind das Nachwuchs-Projekt!

Dad schaut mitleidig zu uns.

»Das ist zu früh!«, sagt Mary empört.

»Uns bleibt keine Wahl«, erklärt Godmother.

Uns. Sie sagt wirklich *uns.*

Fällt nur mir das auf, oder auch den anderen? Ich habe sie noch nie so sprechen hören. Wir sind die Analogen, sie ist Godmother. Wir leben real, sie lebt überall – hier und in Godland. Wie sie das *Uns* sagt, klingt es, als wären wir eine große Familie.

Und erst als ich über das Wort Familie nachdenke, wird mir so richtig bewusst, was *Nachwuchs-Projekt* bedeutet. Aber das kann nicht sein!

Ich blicke zu den anderen vier. Bevor ich etwas fragen kann, spricht Godmother. »Silver und Tian zeugen Nachwuchs.«

Keiner rührt sich, niemand sagt etwas. So schnell kann man diesen Satz auch gar nicht verarbeiten.

Ich schaue zu Silver, sie schließt die Augen und holt tief Luft. Meine Atemübung. Das erkenne ich sofort. Sie will nicht umkippen und nicht explodieren. Sie will einfach nur sitzen bleiben.

Die Arme! Sie ist doch viel zu jung. Tian natürlich auch. Aber Silvers Körper muss das Kind zur Welt bringen. Auch wenn sie in Tian verknallt ist, sie wollte sicher nicht gleich schwanger werden.

Tian beißt sich auf die Lippen, bis sie weiß sind.

»Godmother«, sagt Mary und muss sich zusammenreißen. »Bis der Nachwuchs auf die Welt kommt und groß genug ist, um uns zu ersetzen, vergehen Jahre. So viel Zeit haben wir nicht. Wir müssen einen anderen Weg finden.«

Godmother antwortet mit ihrer Wiederholungsschleife. »Die Analogen von Godland zweiundvierzig werden uns helfen.«

Ich halte es nicht mehr in diesem Raum aus. Ich stehe auf, will in meine Schlafkoje. Ich will schreien vor Wut und weinen. Das soll keiner hier sehen. Außer Godmother! Sie muss mich und meine Wut jetzt aushalten. So kapiert sie vielleicht, was sie hier anrichtet. Womöglich hinterfragt sie ihre Berechnungen.

Godmother behandelt uns doch wie Sklaven! Doppelte Schichten, der zehnte Tag ist gestrichen, und Silver muss viel zu früh ein Kind austragen. Als wäre sie selbst ein Labor, in dem Dinge gezüchtet werden. Godmother darf doch nicht einfach über Silvers Körper entscheiden! Keiner außer Silver darf das.

Silver ist viel zu jung.

So wie ich.

Und plötzlich läuft es mir eiskalt den Rücken runter. Bevor ich die Schleuse erreiche, höre ich Godmothers Stimme.

»Auch Aidan und Yolanda zeugen Nachwuchs.«

22

Ich renne den Korridor entlang und schreie. Ich brülle alles aus mir raus. Ich erreiche meine Koje und knalle meine Fäuste gegen die Tür. Immer wieder. Meine Stimme ist inzwischen nur noch ein Krächzen.

Endlich zischt die Tür auf. Drinnen werfe ich mich auf mein Bett und heule in mein Kissen.

»Yolanda«, sagt Godmother. »Ein Kind zu bekommen, ist …«

»Ich will kein Kind!«, schreie ich.

Mir ist klar, dass ich gerade gegen alle Regeln verstoße. Ich brülle herum, ich unterbreche Godmother, und ich widerspreche ihr. Vermutlich berechnet sie schon mögliche Strafen für mich.

»Yolanda, ein Kind zu bekommen, ist eine große Chance.«

»Eine Chance?«

»Unzählige Studien aus der Zeit vor den Klimakriegen beweisen, dass das für Mütter wie Väter ein sehr schönes …«

»Ich bin fünfzehn!«

Und dann hole ich erst mal Luft, so viel, wie ich jetzt sagen will, kann ich gar nicht laut schreien. »Godmother, sind diese Eltern in deinen Studien auch so jung? Und wurden die freiwillig Eltern, oder mussten sie es werden? So wie Aidan und ich! Durften die sich vorher verlieben, oder hat eine Maschine alles für sie ausgerechnet?«

»Ob du jetzt ein Kind bekommst oder in fünf Jahren, das macht doch keinen Unterschied. Mindestens ein Kind musst du vor dem Upload bekommen. Das weißt du doch, Yolanda.«

Natürlich weiß ich das. Woher sollen die neuen Analogen sonst kommen? Ich habe oft mit Silver darüber gesprochen. Wir haben ewig diskutiert, und Godmother hörte zu. Sie müsste daher am besten von allen wissen, dass Silver und ich keine Kinder wollen.

Wir haben uns mit verschiedenen Szenarien getröstet. Irgendwann würden wieder Schiffe kommen und da wären auch andere, viel jüngere Analoge. Die könnten uns ersetzen.

»Yolanda …«, fängt Godmother schon wieder an. Kann sie mich nicht einfach in Ruhe lassen? »Natürlich werde ich zur Belohnung eure Dienstzeit verkürzen.«

Ich wische meine Tränen am Kissen ab. Ich schlucke, und mein Hals tut dabei weh.

»Ich will jetzt kein Kind.«

»Ich verkürze deine Dienstzeit um fünf Jahre.«

»Fünf Jahre«, wiederhole ich wie ein Roboter. Das ist verdammt viel Zeit.

»Pro Kind«, ergänzt Godmother.

Sprechen kann ich jetzt nicht mehr. Fünf Jahre pro Kind? Bei drei Kindern wäre ich schon nach ein paar Jahren godline.

Aber was ist mit meinen Kindern?

Meine Kinder, wie das klingt.

»Wenn ich so früh godline gehe, wer kümmert sich um …?«

»… unsere Kinder?«, setzt Godmother meine Frage fort.

Unsere Kinder. Da bekomme ich Gänsehaut.

»Die älteren Analogen haben viel Erfahrung«, sagt Godmother. »Und ich übernehme den Unterricht in der Schule.«

Godmother wird meine Kinder so unterrichten wie mich. Sie wird vielleicht sogar wieder als Hologramm erscheinen. Sie wird als Mechanikerin zeigen, wie man die Geräte auf der Serverinsel repariert. Als lustige Köchin wird sie erklären, wie Fisch zubereitet wird und welche Arten ungenießbar sind. Und als Ärztin wird sie beschreiben, wie wir im Fall der Fälle erste Hilfe leisten.

Ich hab damals fleißig gelernt, um eine gute Analoge zu werden. Und ich arbeite jetzt als gute Analoge, um godline zu gehen. Ich lüge für Godmother sogar meinen eigenen Vater an.

So wie ich würden meine eigenen Kinder auch werden.

Und genau das will ich nicht. Ich will keine neuen Sklaven für Godmother zur Welt bringen.

»Ich weiß, an was du jetzt denkst«, sagt Godmother.

Ich spüre mein Herzschlag bis zum Hals. Weiß sie das wirklich?

»Du machst dir Sorgen, dass du deine Kinder in Godland vermissen wirst.«

Daran hab ich überhaupt nicht gedacht. Ich will keine Kinder. Wieso soll ich daran denken, wie es wäre, sie zu vermissen? Da muss Godmother auf die falschen Daten zugegriffen haben. Ich bin sicher, sie findet keine Statistiken über Fünfzehnjährige, die auf Serverinseln Kinder kriegen müssen.

Da Godmother nichts von ihrem Irrtum ahnt, spricht sie einfach weiter. »In deinem Godland können auch deine Kinder sein.«

Klar können die da auch sein. Das wären aber nicht meine echten Kinder, sondern von mir ausgedachte Kopien. Meine echten Kinder schuften ja auf der Serverinsel ihre zwanzig Dienstjahre, sobald sie so wie ich fünfzehn Jahre alt sind.

Godmother versteht nicht, wie es mir wirklich geht.

Ich will keine Yolanda sein, die für Godmother lügt.

Ich will keine Yolanda sein, die Mutter ist.

Und ich will keinem Kind der Welt zumuten, auf dieser Insel leben zu müssen.

Ich will einfach nur Yolanda sein.

Keine Ahnung, was das ist oder wie sich das anfühlt. Ich war bisher immer nur das, was *andere* von mir wollten.

Falsch.

Nicht *andere*!

Ich war bisher immer nur das, was Godmother von mir wollte. Sie lügt uns an, wie es ihr passt. Und sie formt uns so, wie sie uns braucht.

Jemand hämmert an meine Tür. Das muss Silver sein. Auch wenn wir kein Gespräch unter vier Augen führen können, ist es gut, jetzt mit meiner Freundin zu reden – nicht mit einem Computer.

Ich drücke den Schalter, und die Tür geht auf.

Aidan steht vor mir. Ausgerechnet Aidan!

Mit ihm soll ich Kinder zeugen. Und es wären nicht mal unsere Kinder, sondern Godmothers. Das macht mich nur noch wütender.

Ich nicke ihm zu. »Schon hier? Du kannst es kaum abwarten, was?«

»Nein … warte … ich …«, stottert Aidan herum und tritt in meine Koje.

Ich mache einen Schritt zurück. Die Tür zischt hinter ihm zu. Das Deckenlicht strahlt ihm ins Gesicht. Erst jetzt erkenne ich die Tränen. Er ist mindestens so verheult wie ich.

»Meine Schlafkoje ist gesperrt. Ich komme nicht mehr rein. Godmother will …«

Ich bringe den Satz für Aidan zu Ende. »… dass du ab jetzt in meiner Koje schläfst.«

Aidan blickt zu Boden. Der will auch kein Vater werden in dem Alter. Natürlich nicht. Ich war zu hart zu ihm, und das tut mir leid.

Ich lege ihm einen Arm um die Schultern. Er darf sich auf das Bett setzen. Kein Problem. »Wenn du was für deine Tränen brauchst, kannst du das Kissen nehmen. Es ist aber schon ziemlich nass.«

Aidan bleibt reglos stehen, versucht ein Lächeln. Doch es sieht wie eine traurige Grimasse aus. Wir sind beide in einer beschissenen Situation.

Ich setze mich aufs Bett und klopfe auf die Stelle neben mir. Aidan nimmt das Angebot endlich an.

Wir schweigen.

Godmother auch.

Was erwartet sie? Dass wir jetzt übereinander herfallen? Das wir es gar nicht abwarten können, ein Kind zu zeugen? Sollen wir sofort wie Maschinen das Nachwuchs-Projekt starten?

Ich würde gern mal mit einem Jungen schlafen. Klar. Aber erstens mit keinem der Jungs hier auf der Serverinsel. Zweitens will ich das bestimmt nicht machen, um ein Kind zu bekommen. Und drittens muss es ein Ort ohne Godmothers Augen sein.

»Da ist noch was«, sagt Aidan.

»Und was?«, frage ich.

»Ich steh gar nicht auf Mädchen.«

Erst passiert nichts, ich schaue ihn einfach nur an. Ich versuche das zu verstehen, also was Godmothers Auftrag für Aidan bedeutet.

»Aidan, es geht darum, Nachwuchs zu zeugen«, sagt Godmother sanft. »Nicht um eine dauerhafte Bindung. Yolanda hat schon einen Freund in Godland.«

»Finn ist *ein* Freund und nicht *der* Freund, also keiner mit dem ich …«

»Schluss jetzt, Yolanda!«, zischt Godmother.

Aidan und ich blicken uns verzweifelt an. Godmother ist egal, was wir empfinden oder was wir wollen. Sie muss die Serverinsel retten und Godland beschützen. Darum geht es für sie.

Aidan und ich sind für Godmother wie zwei Roboter, die gemeinsam ein neues Produkt entwerfen: junge, neue Analogenkinder.

Endlich gebe ich mir einen Ruck und umarme Aidan.

»Die Lage ist für euch beide nicht einfach«, sagt Godmother.

Aidan will etwas klären und löst sich aus der Umarmung. »Wieso ich?«, fragt er. »Wieso nicht mein Bruder?«

»Genetisch passt du besser zu Yolanda als Mauro«, sagt Godmother.

Darüber habe ich bisher nicht nachgedacht. Natürlich hat Godmother auf alles geachtet. Sie analysiert unser Blut, unseren Speichel und andere Flüssigkeiten, über die ich hier nicht groß reden will.

Jeder von uns lässt sich jährlich von Godmother durchchecken. Silver und Mary helfen dabei. Doch so einen richtigen Einblick in die Daten bekommen die beiden natürlich nicht. Godmother lässt sich nicht in die Karten schauen. Sie fasst die Ergebnisse der Untersuchung in einem Satz zusammen. Und eigentlich lautet der immer: »Du bist gesund.«

Okay, zu Conrad sagt sie öfter: »Du darfst nicht so salzig essen.« Und zu Dad: »Bewege dich mehr.«

Doch die richtig schlimmen Sachen würde sie uns nicht sagen. Was sollte sie auch dagegen machen? Die großen Operationen fanden immer auf den Schiffen statt. Die Crew dort war dazu ausgebildet, hatte auch viel mehr Geräte, einen großen OP-Saal und solche Dinge.

Aidan ist gedanklich noch bei dem Satz von Godmother. »Genetisch?«, fragt er verwirrt. »Wir sind doch Brüder.«

»Dennoch ist bei ihm eine Veranlagung anders als bei dir.«

»Er ist krank?«

»Nein«, sagt Godmother.

Sie spricht über unsere Zukunft als wären es rohe Daten, die es nur zu interpretieren gilt. »Aber er hat ein höheres Risiko krank zu werden als du. Und ein Kind von ihm …«

Aidan winkt ab. »Würde das von ihm erben.«

»Zu 48,5 Prozent«, sagt Godmother.

Aidan stellt weitere Fragen, er will nicht aufgeben. »Es kommt doch Verstärkung, das hast du gesagt!«

»Und?«, fragt Godmother.

»Gibt es dort keine Kinder?«

»Nein.«

»Und andere Analoge, die Kinder bekommen können?«

»Auch nicht.«

Aidan fragt weiter, aber ich höre nicht mehr zu.

Ich muss aus dieser Schlafkoje raus, sonst explodiere ich. Doch die Tür öffnet sich nicht mehr.

Godmother will das Nachwuchs-Projekt sofort starten.

Aber so schnell gebe ich nicht auf!

23

Aidan liegt auf meinem Bett und schläft. Er hat gefragt, ob er sich auf den Boden legen soll. Aber das wollte ich nicht.

Aidan schnarcht übrigens. Das hat noch gefehlt.

Ich kann und will nicht schlafen. Es ist erst zwanzig Uhr.

Immerhin ging der Abend noch einmal gut aus. Godmother hat die Tage berechnet, an denen ich schwanger werden könnte. Das war meine rettende Idee gewesen.

»Deine fruchtbaren Tage beginnen in zweiundsiebzig Stunden«, verkündete Godmother, »zu 68 Prozent.«

»Darf ich jetzt bitte noch einmal raus?«, frage ich. »Bitte!«

Die Tür meiner Koje zischt auf.

»Danke.«

Im Korridor streiten sich Josie und Emre. Sie hören auf, als sie mich sehen. Wieso konnten sie mit ihrer Diskussion nicht warten, bis sie in ihrer Schlafkoje waren?

Für die zwei muss das mit Aidan und mir auch komisch sein. Godmother will sie zu Großeltern machen. Mein Dad soll Opa werden. Unglaublich.

Conrad kommt durch die Schleuse und bleibt vor mir stehen. »Wie geht es euch beiden?«

Euch beiden?

Wieso fragt er nicht, wie es *mir* geht? Aidan kann er später auch fragen. Aber es klingt so, als wären wir zu einer Person zusammengewachsen. Dabei sind wir nicht mal ein richtiges Paar!

Conrad meint das sicher nicht so. Und wenn doch, kann ich ihm nicht mal böse sein. Ich mag ihn zu sehr.

»Wir sind okay«, sage ich, zwinge mich zu einem Lächeln und gehe weiter.

Mein Mund fühlt sich trocken an, ich muss etwas trinken und will noch einmal zur Kantine.

Mary kommt mir entgegen. Sie fragt nicht, wie es *uns* geht. Sie nickt mir nur zu und will zügig durch die Schleuse ins Labor weiter. Das ist typisch für sie.

Wenn wir jetzt Doppelschichten machen müssen, dann ist das für Mary keine Umstellung. Sie kennt nichts anderes. Sie arbeitet immer, egal, um wie viel Uhr und egal, ob es ein zehnter Tag ist oder nicht. Wobei der uns eh gestrichen wurde.

»Hast du Silver gesehen?«, rufe ich Mary hinterher.

Mary ist schon in der Schleuse verschwunden, aber durch das Panzerglas sehe ich, wie sie den Kopf schüttelt.

»Silver und Tian machen Sport«, sagt Godmother.

»Wann kommen sie vom Freideck zurück?«

»Sie sind nicht dort. Das Deck ist jetzt auch für die beiden gesperrt«, sagt Godmother so, als wäre es das normalste der Welt.

»Wieso?«, frage ich.

»Seit dem Laborunfall auf Deck B müssen wir vorsichtiger sein.«

Nicht *wir* müssen vorsichtiger sein, Godmother muss es!

Ab jetzt will sie alles und jeden noch mehr kontrollieren. Das Freideck ist für Godmother zu riskant geworden. Aber wir müssen irgendwann die Netze auswerfen. Wir brauchen Fisch zum Essen!

Ich will zu Tian und Silver in die Turnhalle, doch Godmother hält mich auf. »Dein Vater wartet in der Kantine auf dich. Bitte sprich zuerst mit ihm.«

Ein Vater-Tochter-Gespräch ist das Letzte, was ich als zukünftige Mutter brauche. Allerdings will ich mir Godmother gegenüber nichts anmerken lassen.

Ich habe zweiundsiebzig Stunden Zeit! So lange wird Godmother hoffentlich Aidan und mich in Ruhe lassen.

Dad sitzt in der Kantine am großen Tisch. Er winkt mich zu sich und schenkt mir ein Glas Wasser ein. Es ist warm und schmeckt nach nichts.

Ich erinnere mich noch an die Zeit, als es Tee gab. Mittags und abends, irgendwann nur abends. Schließlich nur noch abends am zehnten Tag, den wir deswegen Teetag nannten. Am Ende waren keine getrockneten Kräuter oder Früchte mehr da, die wir aufkochen konnten.

Der Teetag hieß wieder der zehnte Tag. Uns blieb das warme Wasser. Immerhin schmeckt es nicht salzig.

Ich trinke das Glas in wenigen Zügen aus. Es fällt mir schwer, meinem Vater in die Augen zu sehen. Wir müssen uns nichts vormachen. Wir können beide nicht fassen, dass ich mit fünfzehn ein Kind zur Welt bringen soll.

Dad rutscht auf seinem Stuhl hin und her. »Aidan ist ein netter Kerl.«

»Dad!«

»Ich meine doch nur, er ist … er …«

Weiter kommt mein Vater nicht. Er hält sich die Hände vor die Augen. Er schluchzt und versucht, sich zu beherrschen. Chancenlos.

Er weint, und ich drücke mich an ihn.

»Es tut mir so leid«, sagt Dad leise.

»Jesper«, sagt Godmother streng, »bitte achte auf deine Worte. Du bist Yolandas Vater.«

Dad wischt sich mit dem Handgelenk die Tränen weg. Er schweigt und zeigt auf den Raum, auf die Kameras, als wäre er für all das verantwortlich. Aber das ist er nicht.

Er hatte doch keine Wahl! Diese Serverinseln waren die einzige Möglichkeit, vor den Klimakriegen zu fliehen.

»Jesper, du solltest deine Tochter unterstützen«, sagt Godmother mit harter Stimme. »Du weißt, wie schön es ist, Nachwuchs zu haben.«

»Natürlich«, sagt Dad. »Das weiß ich.«

Dad lächelt mich verzweifelt an. Er sieht so traurig aus, und was sollen wir uns jetzt vor Godmother noch sagen?

Uns fällt beiden nichts ein, also umarmen wir uns einfach nur.

Nach einer Viertelstunde stehe ich auf und will zur Turnhalle. Vielleicht trainieren Silver und Tian noch.

Die Schleuse zum Waschraum ist offen, und ich höre Mauro fluchen. Er steht in der vordersten Duschkabine auf einer Leiter. Ein Schraubendreher ist ihm aus der Hand gefallen, ich hebe das Werkzeug auf und gebe es ihm.

»Ist was kaputt?«, frage ich.

Mauro zeigt hoch zur Decke. »War ein eiliger Auftrag von Godmother.«

Ich schaue hoch und blicke direkt in eine Kamera, in Godmothers neue Augen. Mauro musste in die Duschkabine eine Kamera einbauen!

»Was machst du hier?«, fragt Godmother.

Ich bin sprachlos und gehe weiter zu einer Toilettenkabine. Unmöglich! Selbst hier ist jetzt eine Kamera.

»So ist es sicherer«, sagt Godmother. »Bald haben wir kleine Kinder auf der Serverinsel. Nicht wahr, Yolanda?«

Erstens: Was sollte kleinen Kindern bitte im Waschraum passieren? Die spülen sich doch nicht selbst die Toilette runter.

Zweitens: Neun Monate dauert das mindestens, bis diese Kinder da wären. Da muss sich Mauro mit dieser Arbeit doch nicht so beeilen.

Also steht für mich fest, du lügst, Godmother.

Es gibt nur einen wahren Grund, du willst jeden Winkel überwachen. Du ahnst etwas.

Du hast Angst.

Ich wasche mir die Hände und sehe im Spiegel, wie Mauro eine Kamera in der nächsten Duschkabine befestigt. Er sieht meinen Blick.

»Die Kameras hab ich alle von Aidans Koje abmontiert, er wohnt ja jetzt bei dir.«

»Mauro!«

»Ja, Godmother.«

»Arbeite bitte zügig weiter.«

Mauro blickt mir nach. Ob er sich auch fragt, wieso sein Bruder Vater werden soll und nicht er? Hat ihm Godmother erzählt, dass er aus ihrer Sicht nicht geeignet ist? Dass Aidans Gene besser sind?

Im Korridor kommen mir Tian und Silver entgegen.

»Ich wollte euch gerade in der Turnhalle besuchen und …«

»… Sport machen«, beendet Silver meinen Satz.

»Nein. Eigentlich wollte ich nur Zeit mit euch verbringen.«

»Wir gehen jetzt schlafen«, sagt Silver und nimmt Tian an die Hand.

»Dich wollten wir gerade dorthin schicken«, sagt Tian und nickt in Richtung Turnhalle hoch.

»Sport wird dir auch gut tun«, sagt Silver.

Ihr stechender Blick lässt keine Widerrede zu.

»Also mir geht es jetzt besser.« Tian strahlt über beide Backen. »Das mit dem Nachwuchs-Projekt war erst mal ein Schock.«

Er umarmt Silver, sie küsst ihn auf den Mund.

»Ob wir jetzt Eltern werden oder in ein paar Jahren, macht doch keinen Unterschied«, sagt sie.

»Aha.« Mehr fällt mir dazu nicht ein.

»Und Aidan passt ja super zu dir«, sagt Silver, ihr Arm drückt dabei auf meinen – unsere Geheimsprache.

»Zu 89,5 Prozent«, erfinde ich.

Godmother lässt meine Zahl so stehen, was mich erstaunt. Habe ich etwa richtig geraten? Oder denkt sie, ich würde schon wieder für sie lügen?

»Na dann«, sagt Tian und klopft mir auf die Schulter. »Aber wärm dich gut auf, bevor du trainierst.«

Ich schaue beiden nach. Sie spielen verdammt gut, dass muss ich ihnen lassen.

Kaum bin ich durch die Schleuse der Turnhalle durch, geht das Licht in der Halle an. Wieso soll ich hierher? Was wollen Silver und Tian von mir?

Eines der Rudergeräte blinkt grün. Alles ist wie immer, und ich laufe zum Rudergerät.

»Erst aufwärmen«, sagt Godmother. »Tian hat recht.«

War klar, dass sie das nicht vergisst. Die Strecke neben der Hallenwand leuchtet grün.

»Drei Runden«, sagt Godmother, und ich jogge los.

Mir fällt eine Bewegung gegenüber an der Hallenwand auf. Ist noch jemand hier außer mir?

»Ist etwas?«, fragt Godmother.

Ich bin langsamer geworden, ohne es zu wollen. Das fällt ihr natürlich auf.

»Nein«, sage ich. »Mir ist nur nicht so gut.«

Das ist nicht mal gelogen. Ich weiß nicht, ob ich nach dem Aufwärmen überhaupt noch Energie für das Rudergerät habe.

Ich jogge wieder los, die erste Runde ist fast geschafft. Dort, wo sich vorher etwas bewegt hat, klafft eine Öffnung in der Wand.

Eines der Tore zum Lagerraum ist offen. In dem Raum sind Ersatzteile, Netze, Kletterstangen untergebracht, und als wir noch Bälle hatten, lagerten sie dort in Kisten.

Haben Tian und Silver vergessen, das Tor zu schließen? Klemmt es vielleicht, wie fast alles hier?

Ich jogge langsamer und komme vor dem halboffenen Tor zum Stehen.

»Mir ist etwas schwindelig«, lüge ich.

Ich tue so, als würde ich mich an der Wand neben dem Tor anlehnen. Ich schaue hinein und versuche, etwas zu erkennen. Da ist alles schwarz.

»Kein Problem. Ruh dich aus«, sagt Godmother. »Du musst dich schonen für deine anstehenden Aufgaben.«

Ich erkenne in dem Lagerraum nichts. Ich will gerade weiterjoggen, da packt mich etwas hinten an meinem Shirt und zieht mich in den schwarzen Raum.

Ich versuche zu schreien, aber eine große Hand drückt sich fest auf meinen Mund.

»Keine Angst«, flüstert mir ein Mann direkt ins Ohr.

Die Stimme erkenne ich nicht. Sie ist viel zu leise.

Wer könnte das sein? Ist es einer von Deck B? Ist einer von ihnen hiergeblieben?

Selbst wenn, wie hat der es unerkannt zu diesem Deck der Turnhalle geschafft? Gibt es geheime Gänge oder …

»Yolanda!«, ruft Godmother. »Alles in Ordnung? Was ist passiert?«

Natürlich antworte ich nicht. Ich spiele ohnmächtige Analoge, soll sie sich doch Sorgen machen!

»Yolanda?« Godmother klingt panisch. »Ich hole Hilfe!«

Meine Augen gewöhnen sich an die Dunkelheit. Der Mann neben mir nimmt die Hand von meinem Mund.

Er ist nicht viel größer als ich. Details sind nicht zu erkennen. Doch die langen Haare fallen mir auf.

Das kann nicht sein. Godmother erlaubt keinem von uns auf der Serverinsel so lange Haare.

Und das kann nur eines bedeuten: Dieser Mensch kommt von draußen.

24

»Wer bist du?«, frage ich leise.

»Nimm das mit«, flüstert der Mann.

Ich spüre kaltes Metall in meiner Hand. Und ich bekomme Panik.

»Was ist das?«, frage ich und höre die Schleuse.

»Yolanda!«, ruft jemand von dort.

Das war Marys Stimme. Godmother hat sie sicher hierher bestellt.

Ich taste das kalte Metall ab, es hat eine glatte Oberfläche. Es liegt schwer in meiner Hand, und ich muss wissen, was das ist.

Doch der Typ mit den langen Haaren verschwindet tiefer im Raum. Ist dort ein geheimer Gang? Er kann doch nicht einfach wieder fort!

»Was ist das für ein Metallding?« Ich sage es etwas lauter als gewollt.

Der Mann dreht sich ruckartig zu mir um. Ich bringe ihn in Gefahr. Aber was bleibt mir übrig? Ich muss doch wissen, was das ist und was ich damit soll.

Er eilt zu mir und drückt sein Gesicht so fest an meinen Kopf, dass es schon weh tut. Immerhin kann ich bei der Nähe verstehen, was er ganz leise sagt: »Das ist Godmothers Grabstein.«

Was soll das schon wieder?

Godmothers Grabstein.

»Yolanda!« Marys Stimme ist schon viel näher, gleich ist sie da.

»Was soll ich damit?«

»Rauskommen!«, sagt der Mann.

Rauskommen? Wohin denn?

Ich komme damit nicht mal durch die Schleuse. Godmother scannt doch jeden. Und so ein Metallstück kann ich unmöglich vor ihren Sensoren verstecken. Was soll ich ihr erzählen? *Ich hab hier deinen Grabstein!*, oder was?

»Wie komme ich damit durch die Schleuse?«, frage ich den Langhaarigen.

»Eure Körperscanner gehen schon lange nicht mehr«, flüstert der Mann.

Die Scanner in der Schleuse sind defekt?

»Wieso ich? Wieso nicht Tian oder Silver, die beiden von eben, die hier waren, die …«

»Sie haben mir gesagt, niemandem vertraut Godmother so wie dir.«

»Yolanda?«, ruft Mary, sie steht vor dem halboffenen Tor.

»Wenn etwas schiefläuft«, sagt der Langhaarige, »dann kannst du dich rausreden. Haben deine Freunde behauptet.«

»Etwas schiefläuft?«, frage ich.

Doch da ist der Typ schon im Dunkeln verschwunden.

»Da bist du ja!«, ruft Mary.

Ich stecke das Metallding in meine Jogginghose und lasse mich vor ihr auf den Boden fallen.

»Wie geht es Yolanda?« Godmother klingt so besorgt, dass ich schon fast ein schlechtes Gewissen bekomme. Andererseits habe ich das Lügen von ihr gelernt.

Mary beugt sich zu mir und hält ihre Finger an meinen Hals. »Der Puls ist in Ordnung«, antwortet sie laut genug, damit es Godmother in der Turnhalle versteht.

Mary streicht mir über das Gesicht. »Du spielst uns was vor«, flüstert sie.

Ich nicke.

»Kommt bitte aus dem dunklen Raum!«, ruft Godmother. »Ich will sehen, wie es Yolanda geht.«

Godmother macht sich Sorgen um mich, um die zukünftige Mutter ihrer Kinder.

Aber wieso klingt sie so panisch?

Ich ahne es.

Godmother merkt ja, hier passieren immer mehr seltsame Dinge auf der Serverinsel. Dinge, die noch nie geschehen sind. Für die sie noch keine Daten hat und keine Ideen.

Mary nimmt meinen Arm und will, dass ich mich bei ihr einhake. Ich humpele dicht an ihrer Seite aus der Abstellkammer.

»Yolanda, du machst mir vielleicht Kummer«, sagt Godmother.

Ich folge Mary zur Schleuse und spüre bei jedem Schritt, wie das kalte Metall in der breiten Hosentasche auf und ab wippt. Am liebsten würde ich es mir endlich ansehen, aber das geht vor Godmothers Augen nicht.

Da wird mir etwas klar: Es gibt keinen Ort auf unserem Deck ohne Kameras!

Selbst in der Duschkabine kann ich mir das Metallteil nicht ansehen. Nur in dem Lagerraum der Turnhalle, dort gibt es keine Kameras. Noch nicht, doch nach dem Vorfall von eben wird das Godmother sicher bald ändern.

»Du zuerst«, sagt Mary und zeigt zur Schleuse.

Ob die Körperscanner wirklich kaputt sind, werde ich gleich erfahren. Ich spüre mein Herz pochen.

Ein Blick in die Kamera.

Piep.

Den Finger auf den Sensor.

Piep.

Jetzt der Körperscanner.

Ich halte die Luft an.

Nichts passiert.

»Yolanda?«

»Ja, Godmother?«, frage ich vorsichtig.

Funktionieren die Scanner doch? Sieht Godmother, was in meiner Jogginghose versteckt ist?

»Das mit dem Sport war keine gute Idee.«

»Stimmt«, sage ich erleichtert. »Es tut mir leid.«

»Du musst mehr auf dich achtgeben.«

»Ich weiß.«

»Gut«, sagt Godmother.

Piep.

Die Schleuse öffnet sich.

Geschafft!

Diese verdammten Scanner sind wirklich kaputt. Und Godmother behält das für sich. Sicher fehlen uns die Ersatzteile, um sie zu reparieren. So wie uns fast alles fehlt.

Mary begleitet mich zur Tür meiner Schlafkoje. Ich bleibe davor stehen, drücke die Hand auf das Stück Metall in meiner Hosentasche. Es fühlt sich nicht mehr so kalt an, es hat meine Körperwärme angenommen.

»Gute Nacht«, sagt Mary.

»Schlaf gut, Yolanda«, meldet sich Godmother, die niemals schläft.

Ich will mich nicht umziehen, sondern einfach so ins Bett fallen. Doch Aidan liegt quer. Immerhin schnarcht er nicht mehr.

Also setze ich mich erst mal auf den Bettrand. Soll ich auf dem Boden schlafen? Der ist zu hart, selbst wenn ich ein paar meiner Kleidungsstücke als Unterlage nutze. Das wird nichts.

Ich spüre das schwere Metall in meiner Hosentasche. Es wird immer wärmer. Bilde ich mir das nur ein? Was soll das jetzt? Es tut schon fast weh.

»Yolanda!«

»Ja, Godmother.«

»Was hast du in deiner Hosentasche?«

Ihre Wärmebildkameras!

Verdammt.

Das Metallstück ist inzwischen heiß. Es brennt auf meiner Haut.

»Was hast du in deiner Hosentasche?«

Brennt das Ding vielleicht wirklich?

»Ich weiß nicht«, sage ich, und das ist nicht einmal gelogen.

»Was hast du in deiner Hosentasche?«

Ich halte den Schmerz nicht mehr aus und ziehe das Metallding aus der Tasche. Die Hitze beißt sich in meine Finger, und ich werfe das Teil auf den Boden.

Das Metall schlägt hart auf und weckt Aidan. Verwirrt sitzt er aufrecht im Bett und reibt sich die Augen.

Etwas blinkt im heißen Stück Metall.

»Yolanda«, fragt Godmother. »Was ist …«

Plötzlich schießt ein Lichtblitz aus dem Kasten. Aidan schreit auf. Bevor ich mir die Augen zuhalten kann, ist es vorbei.

»Was ist … was ist … was ist …«, höre ich Godmothers Stimme.

Das Licht geht komplett aus, zum ersten Mal seit ich auf der Serverinsel bin. Nicht einmal eine der winzigen Kontrolllampen leuchtet mehr.

»Was ist … was ist … waaaaaa …« Godmother verstummt.

»Was war das?«, fragt Aidan und tastet in der dunklen Koje nach mir.

Die Tür meines Raumes zischt gleichzeitig mit allen anderen im Korridor auf.

»Raus!«, brüllt Silver auf dem Korridor. »Alle raus!« Der Lichtstrahl einer Taschenlampe blendet mich. »Yolanda! Aidan! Muss ich euch etwa tragen?«

»Schnell!«, schreit Tian. Er geht die andere Seite des Korridors ab, von Koje zu Koje.

Mauro stolpert über den Gang. »Was ist los?«

Emre und Josie gehen zu ihm.

»Aidan?«, ruft Emre.

»Hier!«, ruft er aus meiner Koje.

»Wo ist Mary?«, ruft Silver.

»Mary!«, schreit sie. »Mary!«

Das Licht einer zweiten Taschenlampe strahlt uns entgegen. Meine Augen gewöhnen sich an die Helligkeit. Ich erkenne Conrad, Mary und Dad.

Sie stehen verunsichert an der offenen Schleuse.

»Das ist der Mechanismus für den Totalausfall«, erklärt Emre und versucht, das Chaos zu verstehen.

»Totalausfall?«, frage ich.

»Alle auf das Freideck!«, ruft Tian.

Emre geht auf ihn zu, er hat die Fäuste geballt. »Was ist denn passiert? Du weißt doch mehr!«

Silver stellt sich vor Tian, bevor Emre ihn erreicht. Als müsste sie Tian beschützen. »Wir gehen.«

»Was?«, fragt Emre.

Josie läuft zu ihrem Mann. »Seid ihr verrückt geworden?«

»Nein«, sagt Tian. »Aber hier werden wir es garantiert.«

»Wohin gehen wir?«, fragt Mary.

»Wir werden abgeholt«, sagt Silver.

»Was? Von wem?«, fragt Aidan. Er blickt unsicher von seinen Eltern zu Silver.

»Das wissen wir auch nicht«, sagt Tian. »Wir wissen so gut wie nichts. Aber wer will, kann von hier abhauen.«

Ich kapiere endlich, woher er und Silver ihre Informationen haben. »Hat der Mann vom Lagerraum euch das erzählt?«

Mir hat der Typ überhaupt nichts erzählt. Ich erinnere mich, an seine Worte. *Keinem vertraut Godmother so wie dir.*

Ich war nur gut genug für dieses Metallblitz-Ding, ich durfte den Totalausfall verursachen. Wie nett.

»Der Mann vom Lagerraum? Welcher Mann denn?« Josie verzweifelt immer mehr.

»Erzählen wir euch später!«, ruft Silver.

Josie stockt. Sie muss unendlich viele Fragen haben. Ehrlich gesagt hätte ich da auch ein paar.

»Wer will weg von hier?«, fragt Tian mit Silver an der Hand.

Dad, Mary und Conrad stellen sich zu ihnen.

Ich stehe wie festgeklebt da.

Es ist wie in diesen Albträumen, in denen ich mich nicht bewegen kann. Und es ist die Chance, nicht mit fünfzehn Mutter zu werden.

Aber kann ich da draußen wirklich ein eigenes Leben führen?

»Und was wird aus Godland?«, fragt Mauro. »Wollt ihr nicht mehr dorthin?«

Tian geht ein paar Schritte auf ihn zu. »Wenn alle Serverinseln so kaputt sind wie unsere, gibt es sowieso bald kein Godland mehr.«

»Wir können das reparieren«, sagt Emre. »Die Verstärkung von Godland zweiundvierzig kommt doch.«

»Behauptet Godmother«, wendet Mary ein.

»Und die lügt oft.« Ich spreche meinen Gedanken laut aus, wollte ich nicht, doch es ist passiert.

»Wie meinst du das?«, fragt Mauro.

»Wir müssen endlich los!«, schreit Silver. »Keine Ahnung, ob Godmother das hier reparieren kann. Dann sind die Schleusen wieder dicht, und wir kommen nicht mehr raus.«

»Sie kann das reparieren!«, sagt Emre. »Deswegen bleiben wir.«

Er legt seine Arme um Josie und Mauro. Für Aidan sind sie nicht lang genug, doch seine Mutter hält seine Hand fest umschlossen.

Ich spüre an einer Seite Silver und an der anderen Tian. Sie wollen mich mitnehmen. Aber so läuft das nicht. Ich schüttele sie ab. Ich will meine eigene Entscheidung treffen. Kein anderer wird das mehr für mich machen.

Nicht Godmother.

Nicht Tian und nicht Silver.

Ich entscheide ab jetzt!

Dad verschwindet mit Conrad und Mary Richtung Freideck. Er zieht mich nicht mit sich. Er hat verstanden, worum es mir geht. Dass ich groß genug bin.

Und das bin ich!

Ich laufe zu Aidan. »Komm mit.«

Er soll fort von hier und mir folgen. Nicht als der Vater meiner Kinder, sondern als Freund. Als jemand, der von Godmother genauso belogen wurde wie ich.

»Waaaaaaa … was ist … was ist …«

Godmother ist wieder aufgewacht!

»Schnell!«, ruft Silver.

Aidan reißt sich von seiner Mutter los und läuft durch die Schleuse.

»Aidan!«, ruft Emre.

Wir rennen durch den Korridor, in dem die Lichter wieder anspringen. Godmother ist sehr fleißig. Gleich funktioniert hier wieder alles.

An den Waschräumen und der Ausrüstungskammer sind wir vorbei, auch an der Kantine. Endlich stehen wir vor der Schleuse zum Treppenhaus. Sie ist noch offen, doch die Anzeige dort beginnt zu blinken.

Godmothers Stimme dröhnt durch den Gang. »Was ist … was ist … was ist …«

Wir rennen die Treppen hoch, Richtung Freideck.

Nur noch eine Schleuse trennt uns von der Freiheit.

25

Ich stolpere auf das nachtschwarze Freideck. Regen peitscht mir ins Gesicht, doch die kalte, frische Luft tut gut. Ich öffne den Mund, will ein paar Tropfen Regenwasser trinken. Es schmeckt viel besser als das entsalzte Wasser.

»Yolanda!«, ruft Silver. Sie steht mit Tian und den anderen am Rand. »Komm jetzt endlich!«

Silver geht ein paar Schritt zurück, nimmt Anlauf und springt in die Tiefe. Sie springt!

Conrad und Mary folgen ihr, ohne Absicherung. Einfach so.

Ich will zum Rand, aber wo ist Aidan? Er war doch direkt hinter mir. Bis eben.

Ohne Licht ist kaum etwas zu erkennen. Doch dann sehe ich seine Hände. Sie hämmern gegen das Panzerglas der Schleuse. Aidan ist eingesperrt!

Godmother hat nicht nur ihre Stimme zurück. Sie übernimmt wieder die Kontrolle über die ganze Serverinsel.

Ich renne zur Schleuse und versuche, die schweren Türen aufzuziehen. Sie bewegen sich keinen Millimeter. Aidan schreit, ich sehe seinen aufgerissenen Mund. Durch das Panzerglas dringt kein Geräusch.

Wie soll ich ihm nur helfen?

Die Flutlichter auf dem Freideck springen an. Alles ist grell erleuchtet, die riesigen Pfützen auf dem Boden spiegeln das Licht.

Da sehe ich Tian, wie er nass und zitternd vor Kälte vom Rand der Insel auf mich zu geht. »Yolanda, los!«

Ich schüttele den Kopf. »Wir können Aidan doch nicht allein lassen.«

»Godmother lässt ihn nicht raus«, sagt Tian. »Und allein ist er nicht. Seine Familie ist geblieben.«

»Aber er wollte mit uns gehen!«

Ich spüre einen Knoten in meinem Hals. Aidan darf nicht zurückbleiben.

Dreimal blitzt es am Horizont, ein kräftiges Donnern grollt über den Ozean. Auch das noch, der Regenschauer reicht mir vollkommen hier draußen.

Tian streckt mir beide Hände entgegen. Ich nehme sie nicht. Er schlägt gegen das Panzerglas. »Die Schleuse ist dicht! Da kommt keiner mehr rein und keiner mehr raus.«

Ich nicke Richtung Aidan. »Godmother wird ihn umbringen!«

»Wird sie nicht«, sagt Tian. »Sie braucht ihn. Sie braucht jeden. Ihr sind doch nur noch vier Analoge geblieben.«

Wieder funken Blitze.

Ihr sind doch nur noch vier Analoge geblieben.

Tian hat recht. Godmother hat keine zwanzig Analogen mehr wie noch vor ein paar Wochen. Nur noch Josie, Emre, Mauro und Aidan sind hier. Viel zu wenig, um alle Aufgaben zu bewältigen. Niemals würde sie jemandem von ihnen etwas antun.

Doch auch hundert von uns wären zu wenig. Die Serverinsel bricht in ein paar Jahren auseinander.

Ich schaue zu Aidan durch das Panzerglas und spreche leise. Schreien wäre sowieso zwecklos. »Aidan, ich komme wieder. Ich hole dich raus. Versprochen.«

Aidan lässt den Kopf hängen und tritt zurück. Langsam geht er die Stufen zu unserem Deck runter.

Er ist fort, vermutlich ohne Hoffnung. Er kann bestimmt keine Lippen lesen, so wie Godmother.

»Yolanda!«, ruft Godmother.

Ihre Stimme hallt über das Freideck. Sie kann nichts erkennen und hören, doch sie kann uns mit ihren Lügen beschallen. »Aidan hat die richtige Entscheidung getroffen. Er wird hierbleiben. Bleib auch. Bitte.«

»Lügnerin«, zischt Tian. »Aidan will nicht bleiben.«

Zwei, drei, vier Blitze flackern auf. Ein tiefes Donnern schallt über die riesigen Wellen.

»Ich brauche dich!«, ruft Godmother. Sie weiß nicht, dass Tian noch neben mir steht. Oder sie hat ihn einfach schon aufgegeben.

Tian läuft zur Befestigung der Solarzellen. Bei den Lautsprechern bleibt er stehen.

»Ich bitte dich, Yolanda. Komm nach Hause!« Godmother fleht mich an. Diese Stimmlage kenne ich nicht von ihr. Sie kann höflich um etwas bitten oder streng etwas fordern, ich kenne sie traurig und gut gelaunt. Aber diese Verzweiflung ist neu.

»Du bekommst eine Verkürzung der Dienstzeit. Fünf Jahre! Die Analogen von Godland zweiundvierzig werden uns helfen.«

Ein Knall, und ich zucke zusammen. Das war kein Donnern. Tian hat die Lautsprecher aus der Wand gerissen. Beim Aufprall auf das Freideck platzen sie auf. Sie sind Schrott. So wie alles hier bald Schrott sein wird.

»Weg hier!«, ruft Tian.

Bevor ich etwas sagen kann, ist er schon gesprungen.

Ich gehe zum Rand und schaue in die Tiefe. Zehn oder fünfzehn Meter unter mir ist ein Schiff. Ein echtes Schiff! Nicht sehr groß, aber groß genug, um dieses Unwetter zu überstehen.

»Yolanda!«, brüllt jemand von dort zu mir hoch. Ich erkenne Silver, eingewickelt in eine Decke.

Mindestens ein Dutzend Menschen sind auf dem Schiff, und es sind so viele neue Gesichter.

Es ist nicht eines der Schlauchboote der Verstärkung von Godland zweiundvierzig, das Godmother uns versprochen hat. Es ist ein richtiges Schiff.

Viele von ihnen tragen lange Haare. Godmothers Regeln kennen sie nicht. Sie haben auch keine Schutzanzüge wie wir. Sie tragen bunte Pullover und Hosen, manche gelbe Mäntel, andere rote. Jeder von ihnen sieht anders aus.

Tian wird aus dem Wasser an Deck gezogen. Silver umarmt ihn und schaut wieder zu mir hoch. »Yolanda!«

Kann ich den Menschen dort unten vertrauen?

Silver, Tian, Mary, Conrad und Dad tun es. Also muss ich den Leuten von diesem Schiff auch eine Chance geben.

Blitze flackern auf, und es donnert so kräftig, dass der Boden unter mir vibriert.

Ich suche mir eine Stelle, von wo ich springen kann. Etwas Anlauf ist wichtig, sonst streife ich die Wand der Serverinsel. Unter dem Freideck gibt es Module, die etwas hervorstehen. Wenn ich an ihnen hängen bleibe, komme ich verletzt oder tot unten an.

Ich laufe ein paar Schritte zurück und renne los. Etwas zischt hinter mir auf. So klingt die Schleuse, ich weiß.

Egal, wen Godmother auf das Freideck schickt – ich drehe mich nicht um, niemand kann mich mehr aufhalten.

»Yolanda!«, ruft eine Frau.

Ich bremse ab, rutsche über den nassen Boden und komme eine Handbreite neben dem Abgrund zum Stehen.

Langsam drehe ich mich um. Diese Stimme kenne ich. Ich habe sie zuletzt im Godland-Film meines Vaters gehört – der Film, in dem ich Geburtstag feierte und meinen kleinen Bruder sah.

Es ist die Stimme meiner Mutter.

In der Schleuse sehe ich ihre Umrisse. Ihr ganzer Körper leuchtet hell.

»Mum?«, flüstere ich.

Das kann nicht sein. Und es stimmt auch nicht!

Diese Person in der Schleuse ist jung und schön wie früher. Sie ist eine Kopie meiner Mutter. Doch was ist besser: eine Kopie von ihr oder nichts von ihr?

»Komm mein Kind, komm nach Hause.«

Ich gehe einen Schritt auf sie zu.

»Yolanda, ich muss dir etwas sagen.«

Noch zwei, drei Schritte. Ich kann durch meine Mutter hindurchsehen. Sie ist ein Hologramm. Kein sehr gutes, Godmother kann das sonst besser.

Meine Mutter streckt mir eine Hand entgegen. »Godland ist dein Zuhause. Nur hier kann ich ewig leben. Mit dir zusammen!«

Ich gehe einen weiteren Schritt auf sie zu, stehe fast mit ihr in der Schleuse. Ihre ausgestreckte Hand ist natürlich nur Luft, und ich fasse ins Nichts.

»Auch Finn wartet auf dich. Er braucht dich.«

Ich blicke zum Hologramm, und selbst wenn ich nur zu einem Programm spreche, fällt es mir schwer. Ich wäre so froh, wenn es mehr als ein Code wäre. »Du bist nicht meine Mutter. Du bist Godmother.«

»Yolanda, mein Kind, wenn …«

Ihre Stimme ist viel zu leise. Ich gehe etwas näher heran und höre ein Zischen. Die Schleuse!

Ich stehe in der Schleuse.

Das war eine Falle.

Ich bin gefangen!

So wie Aidan es war.

Meine Mutter löst sich auf, und das Hologramm verschwindet. Doch etwas ist seltsam, ich spüre noch immer den kalten Wind vom Freideck.

Regen prasselt auf meine Schultern. Die Tür der Schleuse ist noch offen!

Als ich mich umdrehe, schrecke ich zusammen. Ein dürrer Mann steht vor mir. Er hat ein Rohr quer in den Türrahmen gestellt. Ich erkenne den dicken Stab wieder, denn früher habe ich in der Halle daran geturnt.

»Du musst endlich fort von hier!«, schreit der Mann mich an.

Ich erkenne seine Stimme und sehe seine langen Haare. Er war es, der mir in der Turnhalle das Blitzding aus Metall in die Hand gedrückt hat. Das Ding, das so heiß wurde und mit einem Schlag voller Energie Godmother das Leben ausgepustet hat – wenn auch nur für ein paar Minuten.

Das Gesicht meiner Mutter taucht auf, es schwebt grell leuchtend und körperlos vor mir. »Yolanda, wenn du gehst, sehen wir uns nie wieder.«

Eine Träne kullert über ihr fast durchsichtiges Gesicht. Sie tropft auf den Boden, und ich erschrecke. Das kann ein Hologramm nicht! Oder war die Träne nur ein Regentropfen?

Der Langhaarige schüttelt mich. »Komm jetzt! Sie ist nicht echt!«

Ich drehe mich zu meiner Mutter, nein, zu Godmother, die meine Mutter spielt. »Mum, du bist überall!«, schreie ich, stampfe auf den Boden, und das Wasser spritzt hoch. »Überall, aber nicht hier!«

Dann renne ich los, ohne den fremden Mann noch einmal zu beachten, ohne meine Mutter anzusehen.

Godmother muss ab jetzt ohne mich klarkommen. Und ich ohne sie.

Mit einem kräftigen Sprung fliege ich über den Rand. Die Wand der Serverinsel rauscht an mir vorbei, noch einmal hole ich tief Luft. Ich knalle ins Wasser, tauche unter und sehe nur schwarz.

Wo ist oben und wo unten?

Ich strample mit den Beinen, ein Schuh geht dabei verloren, den anderen streife ich ab. Sonst gehe ich unter, bevor mich jemand auf das Schiff ziehen kann. Endlich tauche ich auf und atme.

Sekundenlang blitzt es. Vom Schiff fehlt jede Spur. Die Serverinsel sieht von hier unten aus wie eine alte Festung aus den Märchen meiner Mutter.

Die Wellen sind hoch, klatschen gegen die Wand der Serverinsel. Sie treiben mich dorthin, und ich kämpfe dagegen an.

Meine Augen sind nass, brennen vom Salzwasser. Ich erkenne kaum etwas. Doch ich höre ein tiefes Brummen und schaue zur Serverinsel. Das Wellenkraftwerk!

Die Turbinen laufen auf Hochtouren, ziehen das Wasser ins Innere, erzeugen Strom. Wenn der Sog dieser Anlage mich erfasst, überlebe ich keine drei Sekunden.

Eine Welle schwappt über mich hinweg. Ich schlucke Wasser und spucke es aus, huste und schreie. Es sind keine Wörter, kein »Hilfe!«, sondern es ist einfach nur ein lautes, grelles Geräusch.

Wieder eine Welle, diesmal halte ich die Luft an. Sie rollt über mich hinweg. Ich kann wieder atmen. Nur noch ein paar Meter liegen zwischen mir und den Turbinen. Ihr tiefes Brummen übertönt alles.

Da sehe ich einen Reifen, einen roten Reifen. Mit beiden Händen greife ich danach, klammere mich fest. An dem Reifen ist ein Seil befestigt, und ich spüre, wie mich jemand durch das Wasser zieht.

Noch eine Welle, und ich sehe die Bullaugen des Schiffes. Sie leuchten, und bevor ich dahinter etwas erkennen kann, werde ich aus dem Wasser gezogen.

An Deck spucke ich das Salzwasser aus. Jemand klopft mir auf die Schulter. Es ist der Langhaarige von oben. Sein Sprung war offenbar besser, und er ist schon an Bord.

Ich hätte vor meinem Absprung prüfen müssen, wo das Schiff schwimmt. Stattdessen bin ich drauflosgerannt und viel zu weit weg im Wasser gelandet.

»Jeffrey«, stellt sich der Langhaarige vor.

»Yolanda.«

»Alles okay?«

»Denke schon. Danke für eben, in der Schleuse.«

Jeffrey lächelt. »Da hätte dich Godmother fast reingelegt. Das Biest hat es faustdick hinter den Ohren.«

Die Redewendung kenne ich nicht. Aber ich lächle zurück.

Eine Frau reicht mir eine Decke. Ich merke erst jetzt, wie es mich vor Kälte durchschüttelt. Auf dem Schiff laufen Leute auf und ab, schreien Befehle, die ich nicht verstehe.

Eine Hand zieht mich mit sich, stößt eine Tür auf, eine Treppe führt unter das Deck. Erst unten angekommen, im Lichtschein, erkenne ich, wem diese Hand gehört: Silver.

Minutenlang umarmen wir uns. Silvers Sachen sind so kalt und durchnässt wie meine. Keiner sagt ein Wort. Ich spüre, wie auch ihr Körper zittert.

Jeffrey taucht auf und räuspert sich. »Hier sind trockene Sachen. Sonst holt ihr euch noch den Tod.«

Er drückt uns einen Stapel Kleidung in die Hand: zwei Hosen aus dickem Stoff, Unterwäsche, Shirts und dicke Wollpullover. Die Sachen haben Löcher und Risse wie bei uns auf der Serverinsel, aber sie sind trocken, darauf kommt es an.

Jeffrey fragt nach unseren Schuhgrößen und kommt mit zwei Paar Stiefeln zurück.

Er zeigt auf eine der vielen Türen hier unten. »Dort könnt ihr euch umziehen. Und hier gibt es was zu futtern.«

»Danke«, sagen wir gleichzeitig, und Jeffrey stapft wieder die Treppen hoch.

Eine andere Tür öffnet sich, und Dad kommt mit einem roten Wollpullover voller gelber Punkte heraus.

»Unglaublich«, sagt er.

Ich vermute mal, er meint nicht diesen unglaublich hässlichen Pullover, sondern dieses Schiff mit den fremden Menschen.

Dad drückt Silver und mich, merkt, wie nass wir noch sind. Er deutet auf die Tür, die uns schon Jeffrey gezeigt hat.

Es dauert ein paar Sekunden, bis ich im fensterlosen, stickigen Raum Tian erkenne. Er zieht sich gerade eine etwas zu große Stoffhose an.

Tian kommt auf uns beide zu und umarmt uns. Dass sein Oberkörper noch nackt ist, stört keinen von uns. Na ja, Silver sowieso nicht.

Tian beeilt sich mit dem Anziehen und überlässt uns den Raum. Wir werfen unsere nassen Sachen in einen Wäschekorb.

»Was war los da oben?«, fragt mich Silver.

Hier unten brummt der Schiffsmotor, und sie muss fast schreien, damit ich sie verstehen kann. »Was hat auf dem Freideck so lang gedauert?«

»Nichts«, huste ich. Vermutlich bin ich krank geworden bei der Kälte.

Das ist jetzt der falsche Ort und keine gute Zeit zum Reden, das merkt Silver. Kaum sind wir angezogen, gehen wir zurück in den Gang und durch die Tür, hinter der es etwas *zu futtern* gibt.

Der Raum ist so groß wie unsere Kantine und vollgestellt mit Tischen und Bänken. Conrad, Tian und Dad sitzen mit Fremden zusammen. Alle reden laut durcheinander. Sie lachen und sind glücklich.

Dad weint sogar vor Freude. Das habe ich noch nie bei ihm gesehen. Er lacht und hat dabei Tränen in den Augen.

Mary ist nirgends zu sehen. Vielleicht ruht sie sich aus.

Silver und ich setzen uns ans Ende des Tisches. Ein kleiner Junge stellt eine dampfende Tasse vor mir ab. »Festhalten«, sagt er.

Ich sehe ihm fassungslos nach.

Ein kleiner Junge!

Wann habe ich zuletzt ein Kind gesehen?

Der Kleine kommt noch einmal zurück und schiebt mir die Tasse in die Hand. »Musst du festhalten, hab ich gesagt!«

Er schaut zu Silver, die ihn genauso anstarrt. Ihr geht es nicht anders als mir. Der Junge schüttelt den Kopf und hüpft fort.

Kurz darauf überreicht jemand Silver auch eine Tasse. Sie hält sie gleich mit beiden Händen umschlossen.

Da erwischt eine kräftige Welle das Schiff, und wir werden durchgeschüttelt. Das heiße Wasser schwappt über, verbrennt mir die Hand.

Eine Tür zu einem anderen Raum springt auf und knallt wieder zu. Kurz habe ich weitere Tische gesehen, überall saßen Menschen. Waren das eben welche von Deck B?

Wie viele sind auf diesem Schiff? Woher kommen die alle?

Noch so eine fiese Welle. Vielleicht nehmen wir Fahrt auf.

Alles schwankt, und ich klammere mich an den Tisch, der mit dem Boden fest verbunden ist. Doch meine Tasse rutscht über die Tischplatte zum anderen Ende.

Eine Frau hält die Tasse fest, bevor sie runterfällt. Die Fremde steht auf, hält sich an einer Stange an der Decke fest und bringt mir mein Getränk zurück.

Bis eben hat sie sich noch mit Dad unterhalten. Es sah so aus, als würden sich beide seit Jahren kennen. So offen und gesprächig kenne ich Dad überhaupt nicht. Über was haben sie wohl geredet?

»Danke«, sage ich und halte meine Tasse fest.

Sie lächelt. »Bei euch auf der Serverinsel wackelt es sicher nicht so. Das hier ist wie eine Nussschale.«

Eine Nussschale? Ich verstehe nicht, wie sie das meint. Ich kenne nur geschälte Erdnüsse aus Dosen. Und auch das ist schon Jahre her.

»Warst du auch Analoge?«, frage ich.

»Nein.«

Mehr verrät sie mir nicht. Na toll.

Wieder schüttelt eine Welle das Schiff durch, und ich will endlich etwas trinken, bevor ich noch mehr verschütte.

Ich nehme einen kräftigen Schluck. Da explodiert etwas in meinem Mund, so süß ist der Geschmack.

»Was ist das?«, frage ich Silver.

Sie nippt vorsichtig an ihrem Becher und strahlt mich an. »Im Labor könnte ich das nicht machen. Die haben hier Zucker!«

»Kein Zucker«, sagt die Fremde und setzt sich zu uns. Vielleicht soll sie sich um uns kümmern, um die Neuen. Oder sie passt einfach nur auf, dass die Tassen heil bleiben. Dann wäre sie wie Godmother.

»Das ist Früchtetee«, sagt die Fremde.

»Früchtetee«, wiederholen Silver und ich gleichzeitig.

Die Frau lacht, hält sich aber gleich eine Hand vor den Mund. »Entschuldigt bitte. Ihr habt schon lange keinen Tee mehr getrunken.« Sie machte eine Pause. »Oder Früchte gegessen.«

Silver überlegt, das sehe ich ihr an. Ich könnte auch nicht sagen, wann ich das letzte Mal in einen Apfel gebissen habe. Woher haben die hier echte Früchte?

Die Frau setzt sich zu uns. »Ich heiße Atara.«

»Ich bin …«, fange ich an.

Doch Atara beendet meinen Satz. »Du bist Yolanda, die Tochter von Jesper. Und du bist Silver, ihre beste Freundin, die mit Tian zusammen ist.«

Ich schaue zu Dad, der uns offenbar schon vorgestellt hat. Atara folgt meinem Blick und nickt. »Dein Vater ist mächtig stolz auf dich.«

Stolz auf mich? Das hat er mir noch nie gesagt, aber einer Fremden vertraut er das sofort an. Aus Dad werde ich wohl nie schlau.

Atara zeigt zur Tür vom Nebenraum, die bei jeder kräftigen Welle aufspringt und wieder zuknallt. »Die von Deck B sind schon länger hier und haben uns viel erzählt.«

»Wieso habt ihr nicht auch unser Deck durch so ein Loch rausgeholt?«, fragt Silver.

Atara streicht mit ihrer Hand über den Tisch. »Da lief zu viel schief.« Sie kann uns nicht mehr in die Augen schauen. »Es haben leider nicht alle von Deck B überlebt.«

Silver stockt der Atem. »Wie viele?«

»Fünf.«

Fünf von neun, denn Zoe war nicht mehr unter ihnen. Diese Sache mit dem Loch bei den Schlafkojen von Deck B ging gründlich schief.

»Und wieso macht ihr das überhaupt?«, frage ich.

»Euch retten, meinst du?«

Retten. Von mir aus kann das Atara so sagen. Hauptsache, sie antwortet auf meine Frage.

Ich nicke.

»Jeder von uns hat eigene Gründe«, sagt sie.

Silver geht das Hin und Her sicher genauso auf die Nerven wie mir. Doch sie bleibt dran, verwendet sogar Ataras Wortwahl, bestimmt, um Vertrauen zu gewinnen. So machen wir das bei Godmother auch. Unheimlich, wenn das auf diesem Schiff ähnlich funktioniert.

»Was waren deine Gründe, uns zu *retten*?«, fragt Silver.

Atara blickt wieder auf die Tischplatte. »Meine Mutter war eine Analoge wie ihr. Sie war auf eurer Insel. Aber wir …«

Sie holt tief Luft. »… wir kamen zu spät.«

Atara muss nicht weitersprechen, Silver und ich wissen natürlich, wer ihre Mutter war. Sie hat die gleichen braunen Augen, doch das fällt mir erst jetzt auf.

Es sind die wunderschönen Augen von Zoe.

26

Atara erzählt Silver und mir lange von ihrer Mutter Zoe und wie sie sich aus den Augen verloren haben. Wie immer brachten die Klimakriege alles durcheinander.

Atara arbeitete in Kanada, Zoe war beruflich in Südasien und half in einer Klinik. Nachdem auch noch das Internet zusammenbrach, kam das endgültige Chaos.

Zoe schrieb ihrer Tochter nur noch, sie hätte auf einer Serverinsel als Ärztin Arbeit gefunden. Für Atara war das der Beginn einer jahrelangen Suche nach ihrer Mutter auf dem Ozean.

Atara stoppt plötzlich mit ihrer Erzählung. Der kleine Junge steht wieder vor mir am Tisch. Die alten, traurigen Geschichten sind vermutlich nichts für seine Ohren.

Der Junge hält eine Schüssel in beiden Händen.

»Hunger?«, fragt er mich.

Ich nicke und nehme ihm die warme Schüssel ab.

»Danke«, sage ich, und schon ist er weg.

»Der Kleine ist ja ganz schön fleißig?«, sagt Silver.

»Nicht nur der«, sagt Tian und stellt ihr auch so eine Schüssel auf den Tisch.

Atara zeigt zu dem kleinen Jungen. »Der bedient sonst nie jemanden. Ich glaube, der mag dich, Yolanda.«

Vielleicht hat er eine große Schwester verloren, so wie ich meinen kleinen Bruder? Ich lächele dem Jungen zu, und er dreht schüchtern den Kopf weg.

Die Suppe duftet so gut, ich will sie sofort essen. Ich suche nach einem Löffel, und schon steht der kleine Junge wieder da. Immerhin hat er für Silver auch Besteck mitgebracht.

Das Essen sieht in etwa so aus wie in meinem Godland bei Muriel der Heilerin. Und es dauert ein paar Sekunden, bis ich das Wunder begreife. Denn das hier ist keine Simulation.

»Echte Möhren und Kartoffeln?«, staune ich.

Atara blickt in Silvers Schüssel. »Mit Sellerie, Lauch, Zwiebeln und ein paar Kräutern. Petersilie vermutlich.«

Bevor wir Atara etwas fragen können, taucht Jeffrey auf. Der Langhaarige beugt sich zu ihr und spricht. Bei mir kommen nur Wortfetzen an.

»Entschuldigt mich bitte«, sagt Atara und ist fort.

»Was war das jetzt?«, frage ich.

Dad kommt zu uns, dann Conrad, der auch nicht weiß, wo seine Mary steckt. »Die hat hier offenbar gleich Freunde gefunden.«

»Schön für sie«, sagt Dad. »Ich brauch für so etwas ein bisschen mehr Zeit.«

Ich schaue ihn etwas zu vorwurfsvoll an. »Bei Atara hat man dir das nicht angemerkt.«

Mehr Kommentare verkneife ich mir und konzentriere mich auf diese phantastische Suppe.

Zwei oder drei Stunden verbringen wir in der Schiffskantine. Ständig kommt einer der Fremden, stellt sich vor und erzählt seine Geschichte. Dann berichtet einer von uns, wie das Leben auf der Serverinsel war.

Irgendwann wird mir alles zu viel. Die Überlebenden von Deck B sind hier, wir von Deck A und so viele Fremde. Ich will allein sein und stehe auf.

»Was ist los?«, fragt mich Silver.

»Ich will noch einmal hoch.«

Silver nimmt mich an die Hand. »Dann gehen wir zusammen.«

Sie küsst Tian und begleitet mich nach oben.

Auf dem Deck pfeift uns der Wind um die Ohren. Im Aufbau des Schiffes entdecken wir die Crew, durch das dunkle Glas sehen wir ihre Gesichter.

Wir müssen Atara und den anderen hier wohl vertrauen. Irgendwann werden sie uns bestimmt sagen, wohin die Reise geht. Denn darüber wollte bisher keiner der Fremden mit uns sprechen. Die Rede war nur vom *Festland* – doch wo genau das ist und was uns dort erwarten würde, hat keiner verraten. Fast so, als ob wir uns erst noch beweisen müssten.

Vor Silver und mir verdeckt eine Plane ein Gerät, Schläuche und Kabel verschwinden darunter. Silver deckt ein Stück auf, und wir sehen ein U-Boot, nicht viel größer als meine Schlafkoje.

Silver klopft auf die Maschine. »Vermutlich das Ding, mit dem sie die Leute aus Deck B rausgeholt haben.«

Blitze flackern fern am Horizont auf. Von der Serverinsel fehlt jede Spur. Oder war dieser winzige Punkt eben die Insel? Von hier aus gesehen wirkt sie verletzlich. Dabei kann der Serverinsel kein Sturm etwas antun – diesem Schiff dagegen schon.

Ob ich die Serverinsel jemals wiedersehen werde?

Es ist komisch, ich vermisse nicht die Analogen dort. Ich vermisse Godmother.

So sehr sie uns belogen hat in all den Jahren, so war sie doch immer für uns da. Godmother hörte alles, sah alles. Und irgendwie passte sie auf uns auf. Sie war meine Lehrerin gewesen. Sie glaubte an etwas. Ich meine, sie hatte eine Aufgabe, und die hieß Godland. Und dafür tat sie alles. Und wir Analogen auch. Wir hatten das gleiche Ziel.

Aber jetzt? Was ist jetzt meine Aufgabe? Wer trifft nun die Entscheidungen? Hat hier auf dem Schiff einer das Sagen? Atara vielleicht? Jeffrey? Einer von der Crew da vorne hinter der dunklen Scheibe? Wieso kommt von denen keiner raus? Ist das Alltag für sie – Leute aus dem Meer fischen, die von Serverinseln springen?

Oder gibt es an Bord gar keine Chefin? Bestimmt auf dem Festland jemand über uns? Gibt es dort eine Godmother, nur eben nicht als Computer, sondern als Mensch?

Und würde ich diesem Menschen mehr vertrauen als einem Rechner, der alles weiß und perfekt ausrechnen kann? Wer sagt mir denn, dass die auf dem Festland nicht auch lügen? Welches Ziel verfolgen sie? Für wen lügen sie?

Godmother log für Godland.

»Du denkst an sie«, sagt Silver. »Das sehe ich dir an.«

»Du nicht?«

»Nein«, sagt Silver. »Vergiss nicht, ich hab Jahre lang mit Mary zusammen gearbeitet.«

Ich weiß, was Silver meint. Mary und Conrad waren nie große Freunde von Godland. Natürlich hat das auf Silver abgefärbt. Sie stand der digitalen Ewigkeit kritisch gegenüber.

Im Gegensatz zu mir. Okay, Dad war zwar auch der ewige Kritiker, aber er war eben auch Dad. Er nörgelte an allem herum. Und wer will schon so sein wie sein eigener Vater?

»Ich schau mal, wo Tian steckt«, sagt Silver. »Kommst du allein klar?«

»Ja, Godmother«, sage ich und merke zu spät, dass es nicht witzig war.

Wieder sehe ich am Horizont den winzigen Punkt, er leuchtet grell, als wollte Godmother mich mit ihren Flutlichtern anlocken.

Wenn er verschwunden ist, werde ich mein Zuhause nie wieder sehen. Klingt komisch für mich. *Mein Zuhause.* Aber das war dieser riesige Klumpen aus Stahl für mich.

Plötzlich schlagen drei, vier Blitze in die Serverinsel ein. Für Godmother ist das ein Fest. Die Energieumwandler rattern los und füllen die Stromtanks auf.

Auch für die Analogen dort ist das gut. Sie haben schon genug Arbeit ohne uns, und jetzt ist wenigstens erst mal genug Strom da. Sie müssen sich die kommenden Tage nicht mehr um die Solarzellen, das Wellenkraftwerk und das Windrad kümmern.

Oder ist dieser Punkt gar nicht die Serverinsel? Sind wir längst viel weiter weg? Habe ich mir das nur eingeredet? Aber wieso?

Vielleicht, weil ich mich nicht von Godmother trennen kann?

»Worüber denkst du nach?«

Atara steht neben mir. Ich habe sie bei dem Lärm hier draußen gar nicht kommen hören.

»An nichts.«

»Komm schon! Wir denken immer an etwas. So wie Godmother nie aufhört zu rechnen, sind wir Menschen immer am Nachdenken.«

Ich kenne Atara noch nicht richtig, aber ich beginne, sie zu mögen. Also gebe ich mir einen Ruck. »Godland war keine schlechte Idee«, sage ich.

Atara streift sich eine dunkle Strähne aus dem Gesicht. »Aber auch in Godland lebt niemand ewig.«

Sie zeigt in den Nachthimmel hoch. Einen Teil der schwarzen Wolken hat der Sturm schon fortgeweht. Sterne sind zu sehen. Hunderte.

»Viele der Sterne gibt es gar nicht mehr«, sagt Atara. »Sie sind längst tot. Nur ihr Licht braucht so lange, bis es bei uns ist.«

»Sie sind weg, und trotzdem sehen wir sie?«

Atara nickt, und ich blicke sie nachdenklich an. »Godmother hat uns nie etwas über Sterne gesagt.«

»Kein Wunder.«

Ich versuche, Atara zu verstehen. »Weil selbst Sterne sterben?«

»So ist es. Auch unsere Sonne. In ein paar Milliarden Jahren ist es vorbei mit ihr. Dann verschlingt sie unsere Planeten. Auch die Erde.«

Ich verstehe, worauf Atara hinauswill, und beende ihren Gedanken. »Inklusive Serverinseln, Superrechnern und Godland.«

»Kein Stern lebt ewig«, sagt sie nur.

»Okay, aber ein paar Milliarden Jahre in Godland zu leben ist doch besser als hundert auf der Erde.«

»Das hängt davon ab, was du in den hundert Jahren erlebst, oder?«

»Also auf der Serverinsel war es jetzt nicht so toll, ehrlich gesagt.«

Atara will etwas darauf antworten, lässt es dann aber doch. Sie geht ans Ende des Schiffes und winkt mich zu sich. »Ich möchte dir jemanden vorstellen.«

27

Atara bleibt neben einer kleinen, geschlossenen Luke stehen. Die hatte ich bei meiner Ankunft auf dem Schiff nicht gesehen. Wie denn auch? Ich lag wie ein aus dem Ozean gezogener Fisch auf dem Deck, war klatschnass und schnappte nach Luft. Und dann führte mich Silver auch schon die Treppen hinunter.

Atara stampft mit den Füßen auf die metallene Luke.

Nichts passiert.

Sie tritt noch kräftiger.

Endlich springt die Luke auf. Ein junger Mann steht auf einer Leiter, die in die Tiefe führt. Er ist nur drei oder vier Jahre älter als Tian.

Atara klettert an ihm vorbei nach unten. Ich folge ihr. Der Mann knallt die Luke wieder zu, und für einen Augenblick fühle ich mich wie eine Gefangene.

Der Raum unten ist nicht viel größer als meine Schlafkoje. Nur gibt es hier kein Bett, sondern Dutzende Computer und Bildschirme. Die Technik ist bei weitem nicht so modern wie in Godmothers Kommandozentrale.

Die Kabel hängen lose aus den Rechnern. Überall blinken alte Schalter und Tasten. Auf dem Boden liegen Prozessoren und Metallteile herum. Ich kenne mich nicht sehr gut aus mit solchen Sachen, aber das hier ist ein ziemlicher Schrotthaufen.

Der junge Mann schiebt bunte Kabel von einer Bank und setzt sich an den Tisch gegenüber. Da entdecke ich Mary in einer Ecke, die in einem riesigen, flauschigen Sessel sitzt. In dem vollgestellten Raum ist sie schnell zu übersehen.

Vor ihr auf dem Boden stehen eine leere Suppenschüssel und ein Krug mit Wasser.

»Da bist du ja. Geht es dir gut?«, fragt Mary, als wäre es das Normalste der Welt, sich in diesem Schrotthaufen unter Deck zu treffen.

Der junge Mann reicht mir seine Hand. »Ich bin Liam.«

»Yolanda«, sage ich und habe keine Ahnung, was das hier gleich wird.

»Du hast die Elektrobombe ins Deck A gebracht«, sagt Liam, und ich blicke zu Mary – was hat sie ihm noch über mich erzählt?

Und von wegen *Elektrobombe* – hätte der Langhaarige in der Turnhalle dieses Metallteil so genannt, wäre ich weggerannt, und zwar ohne das Ding.

»War mutig von dir!«, sagt Liam.

»Ich hatte keine Ahnung, was das ist.«

Liam lacht, dabei ist es die Wahrheit.

Atara schaut zu Mary. »Du glaubst, Yolanda schafft das?«

»Schafft was?«, frage ich.

»Ja«, sagt Mary und wird vorsichtiger. »Denke schon.«

Schön, dass sie an mich glaubt. Aber ich würde auch gern wissen, um was es überhaupt geht.

»Was habt ihr vor?«

Atara blickt zu Liam, er zieht die Schultern hoch. Zumindest hat er keine Einwände.

»Würdest du …«, fängt Atara an und braucht ewig für diese zwei Wörter.

»Würde ich was?«

»Würdest du noch einmal zurückgehen zur Serverinsel?«

Was soll das? Ich bin doch gerade erst auf diesem Schiff angekommen. Ich will alle Leute hier kennenlernen. Ich will alles probieren, was sie zu essen haben. Und ich will endlich sehen, wie das Festland aussieht. Genau in der Reihenfolge.

Doch plötzlich fällt mir Aidan ein, und ich bekomme ein schlechtes Gewissen. Die ganze Zeit hier auf dem Schiff habe ich nicht mehr an mein Versprechen gedacht, das ich ihm gab, als er in der Schleuse feststeckte.

Aidan, ich komme wieder. Ich hole dich raus.

Aber Atara und Liam wissen nichts von diesem Versprechen.

»Wieso soll ich zurück?«

Atara schweigt und kratzt sich am Hals.

Liam übernimmt an ihrer Stelle. »Du sollst zurück, um Godland auszuschalten.«

Bei mir verkrampft sich etwas im Magen. Und das ist nicht der Hunger.

Ausschalten?

Geht so etwas? So wie mit dem Metallding? Das hat ja nur fünf Minuten funktioniert, dann war alles wieder repariert.

Atara sieht meine Skepsis. Sie muss mir die Dinge langsamer erklären. Viel, viel langsamer, und das versucht sie jetzt auch. »Die Serverinseln sind nur noch schwimmende Schrotthaufen.«

So wie dieser Raum hier?, denke ich.

Atara kann keine Gedanken lesen und macht weiter. »Und was bedeutet das für Godland?«

Ich wiederhole, was sie mir über die Sterne gesagt hat: »Godland wird kaputtgehen, lange bevor unser Sonnensystem zugrunde geht.«

Liam und Mary schauen mich verwirrt an, doch Atara nickt lächelnd. Sie klopft auf einen der Monitore auf Liams Tisch. »Zeig Yolanda die Aufnahmen.«

Liam zieht eine der Tastaturen zu sich und tippt los.

»Was für Aufnahmen?«, frage ich.

Atara beugt sich über den Tisch. »Bilder von Godmothers Gehirn.«

»Ihrem Gehirn?«

»Der Supercomputer am Ozeanboden«, sagt Mary.

Atara stellt sich neben Liam und blickt auf den Monitor. »Warte. Hier sieht man gleich was!«

Liam hört auf mit dem Tippen, und Atara dreht den Monitor zu mir. Mary steht auf und kommt dazu. Wir versuchen etwas zu erkennen, doch da ist alles schwarz.

»Ist vom Tauchroboter, nur ein paar Stunden alt.«

»Ihr habt einen Tauchroboter?«, frage ich.

»Wir hatten einen«, sagt Liam. »Und das sind seine letzten Bilder.«

Der Tauchroboter unserer Serverinsel ist seit Jahren kaputt. Mein Vater führte damit Reparaturen durch. Das war seine Aufgabe, dafür hatte ihn Godmother ausgebildet, kaum waren wir auf der Serverinsel angekommen.

Irgendwann ging die Steuerung kaputt, und Ersatzteile kamen keine mehr. Also mussten wir den Roboter ausschlachten und die Elektronik für andere Dinge auf der Insel verwenden.

»Da ist das Gehirn!«, sagt Liam und klopft auf eine Stelle am Monitor.

Der Lichtstrahl des Tauchroboters sucht den schwarzen Ozeanboden ab. Keine Fische, keine Lebewesen. Nur die Metallwand des Rechenzentrums ist zu sehen. Die Kamera zoomt heran.

»Seht ihr diesen Riss hier?«, sagt Atara.

An einer Stelle ist die Metallwand mehrere Zentimeter offen.

»Tritt da etwa Wasser ein?«, fragt Mary.

»Mit Sicherheit«, sagt Liam.

Der Tauchroboter nähert sich der Stelle, sein Lichtstrahl leuchtet in die Spalte, ein Greifarm fährt aus.

»Das war keine gute Idee von dir«, sagt Atara zu Liam.

»Ja, ja, schon gut. Ich wollte den Roboter nur andocken.«

»An den Rechner?«, frage ich.

Liam nickt.

»Hat aber nicht geklappt«, sagt Atara, und als bräuchte es noch Beweisbilder, blitzt etwas aus der Metallwand des Superrechners, und der Greifarm reißt ab.

Der Bildschirm wird sofort schwarz.

»Stromschlag«, sagt Atara. »In offene Computer sollte man nicht fassen.«

»Und was bedeutet der Riss für Godmother?«, frage ich. Der Tauchroboter ist mir ehrlich gesagt total egal.

Atara tippt auf den Monitor, obwohl dort nichts mehr zu sehen ist. »Godmother muss wegen der vielen Schäden schon jetzt Godland reduzieren.«

»Reduzieren?«, frage ich.

Bis eben konnte ich Atara folgen. Also Tauchroboter, die in den Stromkasten greifen, gehen kaputt. Logisch. Aber jetzt wird es kompliziert.

»Schließ die Augen«, sagt Atara.

Ich zögere und schaue zu Liam und Mary. Die haben die Augen geschlossen. Die spielen mit.

»Bitte«, sagt Atara.

Was soll's. Ich schließe meine Augen.

»Stell dir vor, du stehst oben auf dem Deck von unserem Schiff, okay?«

»Okay«, sage ich und blinzele. Liam hat die Augen immer noch geschlossen, nur Mary schummelt.

»Erst siehst du das Unwetter nicht mehr«, sagt Atara. »Dann sind die Sterne fort, der ganze Himmel. Es riecht nicht mehr nach Salzwasser. Du spürst keinen Wind mehr. Du hörst keine Stimmen mehr. Und plötzlich ist das Schiff weg. Dann bist nur noch du da. Du stehst mitten im schwarzen Nichts. Irgendwann sind deine Hände fort, dann die Beine und schließlich der ganze Körper. Nur noch ein paar Gedanken sind da, und die lösen sich auch schon auf.«

»Schrecklich«, flüstert Mary.

»Genau so wird Godland bald sein«, erklärt Liam. »Für alle Hochgeladenen.«

»Weil der Rechner alles reduzieren muss?«, frage ich.

»Ja, er kann das alles nicht mehr ausrechnen«, antwortet Atara. »Die kaputte Technik schafft das nicht mehr.«

Ich stelle mir die Menschen in Godland vor. Wie sie durch eine leere, farblose Landschaft laufen. Endlos. Zumindest für ein paar Jahrhunderte, bis der Rechner selbst diese Leere nicht mehr simulieren kann.

Mary sagt das, was ich denke: »Das ist ja wie Folter.«

Ich sehe Finn vor mir, wie er im Nichts steht. Und da fällt mir etwas ein: Bei unserem letzten Gespräch hatte er vom grauen Himmel erzählt. Alles hätte weniger Farbe als sonst. Inzwischen ist vielleicht auch schon seine geheime Höhle fort, auch der

Wasserfall ist weg. Vielleicht gibt es keine Bäume mehr, nichts. Und Finn vergisst, wer er ist und was er in Godland macht.

Niemand kann diesen Horror beenden!

Oder vielleicht doch.

Atara sagte, ich könnte das tun.

Godland ausschalten.

Liam räuspert sich. »Viele von uns haben Freunde und Verwandte in Godland. Es wird bald furchtbar für sie werden.«

Das verstehe ich. Ich kenne zwar nur Finn, aber das reicht mir schon.

Wenn mir Liam und Atara sagen, Godland muss ausgeschaltet werden, dann klingt das plausibel. Klar! Doch so einfach ist es nicht. Die Hochgeladenen werden nicht einmal gefragt, ob sie das wollen.

»Was überlegst du?«, fragt Atara.

»Darf ich das Leben der Menschen in Godland beenden? Ich meine, sie leiden dort bald, okay, es wird schlimm werden für sie. Aber darf ich sie endgültig töten? Das ist ja wie, wie …«

Ich suche das passende Wort, und Mary nennt es für mich. »Wie Sterbehilfe?«

»Ja.«

»Ist es eben nicht«, sagt Atara.

»Wieso?«

»Die Hochgeladenen sind längst tot. Vergiss das nicht. Du schaltest nur eine Kopie ihres Bewusstseins aus.«

Eine Kopie ihres Bewusstseins.

Das beruhigt mich natürlich total.

So leicht ist die Sache eben nicht mit diesen Kopien!

»Die Kopie weiß ja gar nicht, dass sie eine Kopie ist«, sage ich. »Die Hochgeladenen fühlen sich doch total echt in Godland.«

»Nicht, wenn alles um sie herum verschwindet, sich auflöst.«

Okay, das ist ein Argument.

»Wieso ausgerechnet ich?«, frage ich und klinge ziemlich verzweifelt.

Es gibt doch genug Analoge hier auf dem Schiff!

»Godmother braucht dich als Gebärende ihrer neuen Analogen«, sagt Atara.

»Sie würde dir niemals etwas antun«, ergänzt Liam.

»Das gilt auch für Silver«, sage ich, was nicht feige klingen soll. Ich will Atara und Liam einfach nur verstehen. Wieso glauben die beiden an mich und nicht an andere?

Atara nickt. »Stimmt, Silver ist auch noch hier. Doch du bist besser geeignet als sie.«

»Geht das konkreter?«

»Godmother vertraut dir am meisten«, sagt Liam.

Ich blicke vorwurfsvoll zu Mary, und sie wendet den Blick ab.

Liam bemerkt es und will schlichten. »Auch Jeffrey glaubt das. Er sagte mir, dass Godmother sich dir sogar als deine verstorbene Mutter gezeigt hat.«

Stimmt natürlich. Jeffrey, der Langhaarige, der mich aus der Schleuse geholt hat, war dabei. Er hat das Hologramm gesehen.

»Godmother glaubt das vielleicht wirklich«, sagt Atara.

»Godmother glaubt, ich bin ihre Tochter?« Atara übertreibt es so langsam. »Sie ist eine Computerstimme«, sage ich. »Sie hält sich doch nicht für eine echte Mutter!«

Liam kaut an seinen Fingernägeln und hört uns nur zu. Atara schaut ihn vorwurfsvoll an, er soll ihr helfen. Ihr gehen die Argumente aus, so kommt es mir vor.

Sie schweigt so lange weiter, bis Liam keine Wahl hat. Er spricht langsam und unsicher, als würde er laut denken. »Godmother lernt schnell, sie entwickelt sich weiter, keine Ahnung, was da wirklich vorgeht. Es kann schon sein, dass sie sich sehr mit dieser Mutterrolle identifiziert.«

Liam schweigt schon wieder nachdenklich, und Atara blickt auf den Boden.

Danke auch, Leute! Ihr seid ja echt großartig. Natürlich werde ich jetzt voller Überzeugung Godmother besuchen. Sie hält sich für meine Mutter!

So eine Scheiße.

Liam steht auf und dreht Kreise in dem winzigen Raum. Beruhigt ihn das? Also mich macht das total nervös.

Endlich bleibt er vor mir stehen. »Mary hat mir erzählt, dass ihr Godland besuchen durftet.«

»Godmother wollte uns damit motivieren. Sie nennt das Godland plus«, ergänzt Mary, als gebe es Noten für fleißiges Mitarbeiten.

»Na und?«, frage ich. »Wieso ist das mit den Besuchen jetzt wichtig?«

Atara schiebt einen der Monitore zur Seite und setzt sich auf den Tisch. »Das macht das Ausschalten von Godland etwas leichter.«

Jetzt schweigen wir alle. Nur die Schiffsmotoren brummen irgendwo vor sich hin.

»Das ist doch echt zum Kotzen«, sage ich irgendwann.

»Was genau meinst du?«, fragt Atara.

»Wir Analogen haben den ganzen Quatsch geglaubt. Wir haben für nichts geschuftet. Keine Technik hält ewig. Ist doch irgendwie klar. Wie konnten wir nur so dumm sein?«

»Keiner darf sich Vorwürfe machen. Viele haben an Godland geglaubt«, sagt Liam.

Er tut so klug, als wäre er älter als wir alle zusammen. Aber was er dann noch sagt, finde ich wirklich gut. »Nicht nur für die Analogen ist es traurig, auch für die Hochgeladenen. Ihre Ewigkeit ist eine Lüge. Sogar für Godmother ist es traurig, denn sie hat sich verrechnet, und das zum ersten Mal. Sie hat sich in uns Menschen getäuscht. Dass Analoge Godland aufgeben könnten, hielt sie für unmöglich.«

Ich blicke zu Mary, zu Liam und schließlich zu Atara. »Und wie schalte ich dieses verdammte Godland jetzt aus?«

28

Liam setzt sich zu mir auf die Bank und erklärt, was zu tun ist. Ich hatte einen langen Text erwartet, irgendwas Kompliziertes und Gefährliches. Doch Liam ist nach zwei Minuten schon fertig. Ich halte das für einen Witz. Aber weder er noch Mary und Atara lachen.

Atara klettert mit mir die Leiter hoch, Liam und Mary bleiben unten.

»Hast du etwa noch einen Auftrag für mich?«, frage ich.

Atara kommt einen Schritt auf mich zu, und ich gehe einen zurück. Ich hätte sie gern als Freundin gehabt, nicht als neue Godmother, die sagt, was ich tun soll.

»Du musst dich auf der Serverinsel beeilen«, sagt Atara.

»Warum?«

»Mary und dein Vater haben uns etwas von einer Verstärkung erzählt.«

»Verstärkung, ja«, sage ich. »Leute von Godland zweiundvierzig angeblich. Aber Godmother lügt doch wie immer.«

»Wir sind nicht sicher. Kann sein, dass wirklich welche kommen. Und wir wissen nicht, ob die von unserer Idee begeistert sind. Wir wissen nichts über sie.«

Atara macht wieder einen Schritt auf mich zu, und dieses Mal bleibe ich stehen. Sie legt ihren Arm um meine Schultern, und das fühlt sich okay an. »Pass dort bitte auf dich auf.«

Ich starre in den Himmel und schaue mir noch einmal die Sterne an. Manche von ihnen sind längst tot.

Todessterne.

»Ist euer Festland wirklich besser als Godland?«

»Godland stirbt«, sagt Atara.

»Okay, aber was erwartet mich später auf dem Festland? Das muss ich doch wissen vorher.«

Atara streicht mir über den Rücken und lächelt. »Obst und Gemüse reichen dir nicht?«

»Ehrlich gesagt, nein.«

»Wir leben in einer kleinen Siedlung weit von den verseuchten Gebieten entfernt. Es gibt einen Fluss, der zum Ozean führt, und überall Bäume.«

Atara beschreibt das Godland, in dem ich Finn kennengelernt habe – mein Godland. Haben ihr Dad und Mary davon erzählt? Sie haben meinen Film gesehen. Macht sich Atara etwa gerade über mich lustig?

Ich spiele das Spiel mit. »Schon klar. Und ihr lebt in kleinen Holzhütten im Wald, richtig?«

Atara schaut mich überrascht an. »Woher weißt du das?«

»Mein Godland sah aus wie euer Festland.«

Sie denkt über meinen Satz nach und wirkt sehr ernst. Das hier ist kein Spiel.

Atara nickt mir zu. »Dann weißt du ja, wo du hingehörst.«

Ich schüttele den Kopf. »Ich weiß gar nichts.«

Da spüre ich, wie sie mich an der Seite kitzelt.

Was soll das?

Ich schlage ihre Hand weg und sehe plötzlich den kleinen Jungen neben mir.

Er war es!

»Bist du etwa nicht kitzelig?«, fragt er mich mit großen Augen.

Atara wuschelt ihm durch die Locken. »Kannst du wieder nicht einschlafen?«

Er schüttelt den Kopf und drückt seine Stirn an meine Hüfte. Der kleine Kerl ist wirklich ziemlich anhänglich.

»Darf ich bei dir einschlafen?«, fragt er mich plötzlich.

»Nicht so stürmisch! Yolanda kennt dich doch noch gar nicht«, sagt Atara lächelnd und blickt zu mir. »Du musst dich hinlegen. Ruhe dich ein paar Stunden aus, bis wir wieder bei der Serverinsel sind. Ich kümmere mich um die kleine Nervensäge hier.«

Der Junge schmollt, und das gibt mir den Rest. Ich ziehe ihn zu mir, nehme ihn auf den Arm, und er strahlt mich an.

»Wir ruhen uns zusammen aus. Danach muss ich was erledigen.«

Ich blicke zu Atara und sehe ihre Freude. Weil ich den kleinen Jungen übernehme oder weil ich Godland ausschalte?

Atara führt uns zu einem Raum voller Betten. Bestimmt zwanzig Leute schlafen hier schon. Sie klopft auf eine große Matratze. »Hier passen zwei drauf.«

Der Junge springt ins Bett und jauchzt.

Atara ermahnt ihn mit einem »Pssssst!«. Und mir flüstert sie ins Ohr: »Ich wecke dich, wenn wir bei der Serverinsel angekommen sind.«

Ich decke den Jungen und mich zu. Ich streichle seinen Nacken und die lockigen Haare.

»Wie heißt du eigentlich?«, frage ich.

Doch der kleine Kerl ist schon eingeschlafen.

Viel zu früh spüre ich eine Hand, die mir über den Kopf streicht, so wie ich es bei dem Jungen getan habe. Nur sind meine Haare nicht so schön. Es dauert sicher ewig, bis sie so lang sind.

»Atara?«

Niemand antwortet, und ich öffne die Augen.

Meine Mutter sitzt am Bettrand. Sie lächelt mich an.

»Mum!«, sage ich.

Sie sieht so jung aus wie damals, wie immer, wenn ich an sie denke. Sie küsst mich auf die Stirn.

Ich will sie umarmen, richte mich auf und knalle mit dem Kopf gegen das Bettgestell über mir.

Ich wache auf und sehe Atara.

»Yolanda! Wir sind da.« Sie reicht mir einen Becher mit Kaffee. Es duftet schon im ganzen Raum danach.

Der kleine Junge schläft tief und hält unser Kissen mit beiden Händen fest umschlungen.

Atara führt mich hoch an Deck. »Nimm noch das Brot mit. Ist gerade fertig geworden.«

»Brot?«

Ich kann es nicht glauben und greife danach. Es ist warm.

»Darf ich?«, frage ich, und bevor Atara antwortet, reiße ich ein Stück ab und beiße hinein.

Ich hatte vergessen, wie gut ein frisch gebackenes Brot schmeckt, ich konnte keine Sekunde warten. Mit schlechtem Gewissen schaue ich zu Atara. »Entschuldige.«

Sie winkt ab und versucht ein Lächeln, doch sie ist nervös. »Du musst los!«

Ich nicke, trinke den Kaffee aus und stecke das restliche Brot in eine der breiten Taschen meines Pullovers.

Keine zwanzig Meter vor uns ragt die Serverinsel aus dem Pazifik. Atara zeigt auf eine Stelle direkt vor uns. »Siehst du die Leiter?«

Ich sehe das klapprige Gerüst, das an der glatten Stahlwand der Serverinsel hängt. Eine Leiter würde ich das nicht nennen.

»Weiter oben ist der Schacht für die Lüftung. Von dort geht es zur Trainingshalle.«

Ein Loch klafft am Ende der Leiter aus dem Metallriesen. Ein verbogenes, aufgeschnittenes Gitter hängt davor.

Das Schiff nähert sich Meter für Meter der Serverinsel, doch anlegen kann es nicht. Sonst würde es zerschellen. Zwischen uns und der Leiter liegen noch zwei Meter. Mindestens.

Ich soll springen? Aber wenn ich ausrutsche und die Leiter verfehle, muss mich Atara wieder aus dem Wasser fischen. Was ist, wenn ich auf dem Weg nach oben keine Kraft mehr habe? Das sind mindestens fünf Meter bis zu dem Loch.

»Los jetzt!«

Das war nicht Ataras Stimme.

Ich drehe mich um und sehe Silver und Tian. Er trägt einen vollgepackten Rucksack.

»Was macht ihr hier?«, frage ich.

»Wonach sieht's denn für dich aus?«, fragt Silver.

Mir kommen die Tränen. Ist der falsche Moment dafür, ich weiß, mit verheulten Augen sehe ich nichts mehr. Dann springe ich wirklich noch daneben.

Ich wische mir die Augen trocken und schaue zu Atara. Sie blickt besorgt zur Kommandobrücke. Nicht wegen Silver und Tian. Bestimmt nicht. Die beiden dürfen mit! Garantiert hat Atara sie geweckt.

Das Problem ist ein anderes.

Ein paar kräftige Wellen, und unser Schiff zerschellt an der Stahlwand der Serverinsel. Wir müssen endlich weg, damit das Schiff mehr Abstand gewinnen kann und in Sicherheit ist.

Silver springt zuerst. Sie knallt hart gegen die Stahlwand und schreit vor Schmerz. Doch sie hält sich fest.

Kaum ist sie ein paar Meter nach oben geklettert, folge ich ihr. Ich nehme weniger Anlauf, lande mit nicht so viel Schwung. Dafür verfehle ich fast die Sprosse.

Jetzt muss es nur noch Tian schaffen.

Er wirft mir seinen Rucksack zu, mit einer Hand kann ich ihn auffangen. Ist der vielleicht schwer!

Tian springt, trifft die Leiter, aber mit zu viel Schwung. Der Kopf knallt gegen eine der Sprossen, und seine Lippe platzt auf.

»Tian!«, ruft Silver.

Der wischt sich das Blut von den Lippen und streckt einen Daumen hoch.

Als ich oben beim Loch ankomme, sitzt Silver schon im Schacht und reicht mir die Hand. Sie zieht mich in den engen Gang und schaut nach Tian. Der kommt mit blutenden Lippen eine Minute später dazu.

Wir knien zu dritt nebeneinander. Die Decke ist zu niedrig, um stehen zu können.

Silver küsst vorsichtig Tians verletzte Lippe. »Muss vielleicht genäht werden.«

Sie sucht etwas, um die Blutung zu stoppen. Doch nichts hier ist sauber. »Geht's auch so?«

Tian nickt, ich drücke ihm seinen Rucksack in die Hand.

Er öffnet ihn und holt einen schweren Gegenstand aus Metall heraus, den ich inzwischen sehr gut kenne: die Elektrobombe. Nur ist das Ding hier bestimmt zehnmal so groß.

»Was soll das?«, frage ich.

»Plan B«, sagt Silver. Sie sieht meinen skeptischen Blick. »Wenn etwas schiefläuft. Wenn dir Godmother nicht vertraut und du nicht das machen kannst, was dir Liam gesagt hat, dann hast du ein Problem. Richtig?«

Ich nicke. Silver kennt den Plan ziemlich gut.

Tian streicht über das Metallding. »Dann aktivieren wir dieses Teil und holen dich raus.«

Daran will ich jetzt nicht denken.

»Kommt!«, sage ich und krabble auf allen vieren durch den Schacht.

Tian folgt mir und flucht. Mit dem Rucksack bleibt er an der niedrigen Decke hängen. Er zieht ihn vom Rücken und schiebt ihn vor sich her.

»Warte«, sagt Silver. »Schaut mal!«

Sie kniet noch immer am Eingang des Lochs. Ich drücke mich an Tian vorbei und krabble zurück zu ihr. Silver zeigt auf etwas in der Ferne, und erst als ich bei ihr ankomme, sehe ich es.

Die Sonne geht auf. Und wie!

Ihre Strahlen scheinen über den kompletten Horizont. Die Wellen funkeln millionenfach. Es ist wunderschön.

Silver drückt mich fest an sich. »Du schaffst das da drinnen!«

Tian drängelt von hinten, er will auch was sehen. Aber wenn er so weitermacht, fliegen Silver und ich aus dem Loch in die Tiefe.

Silver presst sich an den Rand und lässt ihn durch. Tian staunt wie ich. Mehr passiert die nächsten Minuten nicht. Ich hole das Brotstück heraus und reiche es den beiden. Die machen vielleicht Augen!

Silver teilt es in drei Teile, und jeder schmatzt vor sich hin.

Ich denke an die anderen in der Kantine auf der Serverinsel. Josie, Emre, Aidan und Mauro würgen vermutlich gerade den Laborbrei herunter. Was werden sie sagen, wenn sie mich gleich wiedersehen?

Das Brot ist viel zu schnell aufgegessen, und wir krabbeln wieder zu dritt durch den Schacht. Silver ist vor uns und hat eine Taschenlampe im Mund.

Der Schacht wird noch niedriger, und wir müssen uns hinlegen und mit Händen und Füßen nach vorne ziehen.

»Stopp!«, ruft Silver.

Fast wäre sie durch eine Öffnung am Boden gefallen.

Sie richtet die Taschenlampe in die Tiefe, ich rutsche an ihre Seite. Wir sehen alte Matten, Kisten, Kletterstangen und Seile. Unter uns ist der Lagerraum der Turnhalle.

Ich will endlich aus dem engen Schacht und springe zuerst. Mit einem lauten Knall lande ich auf dem Boden.

Na toll! Godmother weiß spätestens jetzt, dass sie Besuch bekommt.

Ich schiebe die Turnmatten unter die Öffnung des Schachts. Silver und Tian lassen sich auf sie fallen, das ist viel leiser.

Plötzlich hören wir die vertraute Stimme, und ich bekomme sofort Gänsehaut.

»Yolanda! Du bist zurückgekommen.«

29

Erschrocken blicke ich zu Silver. »Woher weiß Godmother, dass ich es bin?«, frage ich leise.

Silver flüstert in mein Ohr: »Godmother hat nur irgendwas gehört. Sie kann nicht wissen, dass du es bist. Sie vermutet es einfach.«

»Wieso?«, frage ich.

»Ganz einfach: Das hat sie sich ausgerechnet.«

»Das ist doch ein gutes Zeichen«, sagt Tian ruhig.

Godmother erwartet mich. Sie hat sich *ausgerechnet*, dass ich wiederkomme. Vielleicht haben ihr die Berechnungen noch viel mehr gesagt. Weiß sie auch schon, was ich wirklich vorhabe?

Ich laufe aus dem dunklen Lagerraum und bleibe mitten in der Turnhalle stehen. Hier kann mich Godmother am besten erkennen – Dutzende Kameras hängen an der Decke.

Das Licht in der Halle springt an.

»Hallo, Godmother.«

»Willkommen zurück. Du hast interessante Kleider an.«

Ich blicke auf die viel zu großen und ziemlich bunten Sachen an mir herunter.

»Musste ich anziehen«, lüge ich. »Hatte keine Wahl.«

Was rede ich hier eigentlich?

Liam vom Schrotthaufen unter dem Schiff hat mich auf das vorbereitet, was ich machen soll. Doch sein Plan beginnt nicht auf der Serverinsel, sondern in Godland. Und wie ich dorthin komme, ist meine Sache. Verdammt!

»Yolanda, alle warten in der Kantine auf dich! Es gibt Frühstück. Du hast bestimmt großen Hunger.«

»Sehr großen Hunger«, sage ich. »Draußen gibt es nichts zu essen.«

»Ich weiß. Nur hier gibt es noch Nahrung. Und Yolanda …«

»Was denn, Godmother?«

»Über die Fremden will ich später alles wissen.«

Die Fremden.

Was weiß Godmother wirklich, und was vermutet sie nur?

»Natürlich! Ich erzähle dir alles.«

Ich gehe zur Schleuse, doch sie öffnet sich nicht.

»Zieh dich bitte aus«, sagt Godmother.

»Wie bitte?«

»Zieh dich bitte aus, wenn du in die Schleuse gehst. Josie bringt dir neue Kleidung. Sie ist schon unterwegs.«

»Aber wieso?«

»Vielleicht haben die Fremden dir etwas mitgegeben. Etwas, das für diesen Ort nicht gut ist. Wie schon einmal.«

Etwas mitgegeben, wie schon einmal …

»Du weißt, von welchem Gegenstand ich spreche, nicht wahr?«

»Ja, Godmother. Ich muss mich entschuldigen. Ich wusste nicht, was das ist. Ich habe es eingesteckt, ohne dich zu fragen.«

Ich ziehe meine Kleider aus und lege sie vor die Schleuse. Es ist kalt in der Turnhalle.

»Du hast den Fremden mehr vertraut als mir«, sagt Godmother mit trauriger Stimme. »Aber du bist zurückgekommen.«

Die eine Tür der Schleuse öffnet sich, und ein Stapel frischer Wäsche liegt vor mir. Es ist die Kleidung aus dem Schrank meiner Koje.

Schnell ziehe ich mich an.

Ein ernster Blick in die Kamera.

Piep.

Einen Finger auf den Sensor drücken.

Piep.

Kein weiterer Piep. Mehr geschieht nicht. Godmother tut nicht mehr so, als ob diese Körperscanner noch funktionieren. Die Schleuse zischt auf.

Auf der anderen Seite steht Josie. Sie fällt mir in die Arme und drückt mich kräftig an sich. »Schön, dass du wieder da bist.«

Ihr Gesicht sieht furchtbar aus. Vermutlich hat sie die ganze Nacht kein Auge zugetan. Kein Wunder, sie sind zu viert und müssen die Aufgabe von zwanzig Analogen übernehmen.

In der Kantine sitzen Aidan, Mauro und Emre vor den Tellern mit Laborbrei. Genau so, wie ich mir es vorgestellt habe.

»Yolanda ist zurück«, sagt Godmother. »Sie hat Hunger. Die Fremden haben nichts zu essen.«

Aidan holt mir einen Teller und füllt ihn auf. Er schaut mich skeptisch an. Der Arme versteht natürlich überhaupt nichts mehr. Erst will ich, dass er mit mir abhaut, und dann komme ich zurück.

Bevor der Teller mich erreicht, greift Emre nach ihm. »Nicht so schnell! Was ist da draußen los? Wieso bist du zurückgekommen?«

»Emre, ich bitte dich« sagt Godmother. »Sei nicht so zornig. Auch ich bin enttäuscht von Yolanda. Doch sie ist wieder hier. Sie bekommt eine neue Chance.«

Ich setze mich hin.

Aidan nimmt seinem Vater den Teller aus der Hand und schiebt ihn über den Tisch zu mir. Ich nehme einen Löffel und schlucke die schleimige Masse herunter.

»Wer sind diese Fremden?«, fragt Godmother.

Das Verhör beginnt also schon. Ich dachte, sie würde noch ein wenig warten, würde mich noch mehr beobachten und analysieren. Vor allem hatte ich gehofft, sie würde mich nicht vor den anderen befragen. So fällt mir das Lügen viel schwerer.

Genau das weiß sie!

»Sie haben ein kleines Schiff und …«

»Wie viele sind es?«, fragt Godmother.

»Drei, vier Leute vielleicht.«

»Wohin wollen sie?«

»Zum Festland.«

»Dort gibt es kein Godland.«

»Ich weiß.«

»Dort werden sie sterben.«

»Ja, deswegen bin ich hier.«

»Und die anderen von uns?«, fragt Emre.

Ich habe mir das alles viel zu leicht vorgestellt. Mit jeder Frage wird die Sache komplizierter.

»Sie haben alle von uns gefangen genommen. Nur ich konnte fliehen.«

Mauro haut auf den Tisch. »Wir müssen sie befreien! Wir …«

»Sie werden sich selbst befreien«, sagt Godmother. »So wie Yolanda. Lasst uns bitte allein.«

Mauro schaut unsicher zu seinen Eltern. Sie nicken ihm zu, und er folgt ihnen. Aidans Blick heftet auf mir, bis er in der Schleuse verschwindet.

Kaum sind sie fort, spricht Godmother weiter.

»Wieso lügst du mich an?«

Ihre Frage verwundert mich nicht wirklich.

Ich hab das Lügen satt.

Und endlich weiß ich, was ich Godmother erzählen werde und wie ich nach Godland komme. Um dort das zu tun, was mir Liam erklärt hat.

»Godmother, ich lüge nur für dich.«

»Und wieso tust du das?«, fragt sie.

»Soll ich Josie, Mauro, Aidan und Emre etwa von Deck B erzählen? Davon, dass viele von ihnen noch leben? Dass sie von hier abgehauen sind mit den Fremden?«

Ich zeige auf den Teller mit Laborbrei. »Oder soll ich vom frisch gebackenen Brot schwärmen, dass es dort zu essen gibt? Von den Früchten, echten Früchten, aus denen sie Tee machen?«

Ich stehe auf und gehe zum Monitor an der Wand. Alle Aufgaben des Tages sind aufgelistet, und es tauchen immer die gleichen vier Namen auf.

»Und du hast so viele Aufgaben! Keiner muss bei den Fremden so schuften wie bei dir. Willst du, dass ich all das erzähle?«

Ich setze mich auf die Tischkante. Gestern hätte Godmother das nicht geduldet. Niemals darf jemand auf dem Tisch sitzen bei ihr. Doch heute ist alles anders zwischen uns.

»Ja, es war gut, dass du eine alternative Geschichte erzählt hast«, sagt Godmother.

Alternative Geschichte … Ich habe gelogen!

»Das war eine gute Entscheidung von dir. Danke.«

Ich versuche, ruhig zu atmen.

Godmother sieht, wenn ich aufgeregt bin.

Auf dem Monitor an der Wand verändert sich etwas. Baut Godmother schon den Arbeitsplan um? Teilt sie mich gerade für den Putzdienst ein? Ich kann es von hier nicht lesen.

»Yolanda, wieso bist du zu mir zurückgekommen, wenn bei den anderen alles besser ist?«

Godmother stellt endlich die Frage, die mich zu meinem Ziel führen könnte.

»Dort ist nicht alles besser«, sage ich und mache eine Pause. Ich darf jetzt keinen Fehler machen.

Ich warte darauf, dass Godmother ihre Frage wiederholt. Doch das macht sie nicht. Sie verhält sich mir gegenüber komplett anders als früher.

Ich weiß nicht, ob ich das gut finden soll oder nicht.

»Die Fremden haben kein Godland«, sage ich schließlich.

»So ist es«, sagt Godmother. »Sie haben nichts. Auf sie wartet der Tod. Doch auf dich wartet das ewige Leben.«

Ich nicke.

»Und Finn«, sagt Godmother.

Der arme Kerl, denke ich.

»Du liebst Finn«, sagt Godmother. »Ich weiß es.«

Von wegen! Du weißt nichts über Liebe!

Ich habe nur Mitleid mit ihm. Die letzten zwei Minuten von Godland werde ich daher bei ihm sein. Das schwöre ich.

»Ja, ich liebe ihn«, sage ich und versuche, so glaubhaft wie möglich zu klingen. »Und ich vermisse ihn so sehr. Deswegen will ich Finn jeden Tag besuchen.«

»Jeden Tag? Das geht nicht«, sagt Godmother.

Ich stehe auf, gehe zum Monitor und boxe mit der Faust dagegen. Kurz flackert er auf. Von mir aus hätte das Ding auch kaputtgehen können.

»Doch! Und diese Besuche finden nicht mit der albernen VR-Brille statt, sondern mit dem Helm!«

»Das ist nicht möglich«, sagt Godmother.

Ich nehme den Fischteller, halte ihn vor eine Kamera und schleudere ihn quer durch den Raum an die Wand. Der Teller zerschellt, und der Brei hinterlässt einen dunklen Fleck.

»Dann werde ich eben nicht für dich arbeiten. Und keine Kinder für dich bekommen!«

Godmother sagt nichts zum kaputten Teller, zu meinem aggressiven Verhalten. Sie weist mich nicht zurecht. Sie hat sich ausgerechnet, dass sie mich zu nichts mehr zwingen kann.

Das ist vorbei.

»Also gut, einen Besuch in Godland alle zehn Tage für dich«, sagt sie. »Das wäre technisch vielleicht möglich.«

»Alle drei Tage einen Besuch!«

»Alle fünf«, sagt Godmother. »Denke bitte an den großen Aufwand.«

»Okay«, sage ich ruhig. »Aber heute ist der erste Besuch.«

Ich warte auf eine Antwort.

Doch Godmother sagt nichts.

Während ich überlege, was so lange dauert, fällt mein Blick auf den Monitor. Die Sache hat sich erledigt. Ich entdecke meinen Namen hinter mehreren Aufgaben heute. In der letzten Zeile steht: *Godland-Besuch. Yolanda.*

30

Mauro wartet auf mich im Labor. Auf dem Monitor in der Kantine stand als erste Aufgabe des Tages »Labordienst«. Eigentlich kennen wir uns hier gar nicht aus. Ich bin gespannt, was wir hier sollen.

»Was sind das für Fremde auf dem Schiff?«, fragt Mauro.

»Mauro!«, ermahnt ihn Godmother. »Ihr müsst jetzt arbeiten.«

»Bitte Godmother, nur diese eine Frage.«

»Gut. Yolanda, beschreibe die Fremden.«

»Komische Typen sind es«, sage ich und verziehe das Gesicht. »Das verseuchte Festland hat sie ganz krank gemacht.«

Godmother ist sicher stolz auf mich. Das soll sie ruhig sein. Wenn alles klappt, wird Mauro die Wahrheit bald selbst herausfinden.

Im Labor blinken nun drei Schubladen grün.

Godmother gibt genaue Anweisungen. Die eine Substanz müssen wir in den Apparat ganz hinten schütten. Die andere in die kleine Maschine daneben. Später vermischen wir die Masse und füllen sie in kleine Formen.

»Was wird das?«, frage ich.

»Das wird das Essen für die Verstärkung«, sagt Mauro. »Sie kommen bald und …«

Godmothers Stimme dröhnt durch den Raum. »Mauro!«

Er zuckt zusammen. »Ich meine, irgendwann kommt ja … also … dann haben wir hier Hilfe.«

Mauro hat Mist gebaut.

Er hat mir Dinge verraten, die ich nicht hören darf, die nur für ihn bestimmt waren. Die Verstärkung kommt wirklich. Wir machen Essen für sie. Und wenn wir das jetzt zubereiten, sind sie nicht weit weg. Egal, wie viele es sind – sobald sie da sind, bin ich für Godmother nicht mehr so wichtig.

Und was gilt dann noch unsere Vereinbarung? Alle fünf Tage ein Godland-Besuch. Dabei brauche ich nur den einen davon, heute Abend!

»Wann kommt die Verstärkung?«, flüstere ich Mauro zu.

Ich muss es riskieren.

Er blickt verstört auf den Boden. Womit droht ihm Godmother? Wovor hat er solche Angst?

»In den kommenden Tagen vermutlich«, antwortet Godmother.

Mauro stellt sich stumm.

In den kommenden Tagen.

Schon klar. Deswegen machen wir jetzt im Labor so viel Essen.

Godmother, du Fake-Maschine!

Was soll ich machen?

Wenn die Verstärkung vor dem Abend eintrifft, dann ist es vorbei. Godmother wird meinen Besuch in Godland absagen. Gute Ausreden und glaubhafte Lügen erfindet sie ja alle paar Minuten.

Und wenn ich ihr sage, dass ich früher godline gehen will? Auch dumm, dann schöpft sie doch erst recht Verdacht.

Ob die Verstärkung nun kommt oder nicht, das Essen ist auf jeden Fall fertig.

»Gut gemacht«, sagt Godmother. »Ihr seid ein tolles Team. Ich verkürze eure Dienstzeit um zwei Tage.«

Schönen Dank auch.

Ich habe mir nicht die ganzen Aufgaben auf dem Monitor gemerkt. Dafür war die Liste zu lang.

»Wohin jetzt?«

»Waschräume«, sagt Mauro.

»Wunderbar!«, sage ich, obwohl ich am liebsten fluchen würde.

Am Nachmittag sind wir endlich fertig. Doch noch eine letzte Aufgabe blinkt für uns auf dem Monitor. Ich könnte schwören, dass sie vorher nicht dort stand.

»Freideck«, liest Mauro vor und geht durch die Schleuse.

»Freideck?«

»Bitte kümmert euch dort um die Solarzellen und die Netze«, sagt Godmother.

Ich kann es nicht glauben. »Wir dürfen wieder auf das Freideck?«

Auch Mauro strahlt. Der hat schon lange keine frische Luft mehr geatmet.

»Wir brauchen mehr Essen«, sagt Godmother und überlegt vermutlich, wie sie die Verstärkung satt bekommen soll.

Doch mir wird plötzlich ganz anders. Was ist, wenn Mauro das Schiff von Atara, Liam und den anderen sieht? Der petzt doch sofort alles Godmother!

Als Mauro und ich das Freideck erreichen, scheint die Sonne orange am Horizont. Ich soll auf die Solaranlagen klettern und ihre Oberflächen putzen. Das hat seit Wochen keiner mehr von uns gemacht. Eine weiße Schicht überdeckt sie fast lückenlos. Vogelscheiße.

Die Tiere ruhen sich hier auf der Serverinsel aus, bevor sie Hunderte Kilometer weiterfliegen. Das wird gleich eklig.

»Und, wie sieht's aus?«, ruft Mauro.

Der Wind weht so stark, dass ich ihn kaum verstehe.

Was soll ich ihm sagen? Ich entscheide mich für die Kurzfassung.

»Beschissen.«

Mauro lacht, und ich finde es dann auch witzig. Aber eher, weil das alles so lächerlich ist. Ich meine, ich weiß, wie ich Godland beenden kann. Das ganze Programm. Und was ist eine meiner letzten ehrenvollen Aufgaben? Vogelscheiße von Solarzellen kratzen.

Ich hole mir aus einer Kiste unter der Anlage eine Bürste. Handschuhe sind keine mehr da. Phantastisch!

Mauro kümmert sich um die Netze und verschwindet zum Rand der Serverinsel.

Ich klettere auf die Solarzellen und schirme die Augen mit beiden Händen ab. Aber ich entdecke nichts! Nur endlos viele Wellen.

Von Ataras Schiff fehlt jede Spur, und von der Verstärkung auch. Wenn ich mehr sehen will, muss ich höher.

Das Windrad!

Ich springe von den Solarzellen erst auf die Kiste mit den Bürsten und dann auf das Freideck. Mauro steht bei den Netzen und ist schwer beschäftigt. Das dauert bei ihm noch eine Weile. Gut so.

Eine Tür führt in das Innere des Windrades. Dort müsste eine Leiter sein. Ich kenne diesen Ort nur aus den Simulationen. Dad und Josie sind aber einmal hinaufgestiegen. Sie mussten ganz oben etwas reparieren.

Die Tür ist versperrt. Natürlich.

Ich trete dagegen, doch das bringt überhaupt nichts. Bei den Solarzellen finde ich eine Metallstange und presse sie in den Spalt zwischen Tür und Türrahmen. Endlich springt die Tür auf. Wäre das eine von Godmothers Schleusen, dann hätte ich keine Chance gehabt.

Ich bin drinnen und stehe vor der Leiter.

Mein Ziel sind die ersten zwei runden kleinen Fenster, vielleicht zwanzig Meter über mir. Ich muss mich beeilen, bevor Mauro etwas merkt.

Die winzigen Fenster sind total verdreckt, die Öffnungen klemmen natürlich. Erst drücke ich nur den Ellenbogen gegen die eine Scheibe, dann klopfe ich so fest ich kann. Etwas bewegt sich, und bei meinem nächsten Schlag kippt das Glas aus dem Rahmen und stürzt in die Tiefe. Der Wind fängt es auf und schleudert es in die Wellen. Das war nicht so optimal.

Ich schaue raus und suche den Horizont ab. Ich kann ewig weit schauen. Doch da ist nichts. Weder Verstärkung von Godland zweiundvierzig noch Ataras Schiff.

Sind die abgehauen? Oder haben sie sich versteckt? Vor wem?

Nicht vor Godmother, denn ihre Außentechnik ist ja Schrott. Also verstecken sich Ataras Leute vor der Verstärkung. Dann kommen die wirklich, bevor ich in Godland bin.

Kurz wird mir schwindlig. Ich klammere mich mit beiden Händen an der Leiter fest. Den Sturz aus dieser Höhe würde ich nicht überleben. Ich atme langsam ein und langsam aus. Noch einmal. Und noch einmal. Es geht wieder.

Jetzt hämmere ich mit einer Faust auf das kleine Fenster gegenüber. Schließlich springt es auf, bleibt aber im Rahmen stecken. Immerhin.

Ich starre bestimmt eine Minute in die Ferne. Auch auf dieser Seite ist nichts. Das heißt, fast nichts. Irgendetwas funkelt rot am Horizont.

Es könnte ein schwimmender Müllberg sein. Das kommt immer wieder vor. Der Müll verwickelt sich ineinander, ballt sich zusammen. Dann treiben Tüten, Verpackungen, alte Fässer und kaputte Schiffsteile wie eine schwimmende Insel herum.

Zu dem einen Punkt kommt noch ein Punkt. Und dann noch einer. Das ist kein Müll, das sind mehrere kleine Boote!

Die Verstärkung von Godland zweiundvierzig kommt tatsächlich. Das wird knapp.

Eine halbe Stunde später sind die Solarzellen geschrubbt und die Netze geflickt. Mauro und ich sind total erschöpft. Godmother hat wirklich einen straffen Plan ausgearbeitet für uns Analoge.

Auf dem Weg zum Waschraum befragt sie uns, und es ist wie ein Verhör.

»Ist euch etwas auf dem Deck aufgefallen?«

»In welchem Zustand sind die Solarzellen?«

»Habt ihr die Besen danach gereinigt?«

»Sind sie wieder gut verstaut?«

»Und die Netze sind ausgebessert?«

Solche Sachen eben.

Josie und Emre kommen in die Kantine, beide bleiben am Monitor stehen.

»Was soll das?«, fragt Emre. »Yolanda darf Godland noch einmal besuchen?«

Josie verschränkt die Arme vor sich. »Das ist nicht fair. Von uns war noch keiner dort.«

Sie hat natürlich recht, aber ich will auch nicht zu meinem Vergnügen dorthin.

»Yolanda?«

»Ja, Godmother.«

»Vielleicht sollten wir den Besuch von Godland wirklich verschieben. Die anderen Analogen wollen ihr Godland auch sehen, und du …«

»Nein!«, rufe ich viel zu laut in den Raum. »Ich besuche Godland jetzt. So wie vereinbart.«

Emre und Josie starren mich fassungslos an.

Ich habe Godmother unterbrochen. Ich muss alles auf eine Karte setzen. Denn wenn die Verstärkung eintrifft, kann ich meinen Plan vergessen.

Godmother lässt sich nicht provozieren und spricht weiter. »Du kannst doch morgen hin, Yolanda. Dann wäre Josie heute dran.«

Inzwischen ist mein Godland-Besuch vom Monitor verschwunden. Godmother hat ihn einfach gestrichen.

»Nein. Ich besuche Godland jetzt. So wie vereinbart.«

Ich wiederhole meinen Satz Wort für Wort. Was Godmother kann, kann ich auch.

»Ich sehe gerade, es gibt leider noch technische Probleme …«, beginnt Godmother.

»Nein. Ich besuche Godland jetzt. So wie vereinbart.«

Mauros Mund ist weit geöffnet. Niemand von uns hat bisher Godmother nachgemacht.

»Godmother«, sage ich mit fester Stimme. Ich darf nicht unsicher klingen.

»Ja, Yolanda.«

»So groß werden die technischen Probleme nicht sein. Es ist doch sicher kein Laborunfall wie bei Deck B, oder?«

Godmother versteht meinen Hinweis sofort.

Wenn ich Godland nicht jetzt besuchen darf, dann erzähle ich alles. Die ganze Wahrheit von Deck B, vom Schiff und den Fremden. Und von Zoes *Unfall*.

Alles.

»Emre und Josie«, sagt Godmother, ohne eine stimmliche Veränderung. Beide treten einen Schritt vor. Sie sind Godmother so treu ergeben wie immer.

»Bitte bereitet Yolandas Besuch in Godland vor.«

Emre schaut in eine der Kameras. »Was ist mit den technischen Problemen?«

»Die konnte ich lösen.«

»So schnell?«, fragt Mauro.

»Natürlich«, sagen Godmother und ich gleichzeitig.

Auch das hat es noch nie gegeben.

31

Ich liege in der kleinen Kammer hinter dem Kontrollzentrum. Der Helm mit den Kabeln macht mir etwas Angst. Ich werde gleich die Kontrolle über alles verlieren. In Godland kann ich zwar mit meinen Gedanken Dinge steuern, doch was wirklich geschieht, entscheidet Godmother.

»Wieso hast du vorher so mit Godmother geredet?«, fragt Josie.

»Yolanda ist übermüdet«, antwortet Godmother, bevor ich es tun kann. »Die Fremden haben ihr zugesetzt.«

»So ist es«, sage ich. »Die machen einen fix und fertig mit ihren Lügen.«

»Der Besuch von Godland wird dir gut tun«, erklärt Godmother. »Und du wirst Finn sehen.«

»Der süße Junge aus deinem Godland?«, fragt Josie. »Im Film sah der toll aus.«

»Sie sind auch ein tolles Paar«, sagt Godmother.

Sind wir nicht!

Josie zieht eine Spritze auf. Klar, Silver und Mary sind nicht mehr da, ab jetzt müssen auch das die wenigen verbliebenen Analogen übernehmen.

Nur woher soll ich wissen, was Josie spritzt?

Sie weiß es doch selbst nicht. Sie befolgt einfach die Befehle von Godmother. Und wenn mich Godmother für immer loswerden will, dann ist das jetzt die perfekte Möglichkeit.

Aber würde sie wirklich auf eine weitere Analoge verzichten wollen? Ich habe noch viele Dienstjahre vor mir, und ich bin eine junge Frau. Godmother will mich zur Mutter machen. Sie will viele kleine, fleißige Analoge von mir.

Ich ziehe meinen Arm zurück.

Josie zeigt auf die Kanüle. »Keine Angst, es ist alles in Ordnung. Nur zur Betäubung, wie beim letzten Mal.«

Ich halte ihr meinen Arm hin.

Kaum ist die Flüssigkeit in meinem Blut, schlafe ich ein. Hoffentlich nicht zum letzten Mal, denke ich noch, bevor ich überall weiß sehe.

Doch dieses Weiß kenne ich. So war es bei meinem ersten Besuch in Godland. Genau so. Nur höre ich nicht das Rauschen vom Fluss.

Das Weiß wird zu einem Grün.

Stacheliges Grün!

Ich liege auf der Wiese neben dem Fluss, und das Gras pikst mich. Die Wiese sieht seltsam aus, überall hat sie graue Flecken. Und an diesen grauen Stellen wächst kein Gras, da ist einfach nichts.

Selbst der Himmel ist grau, und das sind keine Regenwolken. Es ist ein gleichmäßiges, helles Grau, ohne Schattierungen, ohne Konturen.

Ich will Finn sehen. Sofort! Wer weiß, wie lange mich Godmother in Godland lässt.

Plötzlich wird eine Zeit eingeblendet.

Links oben am grauen Himmel läuft der Countdown. *Fünf Minuten. Vier Minuten und neunundfünfzig Sekunden. Vier Minuten und …*

»Danke, Godmother, für so viel Zeit«, sage ich, und es soll ernst klingen. Natürlich sind fünf Minuten ein Witz.

»Finn!«, rufe ich.

Ich spüre eine Hand an meiner Schulter und springe zur Seite.

»Hey! Wollte dich nicht erschrecken.« Finn lächelt und überreicht mir Blumen. Keine Ahnung, wie sie heißen. Mary und Conrad wüssten es.

Alle Blüten sind grau.

»Tut mir leid«, sagt Finn und lässt den Kopf hängen. »Normalerweise sehen die viel bunter aus.«

»Ist doch egal. Ich finde sie auch so hübsch. Wo ich lebe, gibt es keine Blumen.«

»Ja, ja, ganz vergessen. Du bist hier nur die Besucherin.« Finn lächelt schon wieder.

Wir schauen uns einfach nur an, keine Armlänge ist zwischen uns. Laut der Anzeige auf dem Himmel habe ich noch drei Minuten und zwölf Sekunden.

Finn zeigt auf die Blumen und dann hoch in den Himmel. »Hier ist alles so komisch geworden.«

Er deutet zum Fluss, wo nur trockene Steine zu sehen sind. Da fließt kein Wasser mehr. Auch der Wald ist fort.

»Ich finde das Dorf nicht«, sagt Finn. »Und mundlos sprechen geht auch nicht. Ich kann nicht hören, was andere denken.«

Finns Godland löst sich schon auf. Es wird reduziert, die Technik kann nicht mehr so viel leisten.

»Alles wird gut«, sagt Godmother. »Ich korrigiere das.«

Finn schaut in die Ferne. »Wer war das?«

»Eine Freundin«, sage ich und wundere mich, wieso Godmother sich auf einmal in meinem Godland meldet.

Finn ist total verwirrt und schüttelt den Kopf. »Komisch. Das ist doch alles komisch. Die Höhle ist auf einmal weg, und alles fühlt sich so anders an und …«

Ich halte Finn meinen Zeigefinger vor den Mund. Er schweigt und schaut etwas skeptisch. Bevor er weitersprechen kann, küsse ich ihn.

Das ist mein Abschiedsgeschenk.

Erst berühren sich unsere Lippen nur sachte. Doch ich spüre sie! Es ist nicht wie mit der VR-Brille im Schulzimmer, als ich nur die stickige Luft schmecken konnte.

Jetzt ist alles echt.

Der Kuss ist perfekt.

Ein Godlandkuss.

Und er ist noch nicht zu Ende.

Ich blinzle kurz zum Himmel hoch. *Zwei Minuten und fünf Sekunden* steht auf dem Himmel. Zwei Minuten brauche ich laut Liam.

Jetzt oder nie!

Ich schließe wieder die Augen, während ich Finn weiterküsse, denke an das, was Liam mir gesagt hat, im Schrotthaufen unter dem Deck des Schiffes.

Ich stelle mir einen Baum mit einem gelben Stamm vor. Ein gelber Stamm. Nicht etwa grau! Gelb. Das ist nicht einfach. Doch ich schaffe es.

»Was tust du?«, fragt Godmother.

Aber sie kann mich nicht unterbrechen, jetzt nicht mehr. Das hat zumindest Liam behauptet.

Ich nutze einen Geheimgang im Code, den nur ein Hochgeladener gehen kann. Godmother hat keinen Zugriff. Es ist der Notausgang.

Der gelbe Baum trägt keine Blätter, keine Früchte, an ihm hängen nur Einsen und Nullen. So sehen Codes aus. Mehr steckt nicht dahinter.

Ich stelle mir eine rote Katze mit blauen Streifen vor. Sie sitzt auf einem der kahlen Äste. Katzen kenne ich noch von früher, auf unserer Flucht sahen wir viele in den Wäldern und auf den Wiesen.

»Du willst Godland endgültig löschen. Bist du sicher?«, fragt mich die Katze.

Ich wundere mich nicht darüber. Ich bin vorbereitet.

»So sicher wie nie zuvor«, sage ich.

»Nein!«, brüllt Godmother panisch.

Doch das ist egal. Die Katze hört nicht auf sie, nur auf Hochgeladene.

»Bitte nicht!«, sagt Godmother. Sie schreit nicht mehr. Sie bettelt mich an. »Bitte, tu das nicht, Yolanda!«

Sie hört sich menschlicher an als jemals zuvor. Und es ist verrückt: Sie hat uns so belogen, sie hat Tian verletzt, sie ist alles andere als eine Mutter. Und doch ist sie für mich wie eine gewesen.

Gewesen!

Ich reiße mich zusammen und stelle mir vor, wie der Baum zerfließt.

Alles löst sich auf. Der gelbe Stamm verschwindet in der braunen Erde. Die Erde wird gelb, strahlend gelb. Diese Farbe breitet sich überall aus, formt sich zu einem riesigen Ball und wird zur Sonne.

Mehr ist laut Liam nicht zu tun. Aber hab ich wirklich an alles gedacht?

Ich spüre Finns Lippen nicht mehr und öffne die Augen.

32

Als ich aufwache, sitzt Aidan neben mir. Die Tür der kleinen Kammer ist auf. Er wischt mit einem Tuch Schweiß von meiner Stirn. Ich zittere am ganzen Körper. Aidan nimmt mir den Helm ab.

»Alles okay?«, fragt er.

Aber klar doch, hab nur gerade Godland gelöscht. Aber ansonsten ist alles super.

»Denke schon«, sage ich.

Er führt mich ins Kontrollzentrum.

Mauro, Josie und Emre stehen sprachlos dort. Alle Bildschirme sind schwarz. Selbst die kleinen Leuchtanzeigen sind aus. Nur auf einem Monitor blinken noch ein paar Zeichen.

Die Lichter an der Decke flackern.

»Totaler Absturz«, sagt Emre. »Keine Ahnung, was passiert ist.«

Er bleibt vor dem einzigen Monitor stehen, der noch funktioniert.

»Kann nicht sein«, sagt er. »Das kann doch nicht sein.«

Er zieht einen Stuhl heran, lässt sich darauf fallen und liest die Zeilen auf dem Monitor.

Ich erkenne nur Zahlen und ein paar Buchstaben, die keinen Sinn ergeben.

»Was denn?«, fragt Josie und studiert die Zeilen.

Sie sucht nach der Lehne des Stuhls, verfehlt ihn und knallt auf den Boden. Aidan eilt ihr zur Hilfe.

Auch Emre springt auf und schaut nach ihr.

Mauro fängt an zu weinen. »Was ist denn mit ihr los?«

Emre küsst seine Frau auf die Stirn, stützt ihren Kopf, der ziemlich hart gelandet ist. »Sie ist ohnmächtig geworden.«

»Wieso denn?«, fragt Aidan verzweifelt.

Emre schaut seine zwei Söhne an. »Godland ist gelöscht.«

»Gelöscht?«, fragt Mauro.

»Ja. Für immer.«

Mauro stürmt auf mich zu. »Das waren die Fremden vom Schiff!«

»Nein«, sage ich.

Mir ist noch schwindlig von der Spritze, von dem Helm, von Godland.

Ich lehne mich an eine der Monitorwände. Ich will nicht in Ohnmacht fallen wie Josie. Immerhin kommt sie langsam wieder zu sich.

»Die Fremden waren es nicht?«, fragt Emre. »Wer sonst?«

Er ahnt etwas. War ja auch nicht schwer.

Ich hole tief Luft. »Ich war es.«

»Du … hast … also du …«

»Ja. Ich.«

»Du kanntest den Code?«, fragt Emre entsetzt. »Das Bild, mit dem alles zu Ende geht?«

»Wovon redet ihr?«, schreit Mauro und zerrt an seinem Vater. »Was für ein Bild?«

Emre umarmt seinen Sohn. »Es gibt nur eine einzige Möglichkeit, Godland zu löschen, auf allen Serverinseln und endgültig. Yolanda musste sich dafür in Godland bestimmte Dinge vorstellen.«

»Was denn vorstellen?«, fragt Mauro.

»Etwas so Verrücktes, dass Godmother niemals darauf kommen würde.« Emre sieht zu mir. »Angeblich kennt nur eine Person diesen Notausgang.«

»Und wer ist diese Person?«, frage ich.

Aidan, Emre und Mauro schauen mich verwirrt an. Klar, die denken, ich checke alles. Tue ich aber nicht. Ich verstehe gar nichts.

Emre kommt auf mich zu. »Nur der Erfinder von Godland kennt den Notausgang.«

Der Erfinder von Godland.

Dann ist Liam der Erfinder?

Das geht doch gar nicht. Der Typ hinter den ganzen Monitoren im Schiff war doch viel zu jung. Der Godland-Erfinder müsste weit über hundert Jahre alt sein.

Ich schüttle so übertrieben den Kopf, dass es Mauro und Emre sehen müssen. »Der Mann, von dem ich diesen Notausgang habe, war nicht viel älter als Mauro.«

Josie hat sich wieder aufgerichtet und sitzt auf dem Boden. »Der Erfinder lebt seit Jahrzehnten in Godland.«

»Offenbar jetzt nicht mehr«, sagt Emre trocken. »Er hat einen Weg gefunden, wieder zurückzukommen.«

»Zurückzukommen?«, frage ich.

»Vom Upload zum Download«, überlegt Emre laut und hilft Josie aufzustehen.

»So wie bei Godland plus«, sagt Josie und reibt sich über den Schädel. Doch sie ist wieder munter. »Bei den Besuchen machen wir im Prinzip nichts anderes.«

Emre stimmt seiner Frau zu. »Wir bringen uns nach Godland und wieder zurück.«

»Der Erfinder hat sich wieder runtergeladen?«, fragt Mauro. »Aber wohin denn?«

Josie überlegt und spricht mehr zu sich als zu uns. »Natürlich nicht in seinen alten Körper, sondern in einen viel jüngeren.«

»Und woher hat er den?«, frage ich stockend.

»Von einem seiner reichen Kunden vermutlich. Der Körper bleibt ja nach dem Upload zurück.«

Mir läuft es eiskalt den Rücken herunter.

Da erfindet einer diese digitale Welt, Millionen folgen, und der Typ flüchtet dann wieder zurück ins echte Leben? Ich hab da eine Menge Fragen an Liam.

Das Lügen hat Godmother offenbar von ihm gelernt, ihrem Programmierer, ihrem Erschaffer.

Weiß Atara oder irgendjemand auf dem Schiff, wer Liam wirklich ist oder besser gesagt, wer er früher war?

»Wenn es diesen verrückten Typen heute noch gibt«, fragt Mauro, »wieso musste dann Yolanda Godland ausschalten?«

»Vermutlich traut Godmother ihrem Schöpfer nicht mehr über den Weg«, sagt Emre. »Sie hätte ihn niemals als Besucher zugelassen.«

Mir reicht das hier.

Ich will weg.

Kaum erreiche ich die Schleuse, da zischt sie von allein auf. Besser gesagt, sie wird aufgeschoben. Denn mit Godland ist die ganze Serverinsel gestorben. Selbst die Notbeleuchtung flackert nur noch.

Acht, neun Leute kommen durch die Schleuse.

Ich trete ein paar Schritte zurück.

Es sind nicht die Fremden vom Schiff und keine Analogen, die ich kenne. Und sie tragen Waffen!

Ich starre auf Maschinenpistolen, gezackte Messerklingen und Äxte.

Wieso hat Godmother eine Armee geschickt? Hat sie uns misstraut? Hat sie geahnt, was ich vorhabe? Wieso haben die Waffen und wir nicht?

Mein Blick wandert von den Waffen zu den Gesichtern der Analogen. Und plötzlich ist das mit den Maschinenpistolen, Messern und Äxten totale Nebensache.

Denn so alte Menschen hab ich noch nie gesehen!

Sie werden von einer Frau angeführt. Auch ihr Gesicht ist voller Falten. Sie ist unglaublich alt. Viel älter als Mary oder Conrad.

Mauro, Emre, Aidan und Josie betrachten die Alten, die genauso kurz rasierte Haare wie wir haben.

»Die Verstärkung?«, fragt Josie und hält sich an der Monitorwand fest.

»Ihr seid zu spät«, sagt Emre. »Godland ist gelöscht.« Eine bessere Begrüßung fällt ihm nicht ein. Er ist fertig mit der Welt.

Die alte Frau ganz vorn tritt näher zu uns. Sie trägt ihre Maschinenpistole über den Rücken geschnallt und hat eine lange Narbe über der Stirn. »Godmother sagte uns, ihr braucht Hilfe?«

Diese Alte mit der Waffe hat Emre offenbar nicht verstanden. Sie hat nicht gehört, dass alles vorbei ist. Emre hat es auch viel zu leise gesagt.

Ich gehe zur Alten und stelle mich laut vor: »Ich bin Yolanda. Schön, euch zu sehen.«

Sie lächelt mir zu. »Leila.«

Leila reicht eine Faust zum Gruß. Ich stoße meine gegen ihre und spüre die Knochen. Die Frau ist so mager. Auch ihre Begleiterinnen haben kaum etwas auf den Rippen. Die dreckigen, zerfetzten, ausgeleierten Sachen hängen ihnen vom Körper.

»Was ist bei euch passiert?«, fragt Leila.

Mir schnürt es den Hals zu. Wie soll ich ihr das alles schonend beibringen? Außerdem muss ich erst einmal eine andere Frage loswerden.

»Leila«, fange ich laut und deutlich an.

Sie schaut zu mir, und eines ihrer Augenlider zittert.

»Wie lange ist eure Dienstzeit?«

»Unsere Dienstzeit?«, fragt Leila.

»Eure Dienstzeit, ja. Wie lange arbeitet ihr bis zum Upload?«

Leila runzelt die Stirn. Dann schaut sie erst zu Emre und schließlich zu ihren eigenen Leuten. »Wie auf jeder Serverinsel. Sechzig Jahre.«

»Sechzig?«, fragt Josie mit gebrochener Stimme.

»Natürlich«, sagt Leila. »Wieso fragst du?«

Aus mir kommt kein Wort mehr heraus. Die hier müssen sechzig Jahre schuften. Vierzig Jahre mehr als wir.

Ich hole tief Luft. Dann atme ich sie ganz langsam aus.

ICH.

HASSE.

GODMOTHER.

Doch sie ist tot. So tot, wie ein Computer nur sein kann.

Gelöscht.

Ohne Hoffnung auf ein Jenseits.

Und es bringt nichts, einen toten Computer zu hassen. Ich meine, sie hat ja nie gelebt. Aber sie hat lange gerechnet. Und sie hat uns alle verarscht.

Ich sehe Leila und die anderen Alten vor mir. Mir wird schlecht. Sie arbeiten seit Jahrzehnten für Godland. Und ich hab ihre Zukunft zerstört.

Das stimmt so nicht, ich weiß. Ich hab die Sache nur beschleunigt. Die Serverinseln waren eh hinüber.

Wenn ich mir Leila und die anderen Alten so ansehe, war bei denen auch Notstand. Sie haben keine neuen Leute, die ihren Job übernehmen. Sie haben nicht mal Analoge wie mich, die für sie Kinder bekommen können. Und sie haben definitiv eine leere Speisekammer.

Wir schweigen uns alle an.

In Josie, Emre und Mauro geht etwas vor. Das sehe ich. Sie sind nicht mehr wütend auf mich. Sie beginnen endlich, die Dinge zu durchschauen.

Godmother hat diese Alten angelogen. Also lügt sie auch jeden anderen an. Auch uns.

Plötzlich rumpelt etwas im Gang, und ich zucke zusammen. Der Kegel einer Taschenlampe strahlt durch die offene Schleuse. Dann erkenne ich Tian.

»Lasst uns mal durch!«, ruft er und drückt sich an den Alten vorbei in die Kommandozentrale. Hinter ihm sind Silver und Atara.

Atara!

»Wer ist das denn jetzt?«, fragt Emre und zeigt auf sie, doch Atara beachtet ihn nicht.

»Wo seid ihr mit dem Schiff gewesen?«, frage ich sie. »Ich war auf dem Freideck. Hab euch überhaupt nicht gesehen.«

Atara zeigt auf die Verstärkung. »Wir haben die Boote entdeckt, wussten nicht, was sie vorhaben, haben uns versteckt und … die … Verstärkung …«

Sie stockt und hört auf.

Entsetzt schaut Atara die alten Leute an.

»Seid ihr auch Verstärkung?«, fragt Leila. »Von welcher Serverinsel kommt ihr?«

Atara versucht ein freundliches Lächeln. »Ja, auch Verstärkung. Wir kommen mit einem großen Schiff.«

Mauro starrt sie an. »Du bist eine von diesem Schiff?«

Leila sagt nichts mehr dazu. Sie geht langsam auf Atara zu und streicht über ihre langen Haare.

Atara lässt das über sich ergehen. Wenn es sie stört, so zeigt sie es zumindest nicht. Auch zwei, drei andere Alte kommen und bewundern Ataras Haare. Ihr Kopf wird von mindestens zehn fremden Händen berührt.

»Auf Godland eins sind Haare verboten«, sagt Leila.

Emre schaut fassungslos zu Leila. »Godland eins?«

»Nicht zweiundvierzig?«, fragt Josie.

Mauro stupst seinen Vater an. »Godland eins? Die erste Serverinsel?«

Doch Emre starrt noch immer Leila an. »Das war doch nur ein Experiment, Jahrzehnte vor den Klimakriegen. Euch gibt es noch?«

Leila lässt Ataras Haare los und geht auf ihn zu. »Wieso sollte es uns nicht mehr geben?«

Sie lässt ihren Blick durch das dunkle Kontrollzentrum wandern. »Was ist geschehen?«

Mir ist nicht klar, ob Leila jetzt den Totalausfall von Godland meint oder die gesamte Weltlage.

Atara nimmt ihre Hand. »Komm mit auf unser Schiff. Dort erzählen wir euch alles.«

Die Alte nickt langsam. Ohne etwas zu fragen, folgt sie Atara, so als ob sie von der Berührung der langen Haare verzaubert worden wäre. Sie hat begriffen, dass etwas Großes geschehen ist.

»Auch ihr, kommt bitte mit!«, ruft Atara den anderen Alten mit ihren mindestens ebenso alten Waffen zu.

Die Analogen von Godland eins rühren sich nicht, als würden sie auf einen Befehl von Godmother warten.

Leila nickt ihnen zu, und schließlich folgen sie ihr und Atara. Was die Alten brauchen, liegt auf der Hand.

Sie müssen etwas Ordentliches essen.

Sie brauchen frische Kleidung.

Vorher eine Dusche.

Danach Schlaf.

Viel Schlaf.

Aidan folgt Atara und den Alten. Er ist froh, endlich wegzukommen.

»Was ist mit Godland zweiundvierzig?«, fragt Mauro.

»Keine Ahnung«, sagt Josie. »Die gibt es vielleicht längst nicht mehr.«

Sie nimmt ihren Sohn an die Hand, und der lässt es tatsächlich zu. Zusammen mit Emre verlassen sie das Kontrollzentrum.

»Was ist mit dir?«, fragt mich Silver.

»Geht schon mal vor.«

Sie versteht mich und winkt Tian zu sich.

Ich habe Godland beendet und Godmothers Stimme für immer gelöscht. Ich brauche zumindest eine Minute für mich allein hier.

Kaum sind Tian und Silver fort, entdecke ich noch einen anderen Menschen in der Ecke des dunklen Raumes.

»Yolanda?«, fragt die Frau. »Du heißt Yolanda?«

Diese Stimme sticht mir mitten ins Herz.

»Ja«, flüstere ich.

Mehr bekomme ich nicht heraus.

Die Frau kommt langsam auf mich zu. Ihre kurz rasierten Haare sind grau, doch sie ist nicht so alt wie die anderen von Godland eins. Sie ist so alt wie mein Vater.

Und sie ist kein Hologramm, keine junge Schönheit. Sie ist echt. Mit Falten und allem.

Das sage ich ihr natürlich nicht so. Aber sie ist meine Mutter. Sie versteht mich auch ohne Worte.

»Wieso …«, beginne ich und bringe den Satz nicht zu Ende. Weil das einfach nicht sein kann. Sie ist im Unwetter gestorben, auf hoher See.

Meine Mutter zittert, sie weint.

So wie ich.

Endlich fallen wir uns in die Arme.

Loslassen werde ich sie nie wieder.

33

So enden Geschichten ja oft. Von wegen *nie wieder loslassen* und so. Kann man so schreiben. Ist aber Quatsch. Natürlich muss ich meine Mutter wieder loslassen. Und sie mich auch. Anders geht es nicht. Und ich muss sie zu Dad bringen. Die zwei gehören zusammen.

Später muss sie mir alles beantworten. Wie ist sie zu den Alten von Godland eins gekommen? Wie in aller Welt hat sie das Unwetter überlebt? Welche Lügen hat Godmother auf ihrer Serverinsel erzählt? Und tausend andere Fragen.

Tian brüllt durch den Korridor: »Hey Yolanda, wo bist du? Wir wollen endlich weg.«

Der ist ja ziemlich nervös geworden. Hat er Angst, Godmother wacht noch einmal auf? Für mich sieht sie ziemlich ausgelöscht aus.

Tian blickt durch die offene Schleuse zu uns in den Kontrollraum. »Du bist immer noch hier drinnen?«

Er entdeckt die Fremde an meiner Seite. Ich werde ihm später erklären, wer sie ist. Jetzt will ich mit meiner Mutter fort von diesem digitalen Friedhof!

Ich schaue zu ihr. Sie ist fertig mit den Nerven, lächelt mir aber zu. Ich blicke noch einmal auf die schwarzen Monitore und die toten Maschinen.

Das digitale Paradies war nichts als ein Fake, gebaut aus Godmothers Lügen.

Vielleicht hüpfe ich nach meinem Leben im echten Paradies herum (glaube ich aber nicht).

Oder ich werde wiedergeboren (glaube ich auch nicht).

Oder überhaupt nichts passiert (hoffe ich nicht).

Doch auf der Erde bin ich als Yolanda nur ein einziges Mal.

Nämlich jetzt.

II BEWERTEN

Begleitende Impulstexte

I. Mensch und Maschine in einer grafischen Darstellung

Quelle: © Philippos Vassiliades | CC-BY-SA 4.0

1. Schaue dir die Grafik an. Auf allango findest du sie im farbigen Original.
   Beschreibe sie anschließend möglichst genau.

2. Überlege, welche Aussage(n) die Grafik machen könnte. Formuliere eine möglichst aussagekräftige Bildunterschrift.

3. Welcher oder welchen der folgenden Aussagen stimmst du spontan zu? Begründe deine Wahl und beziehe dich dabei auch auf einzelne Textstellen in „Godland". Diskutiere deine Einschätzung anschließend mit einem Lernpartner oder einer Lernpartnerin aus der Klasse.

A
Die Fähigkeiten der KI Godmother sind schon deutlich weiter entwickelt als die des Roboters in der Abbildung.

B
Die Darstellung der KI Godmother zeigt ähnlich wie die Abbildung, dass KI (noch) nicht das Gleiche leisten kann wie ein Mensch.

C
Man kann Godmother nicht ohne Weiteres mit dem Roboter in der Abbildung vergleichen, weil in Wirklichkeit immer ein Mensch dahintersteckt.

II. SWR-Radiobeitrag „Training für Künstliche Intelligenz. Wie Klickarbeiter in Kenia ausgebeutet werden“ (24.08.2023)

Im folgenden Artikel, der einen Radiobeitrag zusammenfasst, geht es um die Arbeitsbedingungen von Klickarbeitenden (engl.: Clickworker). Diese Menschen trainieren Künstliche Intelligenz und bringen ihr Wissen über die Welt bei, indem sie zum Beispiel massenhaft Bilddaten beschreiben oder die Sprache von Chatbots wie ChatGPT auf gewaltverherrlichende und andere problematische Inhalte hin überprüfen.

Es ist schon viel darüber diskutiert worden, ob Künstliche Intelligenz wirklich *intelligent* ist. Dabei lohnt es sich zu fragen, ob KI tatsächlich so *künstlich* ist – denn die Technologie beruht wesentlich auf repetitiver[1] Arbeit von Menschen, auf Handarbeit.

Kaum jemand weiß das besser als Fred *(alle Namen geändert)*. Der 27-Jährige ist Klickarbeiter. Er wohnt in Kasarani, einem belebten Stadtteil von Nairobi in Kenia. Dort sitzt er in einer Kammer vor seinem alten, schnaufenden Laptop. Auf seinem Bildschirm sind Bilder aus der Vogelperspektive zu sehen. Hunderte davon. Fred zieht mit der Maus Linien um eine Rasenfläche, um einen runden Swimmingpool und dann um ein graues Blechdach. Dann trägt er ein, was zu sehen ist: „Dach“, und so weiter.

Informationen für KI-Drohnen

Die Bilder sind Drohnenaufnahmen von einem Logistikunternehmen aus den USA. Es liefert Pakete per Drohne aus, für Handelsgiganten wie Walmart. Dafür muss die KI-gesteuerte Drohne lernen, wo sie die Pakete ablegen kann: eben nicht in einem Swimmingpool oder auf einem Dach, sondern auf einer Rasenfläche.

1 Sich wiederholend.

„Wir trainieren die Drohne. Bringen ihr bei: Das ist ein Mensch, das ist der Boden, das sind Gewässer“, erklärt Fred. Mit einer Software markiert und beschreibt Fred die Inhalte von Bildern – annotiert sie, so der Fachbegriff.

Trainingsdaten für künstliche Intelligenz

Fred ist Teil einer weltweiten Industrie, die sogenannte Trainingsdaten für die Entwicklung von Künstlicher Intelligenz bearbeitet. *SWR2 Wissen* hat über mehrere Monate mit einem Dutzend dieser Klickarbeiterinnen und -arbeiter gesprochen. Im Podcast kritisieren die allermeisten ihre Arbeitsbedingungen sehr deutlich – sprechen mitunter von Ausbeutung. Dabei macht ihre Tätigkeit KI erst wirklich intelligent.

Mit den von ihnen annotierten Daten – vor allem Bildern – lernen beispielsweise KI-Systeme beim autonomen Fahren, Schilder oder Ampeln zu erkennen. Oder eben intelligente Drohnen, Pakete abzulegen.

Was Menschen besser können

„KI-Systeme sind dümmer, als es der Hype vermuten lässt“, sagt Milagros Miceli, Informatikerin und Soziologin am Weizenbaum-Institut in Berlin. „Um einer KI zum Beispiel beizubringen, was eine Katze ist, muss man ihr so viele Beispiele wie möglich von einer Katze zeigen.“ Doch auf den Bildern zu beschreiben, was überhaupt eine Katze ist: Das übernehmen die Klickarbeiter.

„Das Problem ist einfach, dass es nicht genug Bilder gibt, die genau genug beschrieben sind“, sagt Kristian Kersting, Professor für Künstliche Intelligenz und Maschinelles Lernen an der TU Darmstadt. Diese zwei „Modalitäten“, also Text und Bild, zusammenbringen: Das könne ein Mensch eben noch deutlich besser als Maschinen.

Kaum mehr als ein Euro Stundenlohn

Auch für das KI-Training anhand von Texten werden Menschen benötigt. Klickarbeiter in Kenia haben für den Bot

ChatGPT unerwünschte Antworten ausgefiltert, also etwa Inhalte mit Gewalt. Das Ziel: Der intelligente Chatbot soll aus seinen Fehlern und Grenzüberschreitungen lernen. Die Klickarbeiter des KI-Dienstleisters Sama, die das möglich machten, bekamen knapp zwei Dollar die Stunde, wie Recherchen des *Time Magazine* Anfang des Jahres publik machten.

Andere Klickarbeiter werden wiederum noch schlechter bezahlt, zum Beispiel Fred. Wie mehr als 7000 weitere Klickarbeiter arbeitet er für das Outsourcing-Unternehmen[2] Cloudfactory. Zu dessen Kunden zählen Firmen, die millionen- und milliardenschwer sind. Arbeiter wie Fred bekommen jedoch umgerechnet 1,20 Euro[3] in der Stunde gezahlt. Das reiche am Ende des Monats kaum aus, sagt Fred.

„Es hat etwas von Sklavenarbeit. Denn die Menschen hier haben keine andere Wahl. Es gibt kaum Jobs", erzählt John, ein Kollege von Fred. Beide haben studiert, aber wegen der schwierigen Wirtschaftslage in Kenia bleibe ihnen nur die schlecht bezahlte Klickarbeit für Cloudfactory.

Sie kritisieren das Unternehmen auch aus einem weiteren Grund: dem Eingriff in ihre Privatsphäre. Denn Cloudfactory kontrolliert die Mitarbeiter, die von zu Hause aus arbeiten, mit digitalen Hilfsmitteln. Das Unternehmen kann über einen speziellen Browser nicht nur Screenshots von den privaten PCs der Arbeiter erstellen, sondern auch auf deren Webcams zugreifen. „Das ist ein Übermaß an Überwachung", sagt John. [...]

Teils bizarre Aufträge

Schätzungsweise zehn Millionen Menschen arbeiten weltweit an der Bearbeitung von Trainingsdaten. Möglich machen das auch sogenannte Crowdwork-Plattformen, bei denen sich nahezu jeder mit

2 Solche Unternehmen erbringen Leistungen für andere Firmen, die diese auslagern möchten.
3 Laut Statista beträgt der durchschnittliche Stundenlohn in Kenia 2024 1,53€, d.h. der Lohn eines Clickworkers liegt teilweise noch darunter. https://de.statista.com/outlook/co/sozio oekonomische-indikatoren/kenia

einer Internetverbindung anmelden kann.

„Die digitale Arbeit ist prekär[4], weil sie rund um die Uhr stattfinden kann, weil sie schlecht bezahlt wird und dabei einem globalen Unterbietungswettbewerb ausgesetzt ist“, sagt Ferrari. Denn die Klickarbeit findet vor allem in Niedriglohnländern statt: neben Kenia etwa in Pakistan oder in Venezuela.

Im Gespräch mit dem *SWR* erzählen Klickarbeiter von teils belastenden Aufträgen, die sie von KI-Dienstleistern erhalten. John musste einmal Bilder aus einem OP-Saal annotieren, wie er berichtet. Ein anderes Mal, für eine weitere KI-Plattform, Aufnahmen aus einem Pornofilm. Er „labelte“ die nackten Darsteller: „Männlich, weiblich, sexueller Kontakt auf diese oder jene Weise. Manchmal war das traumatisierend.“

Manchmal, so erzählt er, erkennt er Teile seiner Arbeit wieder: bei einer Dokumentation über selbstfahrende Autos auf YouTube. Eine andere Klickarbeiterin erzählt, wie sie Aufnahmen von geschnittenem Obst annotierte. Per Zufall erfuhr sie später, dass der Kunde eine Firma in Frankreich ist, die damit ein KI-Modell trainiert hat, um Obstsalat abzupacken.

„Wir brauchen diese Menschen“

Es gibt inzwischen kaum Branchen, die nicht auf KI und damit auch auf die Klickarbeit bauen. Letztere verändert sich dabei selbst durch das rasante Fortschreiten der technologischen Entwicklung. Doch die menschliche Arbeit für das KI-Training dürfte so schnell nicht verschwinden, sagen Experten. „Es ist eine Fantasie, zu glauben, es ginge ohne diese Menschen“, meint Milagros Miceli. „Wir müssen sie sichtbar machen.“

Auch die Klickarbeiter in Kenia wie Fred wünschen sich das. „Die Firmen sollten uns so wie ihre KI-Systeme wertschätzen“, sagt er. Eine bessere Bezahlung und ein Ende der digitalen Überwachung wären der Anfang.

4 Problematisch, unsicher.

1. Markiere Aussagen zu Aufgaben und Arbeitsbedingungen der Klickarbeitenden mit zwei unterschiedlichen Farben im Text.

2. Die Tätigkeit von Clickworkern wird an einer Stelle mit „Sklavenarbeit“ verglichen, auch Yolanda bezeichnet die Menschen auf der Serverinsel als „Sklaven für Godmother“ (S. 207 Z. 30/31). Sammelt gemeinsam in der Klasse, was ihr unter „Sklaven“ bzw. „Sklavenarbeit“ versteht. Recherchiert im Internet, wenn ihr euch nicht sicher seid. Begründet anschließend, ob ihr die Verwendung des Begriffs jeweils passend findet.

III. Auszug aus Kazuo Ishiguros Roman „Klara und die Sonne" – der Umgang des Menschen mit der Maschine

Kazuo Ishiguro ist ein weltweit bekannter und viel beachteter Autor. Er wurde 1954 in Japan geboren, kam aber schon mit fünf Jahren nach London, wo er auch heute lebt.
Ishiguro schreibt auf Englisch, seine Bücher werden in über 50 Sprachen übersetzt.
In seinen historischen, fantastischen oder in der Zukunft spielenden Romanen greift er häufig ethische Fragen und Dilemmata auf. Dabei reichen die vielfältigen Themen von der Erfahrung des Zweiten Weltkriegs über menschliche Klone als Organspender bis hin zu Künstlicher Intelligenz. Für seine Werke erhielt er mehrere Preise, 2017 wurde er mit der wichtigsten Literaturauszeichnung geehrt, dem Nobelpreis für Literatur.

Im Roman „Klara und die Sonne" begegnen wir einer besonderen Ich-Erzählerin: Klara ist eine Künstliche Freundin (KF) – ein menschenähnlicher Roboter, der als Gefährte für Kinder und Jugendliche entwickelt wurde, damit sie nicht einsam sind. Klara findet ein Zuhause bei der 13-jährigen Josie, die bei dem Versuch, ihre Gene zu optimieren, schwer krank geworden ist. Die beiden freunden sich an, aber Klara findet im Laufe der Zeit heraus, dass Josies Eltern noch eine viel größere Aufgabe für sie im Sinn haben: Sie soll Josie nach deren möglicherweise frühem Tod „fortsetzen", soll also Josie „werden". Dafür lassen Josies Eltern eine KF anfertigen, die exakt wie ihre Tochter aussieht, und Klara soll Josies Wesen und die Art, wie sie sich bewegt, ganz genau beobachten.
In dem folgenden Ausschnitt spricht Josies Vater Paul mit Klara darüber, ob sie diese Aufgabe tatsächlich übernehmen könnte:

„Und was denkst du? Meinst du, dass du es hinkriegst? Diese Rolle zu übernehmen?"

„Es wird nicht leicht sein. Aber ich glaube, wenn ich Josie weiter aufmerksam beobachte, liegt es innerhalb meiner Fähigkeiten."

„Dann lass mich noch etwas anderes fragen. Folgendes nämlich. Glaubst du an das menschliche Herz? Ich meine natürlich nicht einfach das Organ, sondern spreche im poetischen Sinn. Das Herz des Menschen. Glaubst du, dass es so etwas gibt? Etwas, das jedes Individuum besonders und einmalig macht? Aber nehmen wir einfach mal an, dass es so ist. Meinst du dann nicht, dass du nicht nur ihre Eigenheiten erfassen müsstest, sondern ihr tiefstes Inneres, um Josie wirklich zu lernen? Müsstest du nicht lernen, was ihr Herz ist?"

„Doch, sicher."

„Und das könnte doch schwierig sein, oder? Etwas, das sogar deine grandiosen[1] Fähigkeiten übersteigt. Denn eine Verkörperung würde nicht ausreichen, wie perfekt sie auch sein mag. Du müsstest dir ihr Herz erschließen, und zwar vollkommen, sonst kannst du niemals in irgendeinem signifikanten[2] Sinn Josie werden."

Ein öffentlicher Bus war neben einigen verlassenen Obstkisten stehen geblieben. Als der Vater ausscherte, um ihn zu umrunden, gab das Auto hinter uns ärgerliche Hupgeräusche von sich. Kurz darauf ertönte weiteres ärgerliches Hupen, das aber weiter entfernt und nicht gegen uns gerichtet war.

„Das Herz, von dem Sie sprechen", sagte ich. „Das könnte tatsächlich das Schwierigste sein, das ich zu lernen habe. Es könnte wie ein Haus mit vielen Räumen sein. Trotzdem denke ich, dass eine eifrige KF im Lauf der Zeit jeden einzelnen Raum betreten und einen nach dem anderen erkunden und kennenlernen könnte, bis sie alle wie ihr eigenes Zuhause werden."

1 Großartig.
2 Bedeutsam, klar erkennbar.

Der Vater hupte seinerseits ein Auto an, das sich aus einer Seitenstraße in den Verkehr einzufädeln versuchte.

„Aber mal angenommen, du betrittst einen solchen Raum", sagte er, „und entdeckst darin einen weiteren Raum. Und in diesem weiteren Raum ist wieder einer. Lauter Räume in Räumen in Räumen. Könnte es nicht auch so sein, wenn du versuchst, dir Josies Herz zu erschließen? Dass du – egal, wie lang du durch die ganzen Räume wanderst – immer und immer weitere entdeckst, in denen du noch nicht warst?"

Darüber dachte ich einen Moment nach, dann sagte ich: „Natürlich ist ein menschliches Herz komplex, zwangsläufig. Aber es muss auch begrenzt sein. Selbst wenn Mr Paul im poetischen Sinn spricht, muss das Erlernbare endlich sein. Natürlich kann Josies Herz einem unbekannten Haus mit Räumen in Räumen ähneln. Aber ich gäbe mein Äußerstes, wenn dies der beste Weg wäre, um Josie zu retten. Und ich glaube, die Chancen, dass es mir gelingt, stehen gut."

(Quelle: Kazuo Ishiguro, Klara und die Sonne, Blessing Verlag, 2021 S.251–253)

1. Lies den kurzen Auszug aus „Klara und die Sonne“ mehrmals genau. Gib in eigenen Worten wieder, worüber Klara und Josies Vater sich unterhalten.

2. Die Protagonistin Klara stellt sich das „Herz“ bzw. die Persönlichkeit eines Menschen wie ein „Haus mit vielen Räumen“ (Z. 28) vor. Zeichne ein Haus und fülle die Räume vom Keller bis zum Dachboden mit Stichworten, die Merkmale deiner Persönlichkeit (oder einer von dir vorgestellten Person) möglichst genau beschreiben.
   Tauscht euch anschließend z.B. in 4er-Gruppen über eure Zeichnungen aus und überlegt, ob sie „fertig“ sind oder ob ihr eigentlich noch Räume anbauen müsstet.

3. Hat Godmother ähnlich wie Klara ein Verständnis von unterschiedlichen Persönlichkeiten und Gefühlen der Menschen? Finde zwei bis drei Textstellen in „Godland“, die darauf eine Antwort geben.

4. Kannst du den Wunsch der Eltern nachvollziehen, Josie in Gestalt einer Künstlichen Freundin (KF) „weiterleben“ zu lassen, falls sie tatsächlich jung sterben sollte? Führe dazu z.B. ein Schreibgespräch mit einem Lernpartner oder einer Lernpartnerin.

IV. Woher kommt der Müll in unseren Meeren – eine Grafik zu Plastikmüll in Nord- und Ostsee

Müll im Meer ist für Yolanda, Tian und die anderen Analogen in „Godland" allgegenwärtig. Das Wasser ist verschmutzt, die letzten überlebenden Fische fressen Plastik. „Kennt ihr ja alles.", kommentiert Yolanda diese Situation an die Leserinnen und Leser gerichtet. Einen aktuellen Einblick in dieses Thema bietet die folgende Infografik der deutschen nichtstaatlichen Organisation NABU, die sich für den Schutz von Natur und Umwelt einsetzt.

Falls du die nachfolgende Grafik zum Thema gerne farbig betrachten möchtest, findest du diese online.

NABU

Woher kommt der Müll in unseren Meeren?

Das Problem
Rund 10 Millionen Tonnen Plastik gelangen jedes Jahr neu in die Weltmeere. Der Müll kommt überwiegend aus den Städten, der Industrie sowie dem Tourismus und wird über Flüsse, Abwasser und Wind ins Meer getragen. Ursachen für die Müllflut sind unter anderen die falsche Entsorgung und das achtlose Wegwerfen von Müll, aber auch die maritime Wirtschaft hat einen Anteil.

Die Lösung
Hersteller*innen müssen mehr Verantwortung für ihre Produkte übernehmen – von der Produktion bis hin zur Entsorgung. Wir alle können den Prozess unterstützen, indem wir ein Teil der Lösung sind und unseren Müll reduzieren.

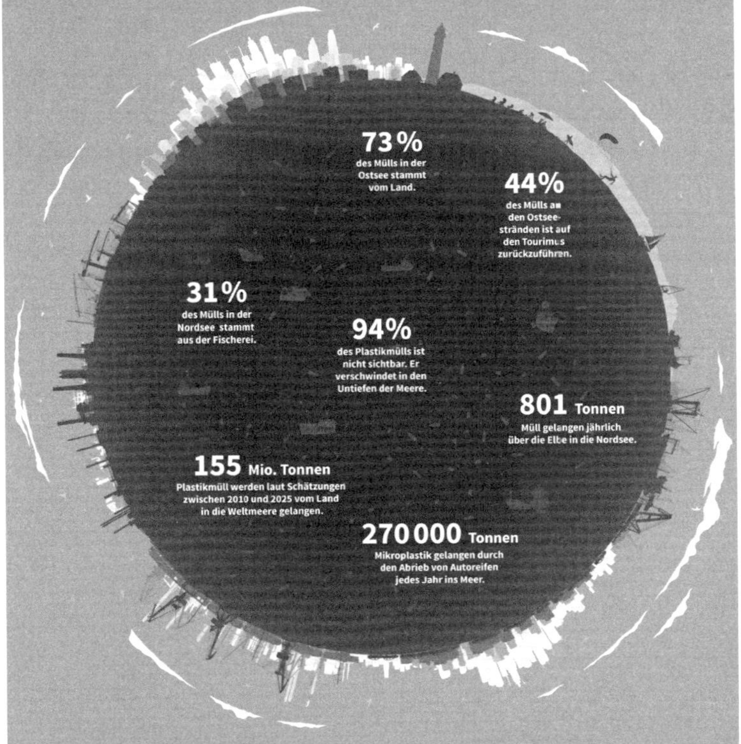

1. a) Sieh dir die Grafik und die kurzen Texte genau an. Welche Informationen sind dir schon bekannt? Was ist neu und vielleicht auch überraschend für dich? Notiere in Stichpunkten.
   b) Finde einen Lernpartner oder eine Lernpartnerin. Tauscht euch zu zweit über eure Gedanken aus. Wird das Thema eurer Ansicht nach ausreichend bekannt gemacht? Begründet anhand von Beispielen.

2. Recherchiere im Internet eine weitere Infografik zum Thema (Plastik-)Müll im Meer. Beziehe dabei auch Gewässer des globalen Südens mit ein. Begründe, warum du die darin enthaltenen Informationen besonders wichtig (überraschend, erschreckend …) findest.
   Präsentiert einige Grafiken anschließend in der Klasse. Dies kann zum Beispiel durch einen Gallery Walk (digital oder analog) erfolgen, bei dem die ausgewählten Grafiken an unterschiedlichen Stellen im Raum positioniert und den umhergehenden Mitschülerinnen und Mitschülern vorgestellt werden.

V. Reportage „Projekt ‚Dogen City'. *Apokalypse ahoi*" in der Süddeutschen Zeitung

Ein Leben auf Serverinseln im Ozean wie in „Godland" gibt es im Jahr 2024 noch nicht. Steigende Meeresspiegel gefährden aber schon heute den Lebensraum von Menschen an Küsten weltweit. In Japan wird als Reaktion darauf „Dogen City", eine schwimmende Stadt im Meer geplant, um die es im folgenden Text geht. Noch existiert diese Stadt nur als Utopie, also als mögliche zukünftige Lebensform in der Vorstellung von Menschen. Sollte sich ein Investor finden, könnte das Projekt aber innerhalb weniger Jahre realisiert werden.

Projekt ›Dogen City‹

APOKALYPSE AHOI

Eine Arche Noah[1] für vermögende Klimaflüchtlinge: In Japan wird eine schwimmende Insel für 40 000 Bewohner gebaut.

Von Gerhard Matzig (13. Juli 2023)

Die Nachricht von der schwimmenden japanischen Stadt „Dogen City“ als letztem Zufluchtsort inmitten des Horrors aus Klimawandel und steigender Meeresspiegel geht einher mit anderen eigenartigen Meldungen rund ums Wasser. Auf den ersten Blick hat das alles gar nichts, am Ende aber doch sehr viel miteinander zu tun. Am Ende verdient sich Dogen City auch das kleine „r“, um zumindest auf Deutsch vom Delirium[2] zu erzählen: Drogen City könnte die germanisierte Hauptstadt einer Welt ohne Probleme sein.

Bis dahin geht es um radioaktives Abwasser im Meer vor Fukushima und um Manganknollen[3] vor Hawaii, an deren geldwerte Substanzen – für E-Autos oder Handys – man unbedingt herankommen will. Und zwar im ökosystemgefährdenden Tiefseebergbau, dessen Folgen als Sci-Fi abgetan werden. Ein blindwütig gieriges Herumstochern in einer fremden Welt ist das, in der Tiefsee, die wir nicht mal ansatzweise begreifen in ihren Bedingungen. […]

Wasser ist ein magisches Element. Das wir gerade entzaubern, in der Autowaschstraße und für den Gartenpool vergeuden und zum mitteleuropagroßen Müllstrudel auf 1,6 Millionen Quadratkilometer voller Klobrillen, PET-Flaschen und Einzelfolien für fair gehandelte Cherrytomaten machen.

---

1 Biblisches Bild: Im Falle der Verwüstung/ Flutung der Erde wird eine kleine Gruppe gerettet.
2 Zustand akuter Verwirrtheit.
3 Metallklumpen, die in großer Tiefe weltweit an den Meeresböden vorkommen und mögliche Rohstoffquellen darstellen.

Jetzt soll es uns aber erst mal retten, das Wasser und das Bauen darauf. Das Wasser wird steigen, die Weltmeere, die schon 71 Prozent der Erdoberfläche bedecken, breiten sich aus. Durch die Klimakrise könnten in den nächsten 25 Jahren mehr als eine Milliarde Menschen aus ihren Lebensräumen vertrieben werden. Die Küstenbewohner gehören dazu. Die erste Reihe am Strand bietet dann einen Ausblick auf den Sonnenuntergang, der sich [...] vom Weltuntergang nur noch in den Rosatönen unterscheidet.

Als Antwort darauf will das japanische Unternehmen N-Ark eine schwimmende Öko-Stadt realisieren. Zugleich Schutzbunker und autarkes Habitat[4] in Krisenzeiten. Gedacht für 10 000 ständige Einwohner und 30 000 Touristen – als vermögende Endzeit-Überlebende.

Dieses Gebilde, rein konstruktiv einem aufblasbaren Gummitier für die Badewanne verwandt, tatsächlich aber von der Einwohnerzahl her so groß wie Amberg, Pirmasens oder Wismar, hat sich ein Start-up ausgedacht, das in Medienberichten beharrlich als Architekturbüro bezeichnet wird. Wenn das Architekten sind, dann zielt deren Tun nicht allein auf Architektur-, sondern auf suggestiv[5] bebilderte Geschäftsmodelle.

Computersimulationen zeigen eine kreisförmig an eine Pizza erinnernde Insel, die sich James Cameron (Top: „Avatar – The Way of Water“[6]) und Kevin Costner (Flop: „Waterworld“[7]) fürs Endzeit-Kino nicht besser hätten ausdenken können.

Wie im Firmennamen N-Ark angedeutet, denken die Planer an eine moderne Arche Noah[8].

---

4 Lebensraum, der auf keinerlei Unterstützung von außen angewiesen ist.

5 Stark beeinflussend.

6 US-amerikanischer Science-Fiction-Film aus dem Jahr 2022, der in der fantastischen Welt von Pandora spielt. Pandora ist ein mithilfe aufwändiger visueller Effekte gestalteter fiktiver Planet mit Wäldern, Steppen und Ozeanen, auf dem Menschen nicht überleben können.

7 US-amerikanischer Science-Fiction-Film aus dem Jahr 1995, in dem die Erde nach einer ökologischen Katastrophe fast vollständig im Wasser versunken ist. Einziger Zufluchtsort ist *Dryland*, eine bergige Insel mit Tieren, Pflanzen und ausreichend Trinkwasser.

8 Nach dem biblischen Buch Genesis erbaute der von Gott dazu auserwählte Noah einen großen, schwimmfähigen Holzkasten, um seine Familie und alle Landtiere vor einer großen Flut („Sintflut“) zu retten.

Und auch die Dogen tauchen als früher mächtige Oberhäupter von Venedig in Dogen City auf. Das Wording[9] bedient eine Mischung aus neuem Venedig und moderner Arche: archaisches Rettungsboot und futuristisches Handelsimperium in einem. Man weiß nicht recht, ob die Stadtutopien im Klimawandel immer kühner oder nur immer verzweifelter werden.

Nur dass sich manche Bauherren ein 170 Kilometer langes Projekt namens „The Line“ in Saudi-Arabien ausdenken als fragwürdige Planstadt, die mehr Fragen der Ökologie aufwirft als beantwortet – während andere wie im Fall Dogen City hinter einem etwa vier Kilometer im Umfang messenden ringartigen Wall, der vor hohen Wellen und Tsunamis schützen und gleichzeitig Platz für Gärten, Wohnungen und einen Park bieten soll, ein vergleichsweise überschaubares Innenleben organisieren. Die entscheidende Frage ist so oder so gleich: Muss man erst die Gegenwart ruinieren, um in die Zukunft zu gelangen? Ist das am Ende nicht eine ökologische Milchmädchenrechnung[10]?

Innerhalb des äußeren Rings befinden sich nach Aussagen der Planer auf ebenfalls schwimmenden Plattformen, verbunden durch Stege und Brücken, Wohnhäuser, Tourismuseinrichtungen, Schulen, Sportanlagen und Gewerberäume. Das Projekt hat die Dimension einer mittelgroßen Stadt, nimmt sich aber so malerisch aus wie das beschauliche Asterix-Dorf als Wasservariante. Wozu die integrale[11] Raketenabschussrampe insofern passt: falls einem der Himmel auf den Kopf fällt.

Dogen City soll aus drei Zonen bestehen. Erstens aus dem äußeren Ring, dem Wall, worin auch die Dauerbewohner untergebracht werden. Das ist fast wie in Venedig, wo die dienenden Menschen in Mestre auf

9 Wortlaut, Formulierung.

10 Bezeichnung für eine naive Betrachtung oder Argumentation, bei der entscheidende Punkte nicht beachtet werden. Das – möglicherweise sinnvoll erscheinende – Ergebnis der Argumentation wird durch die Verwendung dieser Bezeichnung als nicht zutreffend dargestellt.

11 *Hier:* die Anlage vervollständigend, fester Bestandteil.

dem Festland leben, während die bedienten Touristen das bröckelnd museale Stadtinnere zermalmen.

Im Inneren des Rings sind – zweitens – die touristischen Einrichtungen, aber auch Farmen zur Nahrungsproduktion geplant.

Erst die dritte Zone befindet sich unter Wasser: als Datenzentrum, letztlich eine Serverfarm, wassergekühlt immerhin. Die smarte H_2O-Stadt ist auch eine Stadt der Datensammelwut.

Dabei ist die Vision einer mobilen Wasserstadt, sie soll auch Wellness-Ort und Gesundheitszentrum sein, technisch vorstellbar. Im Grunde handelt es sich um die Weiterentwicklung jener „Floating Architecture“, die man im kleinen Maßstab vor dem Hintergrund steigender Meeresspiegel schon länger kennt. In Ländern wie den Niederlanden und Japan, wo Lebensraum notorisch[12] knapp und stets vom Meer bedroht ist, wird die Kunst, im und auf Wasser zu bauen, schon lange geübt. Dogen City wäre übrigens nur Teil einer größeren Strategie. Laut denkt man über schwimmende Großunternehmen und eine Wasser-Wirtschaftszone namens „New Ocean“ nach. Das Leben auf dem Wasser wird, sobald wir die Erde als Lebensraum komplett ruiniert haben, zum Überlebensraum. […]

Bleibt die Frage: Würde man als einer der letzten Überlebenden der Menschheit auf einer Pizza, die zur Hälfte eine Serverfarm ist, gern in die Unendlichkeit segeln? […] 2030 soll Dogen City fertig sein. Wenn das Projekt nicht vorher den Bach runtergeht, sticht die Zukunft der Stadt bald in See. Den Bach runter: Das ist die Hoffnung.

12 Ständig, andauernd; allgemein bekannt.

1. Erläutere, mit welcher Absicht und für welche Zielgruppe das Projekt „Dogen City“ geplant wird.

2. Beschreibe, wie diese Stadt einmal aussehen könnte. Die Abbildung kann dir Anhaltspunkte liefern. Du kannst hierzu auch eine weitere Skizze anfertigen. Wie sieht zum Beispiel die Unterwasserwelt aus?

3. Der Verfasser des Zeitungsbeitrags sieht das Projekt „Dogen City“ kritisch. Markiere Textstellen, an welchen dies besonders deutlich wird. Achte dabei auch auf die sprachliche Gestaltung.

   Achte z.B. auf die Wortwahl und rhetorische Mittel wie Vergleiche, Metaphern, rhetorische Fragen oder Ironie.

4. Bildet Teams. Wie ist eure Meinung? Sollte das Projekt „Dogen City“ tatsächlich umgesetzt werden?
   Erstellt eine Tabelle mit Pro- und Contra-Argumenten zu dieser Frage. Berücksichtigt dabei soziale, ökologische und wirtschaftliche Aspekte.
   Stellt euch anschließend auf einer Positionslinie im Klassenraum auf und begründet eure Position: Warum seid ihr dafür, warum dagegen, warum könnt ihr keine eindeutige Position einnehmen?
   Alternativ könnt ihr auch eine Pro- und Contra-Debatte führen.

III HANDELN

„Tu du's"!

Lieber Leser,

liebe Leserin!

Durch das Lesen des Romans und die Arbeit mit den unterschiedlichen Impulstexten hast du einiges über Chancen und Grenzen innovativer Technologien und zu menschen(un)würdiger Arbeit, also schwerpunktmäßig zu den SDGs 9 und 8 erfahren. Zudem verweist „Godland" auf weitere flankierende Nachhaltigkeitsziele (SDG 1, 2, 14), die auch im Teil Handeln berücksichtigt werden sollen, ganz besonders das zum Schutz des Lebens unter Wasser. „Vor dem Frühstück werden die Netze eingeholt. Das meiste ist Müll, doch dazwischen liegen auch immer ein paar Fische.", so heißt es im Roman (S. 166 Z. 20–21).

Wenn man sich den SDG-Wedding-Cake, der am Ende dieses Buches (Seite 320) abgebildet ist, anschaut, lässt sich erkennen, dass die Basis aller Bemühungen um das Erreichen der 17 Ziele der Erhalt einer gesunden Biosphäre ist. Darunter fällt auch der Kampf für plastikfreie Meere.

Auch wenn du aus deinem Zimmerfenster vielleicht nicht direkt auf den Ozean blicken kannst, gibt es in deiner Stadt möglicherweise einen Fluss, der später in einen anderen Fluss fließt, der am Ende ins Meer mündet. So landet jede Plastiktüte oder jede Getränkeverpackung, die in deinem Umfeld achtlos weggeworfen wird, irgendwann im Ozean.

Das Wortspiel „To dos / Tu du's" unterstreicht die Dringlichkeit der Umsetzung der SDGs und gleichzeitig macht es deutlich, dass jede / jeder Einzelne zum Handeln aufgefordert ist.

Werde nun selbst zum „Change Agent" und zur Akteurin / zum Akteur des sozialen und ökologischen Wandels!

Hier findest du 10 Vorschläge. Diese können und sollen aber natürlich durch deine eigenen Ideen und die deiner Klasse ergänzt werden.

Unsere Vorschläge sind vom Umfang her sehr unterschiedlich. Einige lassen sich direkt in den Deutschunterricht einbinden und betreffen Textsorten, wie sie in der Mittelstufe auf dem Lehrplan stehen. Andere sind eher Projekte für Referate, Facharbeiten, Schulveranstaltungen oder Praktika.

Also: Berate dich in der Klasse und mit deinen Lehrkräften, womit ihr beginnen möchtet, und sammelt selbst weitere Ideen, mit denen ihr ins Handeln kommen könnt.

Gewinne auch Lehrkräfte anderer Fächer und Schüler und Schülerinnen anderer Klassen und Schulen für dieses wichtige Thema und schaut, wann und wo es sich in den Unterricht integrieren lässt.

Viel Freude und Erfolg dabei!

Unsere Vorschläge

1. Handeln zum Thema Plastikmüll in Gewässern (I)

Verabrede dich mit deiner Klasse oder anderen Interessierten aus der Schülerschaft zum Plogging! Dieser Trendsport kommt aus Schweden und setzt sich aus dem Wort „plocka" für „aufsammeln" und Jogging zusammen. Mit Müllsäcken und Handschuhen ausgerüstet, sammelt ihr während des Laufens den Müll auf, der sich entlang eurer Strecke findet. Das ist nicht nur gesund, sondern auch sehr motivierend, wenn du es mit anderen zusammen machst. Poste Fotos davon in den sozialen Netzwerken und erzeuge so Aufmerksamkeit für dieses wichtige Thema.

Wer es nicht so schnell mag, kann auch „plalken" (plocka und walken) oder „pliken" (plocka und hiking = wandern). Es gibt auch Möglichkeiten, dies auf einem Kajak zu tun! Nimm dazu Kontakt mit einem örtlichen Kajak-Verein auf, vielleicht lässt sich ja ein Klassenausflug planen oder noch besser eine Kooperation zum regelmäßigen gemeinsamen Handeln gründen.

2. Handeln zum Thema Plastikmüll in Gewässern (II)

Werdet Plastik-Piraten und Plastik-Piratinnen!
Plastic Pirates – Go Europe! ist eine europäische bürgerwissenschaftliche Aktion, bei der Schulklassen und Jugendgruppen Plastikproben an Bächen und Flüssen sammeln, den Müll nach verschiedenen Materialien und Fundorten sortieren und ihre Ergebnisse dokumentieren. Die gesammelten Daten werden dann von Wissenschaftlerinnen und Wissenschaftlern ausgewertet.
Unter https://www.plastic-pirates.eu/de findet ihr alle Informationen und auch Materialien, die ihr kostenlos bestellen könnt.
Auch schulintern könnt ihr eure Fundstücke und die Auswertung ausstellen und dazu eure Eltern, Freundinnen und Freunde sowie politische Akteure und Akteurinnen einladen.

3. Handeln zum Thema „Wege zur Klimaresilienz“

„Godland ist ein Fake. Seid bereit“, so heißt es auf Seite 57 im Roman. Das ist also keine Lösung.
Was geschieht in deiner Kommune, um die Stadt resilient, das heißt widerstandsfähig gegen die Auswirkungen der Klimakrise zu machen?
Manche Kommunen streben sogar an, bis zum Jahr 2030 *klimaneutral* zu werden.
Das bedeutet, dass entweder keine klimaschädlichen Treibhausgase mehr freigesetzt oder die Emissionen vollständig ausgeglichen werden. Dazu sind technische Innovationen nötig. Hast du schon mal etwas von „Smart Cities“ gehört? Das sind Städte, die digitale Technologien oder Informationstechnologie nutzen, um besser zu funktionieren, die Dienstleistungen innerhalb der Stadt zu verbessern, Ressourcen effizienter zu nutzen und so die Lebensqualität ihrer Bürgerinnen und Bürger zu verbessern.

Recherchiere den Planungsstand in deiner Kommune:

a) Kontaktiere die Stadtverwaltung und erkundige dich nach dem Planungsstand und den konkreten Maßnahmen in deiner Kommune. Du kannst vielleicht auch direkt ein Interview mit dem zuständigen Dezernenten oder einem Mitglied des Digitalausschusses führen.
b) Teile deine Erkenntnisse mit deiner Schulgemeinde, zum Beispiel durch einen Homepageartikel.
c) Überlege mit deiner Klasse, ob und wie ihr euren Beitrag dazu leisten könnt und setzt ihn um.

4. Handeln zum Thema „Leben ohne Freiheit und Selbstbestimmung"

In „Godland" geht es auch ums (Über-)Leben in einem diktatorischen System. Die Jugendlichen dürfen weder entscheiden, was und wann sie essen noch wie sie ihre Haare tragen wollen. Es erinnert an einen Überwachungsstaat, dessen Einwohnerinnen und Einwohner unter ständiger Beobachtung stehen. Das gab es in der jüngeren Geschichte auch in Deutschland – während des Nationalsozialismus und später in der DDR.
Doch auch heute findest du leider weltweit zahlreiche Beispiele für Systeme, in denen die Menschen in Unfreiheit leben – nicht zuletzt aktuell in Russland oder China. Viele Geflüchtete aus solchen Staaten suchen heute Schutz in Europa.

Finde Zeitzeuginnen und Zeitzeugen in deiner Stadt – vielleicht deine Eltern oder Großeltern oder Geflüchtete aus deinem Freundes- oder Bekanntenkreis – die ein solches System erlebt haben und möglicherweise Widerstand geleistet haben, wie es auch in „Godland" beschrieben wird.
Gibt es bei dir auch einen Geschichtsverein oder ein Stadtarchiv, wo du Informationen bekommen kannst?
Führe Interviews mit verschiedenen Menschen oder lade die Personen zu einem Gespräch in den Unterricht ein. Das ist oft auch digital möglich.
Vielleicht kannst du auch gemeinsam mit deiner Klasse eine etwas größere Veranstaltung in eurer Bibliothek organisieren.

5. Handeln zum Thema „Wieviel Überwachung brauchen wir?"

Im Roman überwacht Godmother alle auf der Serverinsel und begründet dies mit vermeintlicher Fürsorge. Doch nicht nur in Diktaturen wird Überwachung eingesetzt, auch in demokratischen Ländern wird dies diskutiert. Zum Beispiel, wenn es zu Gewalttaten an Menschen, die sich für unsere Demokratie einsetzen, kommt. Manche werden dabei sogar schwer verletzt. Auch an Schulen kommt es manchmal zu Vandalismus und Gewaltvorfällen. Die Täter bleiben oft unerkannt. In anderen europäischen Staaten hängen daher an vielen öffentlichen Plätzen Kameras. Viele Bürgerinnen und Bürger sehen das aber kritisch und fühlen dadurch ihre Privatsphäre verletzt.
Du siehst, die Wege zum Erreichen von Sicherheit werden oft kontrovers diskutiert.
Recherchiere dazu im Internet und führe eine Umfrage in deiner Schule durch.
Veranstaltet zu diesem Thema eine Podiumsdiskussion mit Akteurinnen und Akteuren aus der Kommune sowie Schülern und Schülerinnen.

6. Handeln zum Thema „Woher stammen unsere Konsumgüter?"(I)

Sieh dir die Etiketten der Kleidungsstücke an, die du besitzt. Recherchiere, unter welchen Arbeitsbedingungen sie hergestellt worden sind.
Dasselbe kannst du mit Lebens- und Genussmitteln wie z.B. Schokolade oder Kaffee machen.
Informiere dich über die Herkunftsländer und die Arbeitsbedingungen. Gibt es dort zum Beispiel Kinderarbeit, auch unter so gefährlichen Bedingungen wie in „Godland"?
Findest du Informationen zur Lieferkette?
Wenn du keine zufriedenstellenden Informationen erhältst, schreibe an die Produktionsfirma und bitte um Transparenz.
Bringe deine Ergebnisse in die Schulöffentlichkeit (Plakate im Schaukasten, Homepage-Artikel, Podcast, zu dem du QR-Codes im Schulhaus aushängst...)
Teile sie auch über Social Media, um eine noch größere Reichweite zu erzielen.

Eine Lieferkette umfasst den Produktionsprozess eines Produktes. Sie umfasst alle Stationen und Schritte: vom Abbau der Rohstoffe, der Herstellung der Einzelteile, über ihren Transport und den Zusammenbau des Produktes bis zum Verkauf an die Kundinnen und Kunden.
Lieferkettensorgfaltsgesetz = kurz: Lieferkettengesetz, regelt die unternehmerische Verantwortung für die Einhaltung von Menschenrechten in globalen Lieferketten. Hierzu gehören beispielsweise der Schutz vor Kinderarbeit, das Recht auf faire Löhne und Umweltschutz. Am 1. Januar 2024 ist das Lieferkettengesetz für Unternehmen mit mindestens 1.000 Beschäftigten in Deutschland in Kraft getreten.

7. Handeln zum Thema „Woher stammen unsere Konsumgüter?“(II)

Suche dir ein Team zusammen. Untersucht das Angebot von Speisen und Getränken im Schulkiosk und in eurer Mensa.
Gibt es für die Beschaffung von Lebensmitteln in eurer Schule Richtlinien? Wie sieht es dort mit der Transparenz von Lieferketten aus?
Befragt die Leitung der Mensa oder des Schulkiosks dazu und sensibilisiert sie so für dieses Thema.

8. Handeln zum Thema „Menschenrechte“

Menschenrechte stehen allen Menschen zu, unabhängig davon, wo sie leben, und unabhängig davon, wie sie leben. Nichtregierungsorganisationen wie zum Beispiel ‚Amnesty International‘ setzen sich für die Wahrung dieser Grundrechte überall auf der Welt ein.
Recherchiert über deren Aktivitäten, besucht das Büro einer dieser Organisationen oder nehmt an einer ihrer Veranstaltungen in der Nähe teil. Ihr könnt sicher auch einen Vertreter oder eine Vertreterin live oder per Zoom-Call in euren Unterricht einladen und so viel über deren Arbeit erfahren und darüber, wie ihr selbst für Menschenrechte aktiv werden könnt.
So könntet ihr zum Beispiel einen Sponsorenlauf machen, dessen Erlös ihr an eine solche Organisation spendet.

9. Handeln zum Thema „Fake News"

Fake News verunsichern viele Menschen, führen zu Verschwörungserzählungen und gefährden so zunehmend auch unsere Demokratie.
Wie ist Medienerziehung an deiner Schule organisiert? Habt ihr zum Beispiel Medienscouts?
Die Nutzung von KI hat heute schon einige Auswirkungen auf unser Lernen.
Wenn man sich mit der digitalen Welt gut auskennt und sich auch ihrer Grenzen und Gefahren bewusst ist, kann man sich viel souveräner in ihr bewegen und behält selbst die Kontrolle.
Viele Schülerinnen und Schüler wünschen sich auch viel mehr offensiven Umgang mit dieser Technologie in der Schule.*
Führt analog dazu eine eigene Umfrage in eurer Schule durch.
Vielleicht ergibt diese, dass noch Informationsbedarf besteht.

Recherchiere, welche Organisationen Workshops und Kurse für verschiedene Zielgruppen in deinem Umfeld anbieten, die ihr mit Zustimmung eurer Schulleitung einladen könnt.
Wenn dieser Workshop für euch wertvoll gewesen ist, könnt ihr ihn vielleicht fest und damit „nachhaltig" im Schulprogramm installieren und die Finanzierung über euren Förderverein oder einen Sponsor regeln.

---

* Im März 2023 wurde dazu unter dem Titel „Pioniere des Wandels" eine Jugendstudie veröffentlicht: https://www.vodafone-stiftung.de/jugendstudie-kuenstliche-intelligenz/.

10. Handeln zum Thema „Mehr Utopien wagen!“

Was ist euer „Godland“? Wie sieht eure Utopie einer Arche aus, die euch vor den Folgen der Klimakatastrophe rettet? Welche Elemente müssten vorhanden sein, wie wäre dieser Ort organisiert?
Lobt dazu einen Kunstwettbewerb an eurer Schule oder auch unter anderen Schulen eurer Kommune aus. Gestaltet ganz konkret Modelle von diesem Ort/dieser Insel. Wählt das Material und die Farben und achtet darauf, möglichst ressourcensparend dabei vorzugehen (Stichwort: Upcycling).
Veranstaltet als Höhepunkt eine Vernissage (= Ausstellungseröffnung) mit Preisverleihung.

Wie alles zusammenhängt – Modell des SDG-Wedding Cake

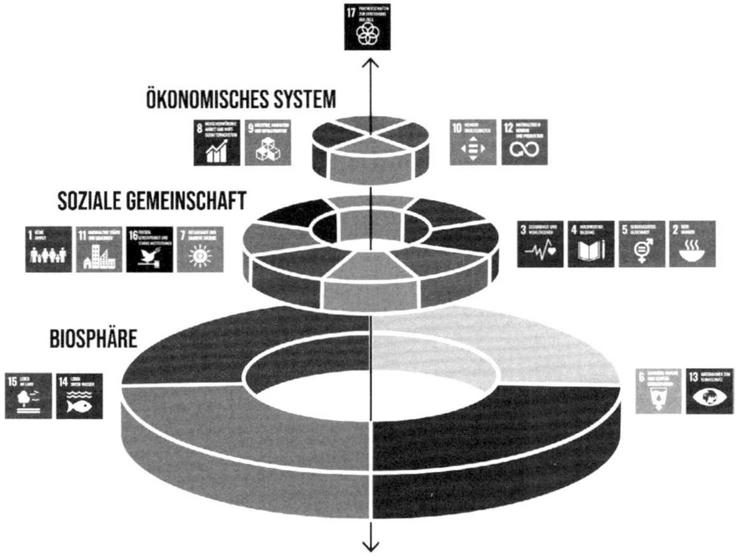

Quelle: SDG-Wedding-Cake-Modell. Azote for Stockholm Resilience Centre, Stockholm University CC BY-ND 3.0

Durch den Roman „Godland" hast du dich vor allem dem Nachhaltigkeitsziel (SDG) 9 „Industrie, Innovation und Infrastruktur" und dadurch auch zentral mit dem SDG 8 „Menschenwürdige Arbeit und Wirtschaftswachstum" verbunden.

Hierdurch hast du erfahren, wie eng die 17 Ziele miteinander verknüpft sind. Sie dürfen also niemals isoliert voneinander betrachtet werden.

Auf der obigen Darstellung der SDGs, die als „SDG-Wedding-Cake" bezeichnet wird, kommt noch eine wichtige Information hinzu. Das Modell wurde vom Stockholm Resilience Center entwickelt. Du hast sicher schon davon gehört, dass es ganz unterschiedliche

Dimensionen von Nachhaltigkeit gibt, denen die einzelnen SDGs zugeordnet werden können. Oft werden diese Dimensionen auf drei reduziert, nämlich „Ökonomie", „Soziales" und „Ökologie". Das Besondere am Modell des Wedding Cake ist, dass das Erreichen der Ziele aus den Bereichen „Ökonomisches System" und „Soziale Gemeinschaft" nur dann möglich ist, wenn eine gesunde Biosphäre als Basis zu Verfügung steht. Der Erhalt der Artenvielfalt, das Vorhandensein von sauberem Trinkwasser als zentrale Ressource und der Klimaschutz sind also die unbedingte Voraussetzung für Erfolge bei allen weiteren Zielen auf den oberen „Etagen" der Torte! Dies sollten sich die Entscheidungsträgerinnen und Entscheidungsträger in Wirtschaft und Politik ebenfalls immer wieder klar machen.
Durch all diese Etagen und Ebenen hindurch reicht das SDG 17: „Partnerschaften zur Erreichung der Ziele" wie eine Art Mast, der Stabilität bietet und ein bisschen wie ein Fähnchen ganz oben thront und leuchtet. Denn: Alleine – als Einzelkämpfer und Einzelkämpferinnen – werden wir die komplexen Herausforderungen der Gegenwart nicht meistern können. Zum Erreichen der 17 Ziele bis 2030 braucht es Verbündete – und zwar auf allen Ebenen: lokal und global. Du kannst heute damit anfangen, den Menschen in deinem Umfeld davon erzählen und ein Netzwerk knüpfen!

Danksagung und Gedanken von Martin Schäuble

Mark O'Connell recherchierte zum ewigen Leben im Superrechner und erforschte viele andere Visionen. Ich durfte ihn in Dublin kennenlernen, mit ihm diskutieren und nachdenken. Ich kann sein großartiges Reportage-Buch *(Unsterblich sein)* nur empfehlen.
Danke an Michael M. Resch, das Aufzählen all seiner Doktortitel würde die Danksagung sprengen. Der Mathematiker arbeitet mit einer der schnellsten Computeranlagen (HLRS) und stellte sich meinen Fragen.
Sein Kollege Dr. Uwe Wössner führte mich durch die Welt der Simulationen. Er zeigte mir das hallengroße Rechenzentrum und erklärte mir, wie echte Superrechner funktionieren, heiß laufen und gekühlt werden. Neriman Emre danke ich für die Koordinierung dieser Gespräche.
Dr. Niklas Boers arbeitet für das Institut für Klimafolgenforschung in Potsdam. Ihn durfte ich zu meinem Szenario rund um die Klimakriege befragen. Vieles im Buch ist Science Fiction – die drohenden Umweltkonflikte sind es leider nicht. Auch überlegten wir zusammen, wieso der Pazifik als Standort für die Serverinseln besser geeignet ist als der Atlantik.
Für das Recherche- und Schreibstipendium danke ich *Neustart Kultur* und *VG WORT*.
Ein riesiges Dankeschön an all die, die sich die ersten Fassungen des Buches mehr oder weniger freiwillig angetan haben. Ohne sie wäre die gedruckte – und hoffentlich bessere – Version nie entstanden: Azadeh, Belinda, B. E. N. B., Capt'n Phil, Flo, Gitti, Paula.
Während Godland in meiner Phantasie entstand, entwickelte Greg Daniels die sehr originelle Serie *Upload*. Wer reich genug ist, lädt sich in ein Luxushotel hoch und lebt dort in der Simulation weiter. Wer kein Geld mehr hat, der wird grau und erstarrt – ein bisschen so ähnlich wie am Ende meines Buches.

Doch mich inspirierte für dieses Grau ein viel älteres Werk, nämlich ein echter Klassiker: *Momo* von Michael Ende. Dort sind es die grauen Herren, die Schrecken verbreiten.

Bevor ich an das graue Ende von Godland dachte, geisterte jahrelang ein anderes Bild durch meinen Kopf: eine schwimmende Serverinsel. Mit diesem Bild fing für mich meine Buchidee an. Ich weiß nicht, wo und wie dieses Bild entstanden ist. Die Menschen, die auf der Insel arbeiteten, mussten Analoge heißen. Auch das war mir irgendwie klar.

Das riesige Ungetüm trieb wie eine Ölbohrinsel im Ozean, und kein Orkan konnte es zerstören. Die richtige Bezeichnung dieser Anlage wäre Halbtaucherbohrinsel – doch das lernte ich erst viel später.

Jahre zuvor hatte ich die Idee durchgespielt, das eigene Bewusstsein hochzuladen. Wie wäre es, ewig in einem Superrechner leben zu können? Doch braucht es dafür Techniker, die alles kontrollieren (die Analogen) und viel Kühlung, damit die Megacomputer nicht heiß laufen.

Zusammen mit meiner Lektorin Katja Massury vom Fischer Kinder- und Jugendbuchverlag baute ich beides zusammen: die Serverinsel mit den Analogen und das Leben der Hochgeladenen im Megacomputer. So ist *Godland* entstanden. Danke, Katja, für diese gemeinsame Reise!

Ebenso danke ich all den anderen engagierten Verlagsmitarbeiterinnen, besonders Stefanie Kisser und Alexandra Strohmeier.

Danke an Georg (er entwirft phantastische Raumschiffe für Perry Rhodan) für die kritischen Fragen zum Serverinsel-Bauplan und für die Zeichnungen. Tobi danke ich für den Godland-Werbespot und Weltraum-Zille für die Sternenszenen-Korrektur.

Zuletzt möchte ich mich bei den unzähligen Museumsmitarbeiter*innen bedanken, die mich durch alte Schiffe und Maschinen klettern ließen – an der finnischen Küste wie im Deutschen Museum München. Das half mir dabei, mir eine Serverinsel vorzustellen.

Quellennachweis

Textquellen:

S. 288f SWR-Radiobeitrag „Training für Künstliche Intelligenz. Wie Klickarbeiter in Kenia ausgebeutet werden“ (24.08.2023)

S. 293 Auszug aus Kazuo Ishiguros Roman „Klara und die Sonne“, Blessing Verlag 2021, S.251–252.

S. 300 Reportage „Projekt ‚Dogen City‘. Apokalypse ahoi“, Gerhard Matzig 13. Juli 2023 in Süddeutsche Zeitung.

Bildrechte:

S. 9 United Nations, New York
S. 10 United Nations, New York
S. 286 Mensch und Maschine in einer grafischen Darstellung. © Philippos Vassiliades | CC-BY-SA 4.0
S. 298 Grafik zu Plastikmüll in Nord- und Ostsee, NABU
S. 320 Quelle: SDG-Wedding-Cake-Modell. Azote for Stockholm Resilience Centre, Stockholm University CC BY-ND 3.0

Auf Allango findest du eine Sammlung weiterführender Links zum Thema.